# 产科医生：死亡病例

张作民 著

天津出版传媒集团

天津人民出版社

**图书在版编目（CIP）数据**

产科医生：死亡病例 / 张作民著. -- 天津：天津
人民出版社, 2015.1
ISBN 978-7-201-09014-6

Ⅰ. ①产… Ⅱ. ①张… Ⅲ. ①长篇小说-中国-当代
Ⅳ. ①I247.5

中国版本图书馆 CIP 数据核字(2014)第 282243 号

天津人民出版社出版

出版人：黄　沛

（天津市西康路 35 号　邮政编码：300051）

邮购部电话：（022）23332469

网址：http://www.tjrmcbs.com

电子信箱：tjrmcbs@126.com

高教社(天津)印务有限公司印刷　　新华书店经销

2015 年 1 月第 1 版　2015 年 1 月第 1 次印刷
787 × 1092 毫米　16 开本　17.75 印张　1 插页
字　数：260 千字
定　价：35.00 元

# 主要人物表

雷晓米：产科高年资主治医师。

韩　飞：救护车临时工司机，被暂时吊销行医执照的外科专家。

卢大成：副院长，原产科主任。

刘一君：急救中心主任，内科医生。

苏姗姗：低年资主治医师，苏红的独生女儿。

孙小巧：名义上是硕士研究生毕业，产科实习生。

万玲儿：手术室巡回护士。

胡世生：麻醉科主治医生，胡氏药业集团继承人。

安　萍：某私立医院院长，妇产科医生，雷晓米的闺密。

钟　悦：儿科副主任。

傅志刚：律师，被开除的原妇产科医生。

胡玉珍：卢大成的妻子，胡世生的妹妹。

苏　红：院长，妇产科主任医师。

第一章

这个手术彻底颠覆了晓米的生活。

病人是个22岁的足月产妇。手术指征说是巨大儿,预测4200克。可晓米认为这个指征并不绝对,产妇没有糖尿病,没有RH溶血病,更不是大血管错位,而且这个女人的屁股超大,完全可以自然分娩,但她只说了一句,就被科主任卢大成顶了回去:"我主刀,你来当助手。我们下午一点准时上台,你通知麻醉科,让家属签字吧。"在科里,主任的话就是圣旨,晓米只有服从的份儿。

开腹的第一步是做腹壁切口。卢主任让器械护士换了21号刀片,一刀直达腹直肌前鞘。这让晓米不无意外,因为如果是她——其他医生也是如此——这样做的话,一定会招来上级医生的一顿臭骂,只有那种不知天高地厚的愣头青才会如此逞能。往常她都是分作三步,先是皮肤,然后是脂肪,最后才是前鞘。剪开筋膜后,卢主任迅速将两侧腹直肌进行了分离。晓米不等对方示意,便将双手重叠,用食指、中指和卢主任同时用力,均匀而缓慢地将腹直肌撕拉得够大,这样,就可以清晰地看到那层淡红色的腹膜了。

打开腹膜是由卢主任单独完成的,此后巡回护士拿来了生理盐水让他冲手,可他却没理会,直接把右手伸进了腹腔进行探查。晓米见卢主任有些着急,不由得也加快了在宫体两侧填入盐水纱垫的速度。接

1

下来，晓米用宽拉钩牵开腹壁切口，充分暴露子宫下段，以方便卢主任更容易地切开子宫肌层。

平时晓米做剖宫产到达这一步时会格外小心，下刀时努力避开下段与宫体的交界处，因为那儿的宫壁厚薄不一，如果切口位置选择得不好，不仅缝合困难，更要影响愈合。当然，更重要的是防止羊水与切口的血窦接触……不过，现在卢主任的动作却让她大吃一惊。只见他一刀就把子宫肌层和胎膜同时切开，混浊的羊水伴着鲜红的血液一下从宫体喷了出来，溅了晓米一脸。她赶紧让护士擦了一下眼睛，迅速把负压吸管置入宫腔，同时拉大子宫切口，胎儿的耳朵随之也就很清楚地显现出来。

卢主任从接过手术刀到捞出胎儿，一共才用了2分零7秒，如果不是因为羊水多，等着吸尽的话，还可能再快一些。这种速度，让晓米暗暗吃惊。她想起外界关于卢大成要创建"快速剖宫产"的传闻，现在看来，这可能是真的呢。

本来，晓米还想看看卢大成的缝合，不料一听到新生儿的哭声，他说了句"剩下的你来吧"，就甩手走了出去。后来晓米才知道，接受胡氏集团赠送那辆手术急救车的仪式正等着他去讲话呢。

主刀医生中途离开是常有的事，何况胎儿已经娩出，大人和宝宝都没有异常，那剩下的事晓米一个人就能完成了。她可是个高年资的主治医师啊！她把子宫搬出腔外，按惯例注射了20单位缩宫素，等了大约两分钟，胎盘顺利娩出，她用卵圆钳清除掉残留的胎膜，又看着麻醉医生将抗生素推入静脉滴液，记录完失血量，这才开始缝合子宫。

一切都按部就班地进行着。像他们这种省级妇幼保健医院，每天都会有好几个剖宫产，无论医生还是护士都是熟手，剖个胎儿只是家常便饭。

1点56分，病人被推出手术间。晓米按规定做完病程记录就去了手术室的浴室。手术虽然平常，但每次还是要出汗，她有个下台冲澡的习惯，哪怕是几分钟也行。就在晓米脱完衣服开始调节水温的时候，一个护士冲进来喊"你的病人出事了"，她赶紧套了件手术衣就冲到病房，只见一大堆医生围在那儿，神色悲哀却不再紧张。抢救组组长刘一君在宣布死亡时间："……下午2点28分。"

病人死亡可是件大事，医院当晚就举行了病例讨论会。院长苏红亲自主持，除了上台医生、抢救组成员和手术室相关人员，法律顾问也出席了。不用问，这个病例很可能会引发医患矛盾。

"你把情况再跟大家说一下吧。"苏红看着病房护士长说，显然她已经了解过了。

"病人是下午2点零1分由麻醉医生和手术室的一名护士送回病房的。"病房护士长看着面前的护理记录，机械地念道，"没有发现异常，我们按常规进行了交接。2点零9分，病人胸部难受，呼吸困难。管床护士便去叫医生，出病房门时听到病人一声惊叫，随后见病人意识丧失，面色苍白，血压降到60/25，即刻面罩输氧，并向抢救组呼救。2点11分，麻醉医生首先到达病房，发现病人已经测不到血压脉搏，心音消失，呼吸停止，立即施行心肺复苏、气管插管。2点13分至16分，抢救组成员陆续赶到，投入抢救。12分钟后仍未见窦性心律恢复。此时刘主任征求家属意见，家属表示放弃抢救。2点28分宣布病人死亡。"

苏红问："留了血吗？"

"当然。"护士长冲苏院长点了点头，"刘主任一宣布死亡，就立刻抽取了右心血液，是我亲自做的。"

尽管护士长一个字也没提到病因，但所有的医生都能从症状得知，十有八九是羊水栓塞。这是产科最凶险的并发症，病人往往在几十分钟甚至几分钟内死亡。由于目前发病机制尚不明了，因此只要在手术和抢救过程中没有明显失误，院方是没有责任的。当然，首先必须确诊，而确诊就要做肺组织切片，但许多家属都不会同意尸检，这时，如果能从右心血液中发现羊水中的有形物质，也可以得出同样的结论。

苏红冲护士长满意地点了点头，才看了看坐在身边的刘一君。这个戴了副老款近视眼镜的中年人是内科副主任医师。妇幼保健医院虽然不设专门的内科诊室，但抢救组人员的专业却很齐全。这时，刘一君拿起一张打印纸，凑近看了看说："尽管当时没有明确诊断，但根据患者呼吸困难、意识突然丧失、紫绀以及血压异常消失等症状，我们立刻按羊水栓塞预案进行了抢救。具体处理分为抗过敏、抗休克、纠正缺氧及纠正肺动脉高压等四个方面。我们先给病人注射了500毫升的氢化可的松，同时给予盐酸罂粟碱……"

"细节就别说了。"苏红做了个手势打断道，"现在病房有监控，抢救措施都会记录在案。刚才护士长说,抢救末期你征求了家属意见,是怎么说的?"

"当然是实话实说。"刘一君放下纸,"我告诉他,心肺复苏4到6分钟不能见效,脑细胞将受到不可逆转的损害,10分钟脑组织死亡,即使心律恢复,存活的概率也极低。如继续抢救,不仅费用高昂,病人也很有可能会成为植物人。"

"病人是什么职业?"苏红问。

"是从外省农村来的,做过保姆和保洁员。"刘一君显作过调查,"丈夫是小区门卫。"

"把最后一句,"苏红皱了皱眉头说,"就是什么费用、植物人的那句删掉。"

"我本来就没写。"刘一君颇为得意地说,"但我不能对领导瞒而不报啊。"

"以后就不要再提了,免得引起误解。"

"知道了。"

苏红拿过记录看了看又说:"抢救组成员不仅要注明专业,职称和学位都要写上,当然,硕士以下就别写了。"说完,就换了比较温和的腔调,看着卢大成说:"卢主任,是不是说说手术经过啊?"

卢大成看了看坐在对面的晓米问:"手术病程记录写了吗?"

晓米回答:"当时就写了。"

卢大成说:"那就念一下吧。"

没等晓米开口,苏红就对卢大成说:"你是主刀医生,还是自己说吧。"

"其实,我是在毛毛出来后,听护士报了评分结果就离开手术室了。"卢大成看着苏院长说,"此前的情况,应该说都很正常,晓米医生,你说呢?"

晓米没有立刻回答。她本以为卢主任会把胎儿娩出前的几个步骤都具体说一遍,这样,也可以让大家都来讨论一下手术中究竟有没有不规范的地方。没想到他却用一句话先把自己撇得干干净净,还要她来佐证,这就让晓米很为难了。说实话,剖宫产并无一成不变的手术路径,很多医生都有自己的习惯和经验。就拿令她吃惊的最后一刀来说,虽然教科书都强调了在切开子宫肌层时不能同时破膜,但事实上还是

4

会有人不把这个当回事，一个是图省事，还有一个就是可以缩短手术时间。更有一些高手，虽然是分了两步来走，但由于动作熟练、一气呵成，很难区分其中的间隔——那也就一二秒啊。至于在探腹时没有洗手，那就更不值得一提了，反正洗了手也要用抗生素，而且和羊水栓塞扯不上半毛钱的关系。

"怎么了？还有什么疑问吗？"卢大成追问了一句，却没等晓米回答，就看着麻醉医生说，"你不是说过一切正常吗？"

"是啊，我是这样说过，胎儿娩出后病人一切正常。"麻醉医生马上回答。

"要不这样。"卢大成重新看着晓米说，"你把病程记录写得再具体一些。"

"不用了。"苏红说，"因为是死亡病例，将来会发生什么都很难说，为了实事求是，已经记录在案的一个字也别修改。"

"我同意。"卢大成立刻应了一声，又看着晓米问，"你说呢？"

晓米想，如果她点一下头，手术的讨论就不会再继续下去了，那以后就很难再有这样的机会了，于是便说："我想说说手术过程、与发病可能有关的细节，可以吗？"

苏红愣了一下问："发病有关的细节？你想说什么？"

晓米没有立刻答话，她是在斟酌如何表达，以便让大家仅仅是对手术，而不是对施行者的责任来发表意见。

"我想说的是手术的规范。"晓米看了看大家，决定先从一个大概念开始。

苏院长却看了看表说："时间不早了，还是谈具体问题吧。"

卢大成便看着晓米问："既然说到细节，那我就问一下，缩宫素你给了多少？"

"20单位。"晓米回答。

"肌注还是静注？"

"肌注。"

"静注呢？"

"我看宫缩还可以，静脉就没给药。"

"20单位……"卢大成用手指轻轻地敲着桌面，在想着什么。

"是不是给多了？"苏红以前也是产科医生，自然知道缩宫素如果给得不合适,是引发羊水栓塞的原因之一,便有些紧张地问,"为什么不先给10单位或5单位呢?"

这话让晓米有些生气,心里想:"这不等于在怀疑,是我的缩宫素给多了?难道你不知道20单位是常规吗?"

正想说话,却听到苏红又说:"本病例应该和使用缩宫素没什么关系。"

"不过,手术中可能有个问题。"晓米决定抛开顾虑,脱口而出。

"什么问题?"苏红看着晓米问。

"为了防止羊水物质进入母体血液,应该先切开子宫肌层,然后……"

"我们不是这么做的吗?"卢大成一下打断晓米的话,并盯着她的眼睛说,"这里有什么问题吗?"

"可您是一刀切破了胎膜啊!"晓米也看着对方有些发怒的双眼。

会场上的医生开始小声议论。

苏红做了个手势让大家安静,等着卢大成的回答。

卢大成却突然笑了起来,过后才一字一板地说:"我说雷医生,你是不是听院长问缩宫素的事,担心负责任,在为自己辩解啊?要不,就是被羊水中的毳毛弄昏了头,有些颠三倒四了?"

苏红却看着卢大成很严肃地问:"到底是怎么回事?"

"这个病人的羊水太多了,一捅破就溅了雷医生一脸。"

"是真的?"苏红看了看手术室的护士问。

"是真的。"那个替晓米擦过脸的护士说,"估计得有4000毫升,压力可大了,就像个小喷泉哩。"

晓米左右看看,想找到上台的器械护士小丁,她当时就站在卢主任身边,应该看到主刀医生的所有操作。可不知为什么,小丁居然不在。

苏红面前的ipad这时响了一下,她迅速扫了一眼,说:"好了好了,这个问题不要讨论了。病检刚才有了结果,这个病人完全可以确诊为羊水栓塞。这种病在几万个病人中才有一例,确切的病因及病理过程都不十分明确,这个大家都很清楚。本院成立十多年来,这还是头一次发生,因此要格外认真对待。至于学术上的问题,我们将来会有很多机会讨论。而眼下嘛,我们一方面为病人的不幸去世而悲痛,一方面也要对可能发生的医患矛盾作好应对的准备。下面就请我们的法律顾问谈一谈注意事项，希望大家认真听取并坚决遵守。"

年纪已经不轻的法律顾问干咳了两声才开始说话："我要说的只有一句，就是从现在起，在座各位和外界——无论是家属还是媒体，所有的谈话都必须要和院领导保持一致。当然，有什么问题可以在内部提出，内部解决。对外要少说，最好不说。"

"大家都听清楚了没有？"苏红扫视了一下会场，很严肃地作出结论道，"经过讨论，这个病例手术符合规范，抢救及时，处理得当，医方不存在任何过失。散会。"

会后，晓米被叫到苏院长办公室。进去一看，卢主任也在那儿，这并不出她的所料。

"我听出来，你们的说法有些不同调哩。"苏院长看了看表，装着轻松地说，"明天可能会有上级领导来问手术上的事，希望你们现在能统一。谁先说？"

"我先说吧。"卢大成不等晓米开口就抢先说，"缩宫素的剂量应该没有问题，我已经问过麻醉，他也认为当时宫缩不是太强，20单位肌注很合适。至于破膜，我是在子宫肌层切开后才做的，晓米当时是不是有些紧张？"

"撒谎！"晓米心里叫道，但没有说出来。显然，卢大成已经意识到这个细节的重要性，所以要让她在院长面前表态，和他一起隐瞒真相。那她该怎么办？如果说声"是"，甚至不用表态，这事就算完了，这样卢大成就会欠她一个人情，一个天大的人情，在以后的工作中，他会回报的，比如在高级职称评审，至少不会再找她的碴儿了。可如果她不点头呢？关系恶化暂且不说，他会承认吗？在台上能够很清楚地看到手术野的就他们两个人，况且她是助手，如果主刀否认，她拿什么来证明自己说的才是真的呢？

"怎么，还有什么犹豫吗？"苏院长见晓米不说话，便期待地看着她。

"我当时并不紧张，只是有些吃惊，很吃惊。"晓米避开卢大成的视线，只看着苏院长说，"卢主任是在切开子宫肌层的同时破的胎膜，我看得清清楚楚。"

7

苏红听了没有表现出惊讶,她咂了咂嘴,想了一会儿,才看着卢大成问:"你看怎么办?"

卢大成则笑了笑说:"啊呀,真想不到晓米医生对我的误会这么深啊。"

"我对您没有误会。"晓米坦然地说。

"怎么没有?"卢大成立刻说,"上次我在科里的会上,点了你的名。至于我们俩在感情上的事,苏院长大概也有所耳闻,不用我说了吧?"

是,晓米对卢大成是没有好感,他们曾经交往了三年,她都已经准备结婚了,可对方却突然变卦,这会有好感吗?点名是因为她在网上购买了年终总结,可那只是非专业的一部分,他作为主任应该清楚啊!

"过去的事,我看就别再提了。"苏院长打起了圆场,现在,你们俩说的不一样,我该相信谁呢?"

"可以问问器械护士嘛。"虽然把握不大,晓米还是建议道,"她就站在卢主任身边,应该可以看到。"

"刚才我已经打电话问了。"苏红回答道,"她说当时正忙着清点纱布,没有注意。"

这显然不是真话。晓米马上说:"那会儿正紧张,怎么会清点纱布呢?还有,今天的会,器械护士应该参加啊!"

苏红想了想,看着卢大成问:"是啊,器械护士怎么没有来开会?"

"说是家里有事请假了。"卢大成敷衍了一句,然后看着晓米道,"晓米啊,其实这里还有一个认识上的问题。"

"什么认识上的问题?"晓米毫不客气地问。

卢大成做出一副大度的样子笑了笑,才说:"你是不是认为,只要羊水和母血接触就能发生羊水栓塞?那么我问你,谁能保证羊水都会被吸得干干净净?有些开放的血窦都浸泡在羊水里,那么多病人为什么都没有发病呢?"

"是啊,同时破膜也不一定会发生栓塞啊。"苏红帮着卢大成说,"现在都认为是过敏的生化反应,根本无法诊断。"

开始,晓米还认为苏院长会保持一个中间立场,现在听她这么一说,便知道无论自己说什么,院长都会和卢大成保持一致。"既然卢主任这么说了,您还问我做什么?"晓米苦笑,"反正说也是白说。"

"那你的意思是,可以和卢主任统一起来了?"苏院长笑着问。

"不。"晓米口气坚定，"既然你们认为同时破膜并不一定就会引发该病，那还担心什么呢？"

"但还是要统一说法嘛。"苏院长说着，就给晓米倒了杯水，放在她面前。

"可我不想撒谎，也决不撒谎。"晓米没喝水，站了起来说，"我再强调一遍，这事我看得清清楚楚，卢主任只用了一刀，这是千真万确。对不起，我还有事，得先走了。"

"等一下。"苏红连忙对卢大成说，"卢主任，你先走吧，我和晓米再聊几句。"

卢大成没说什么，很不高兴地走了出去。

"这是何必呢。"苏红把门关好，坐到晓米身边说，"我知道你们谈过恋爱，他有对不起你的地方，可现在……"

"我们不是谈恋爱。"晓米打断对方的话，说，"我们只是相亲。"

"不是一个意思吗？"

"不是啊。恋爱是彼此都喜欢。可相亲没有感情色彩，合适就结婚，否则就拜拜。"

"可你们时间也不短啊，有两三年吧？"

"两年多一点。"

"那可不是一般的相亲了，不然能拖这么长吗？是不是也有一定的感情啊？"

"时间长，对我来说是因为没有别的选择。可男人就不一样了，都是脚踩几条船。时间不能说明什么。"

苏红点点头，却又说："不过我也是过来人，男女的事很难说的。常言道，爱得越深，也就恨得越深。你现在铁了心和他唱反调，是不是因为曾经也爱过啊？"

"那可不是。"

"好吧。你说不是就不是。不过有件事，我得和你解释一下。上次对你点名批评可不是卢主任的主意，相反，他还帮你说了不少好话呢。说那些和业务无关的东西，他也很少学习。可上面来的巡视组不这么看啊。你做得那么露骨，他也是没办法，你能理解吗？"

"这个我承认，在网上购买年终小结，确实不对。"

"你有这样的觉悟我很高兴。这个事就不谈了。据我所知，卢主任各个方面都在偷偷地帮你,包括今天的手术。你知道,为什么他要找你上台吗?"

"是啊?为什么呢?"晓米从开始就很纳闷儿,一个再普通不过的剖宫产,既然是科主任主刀,为什么还要让她这个主治医师当助手呢?

"是因为你评高级职称的手术数量不够。他这么做,也是冒了风险的。你知道,这次高职的指标还不到申请人的十分之一。而且不管怎么说,你都是他的前女友,他又在晋升副院长的节骨眼上。如果有人举报,再长几张嘴也说不清啊。"

晓米没有说话。这事她从来没有想过。

"好啦,我现在最大的愿望,就是希望你别再和卢主任闹别扭了。"苏红轻轻地拍了拍晓米的肩膀,说,"当然,他也有他的问题,手术要讲究速度,但更要注意安全。一刀就切开真皮、脂肪和前鞘,快是快了几秒,可我就不太赞同,更不适合推广。临床医生手上的感觉很微妙,不是人人都能做到的,要是碰到下面的腹直肌,出血不说,不是更耽搁时间吗?"

苏红见晓米不再吭声,却没立刻结束谈话,而是用推心置腹的口气把卢大成数落了一阵,说他穿假名牌,比较虚荣,见到美女护士眼睛就发亮,而对待自己的老婆却并不像外面传说的那么体贴。晓米对这些都没什么兴趣,喝了一口水,就说困了,要回家睡觉。

苏红和晓米走出来的时候,又叮嘱了几句,最终目的就是要晓米答应,承认这次手术很正常,千万不要再节外生枝。


出了医院,晓米去了一家通宵营业的酒吧,因为散会的时候钟悦说好在那儿等她。

钟悦是妇幼保健医院的儿科主任,也是抢救组成员,这次虽然没他什么事,但也参加了晚上的会,只是没有发言。钟悦的女友安萍是晓米大学同学,最好的闺密,以前也是妇幼保健医院的产科医生,后来被聘到一家民营产科医院当了院长,听说这边发生羊水栓塞,自然会在第一时间表示关注。

"是不是被叫去封口了?"安萍心直口快,一见晓米就直奔主题。

"要我撒谎。"

"这是肯定的。"安萍马上说,"卢大成现在慌了。你准备妥协吗?"

10

"不。"

"那怎么办?"

"不知道。"

"没有想想后果?"

"还没来得及呢。"

"那我告诉你,如果你铁了心,麻烦就大了。"安萍做了个无可奈何的手势,看着晓米接着说,"如果打官司,医院要负完全责任,卢大成别说是副院长,科主任也当不成了。你说,他们会承认吗?"

"当然不会承认。"钟悦也看着晓米说,"这可是一级事故啊。"

"那怎么办?"晓米有些茫然了。

"准确地说,是你怎么办?"安萍却笑着问。

"我?"

"是啊,我现在只关心你。"安萍往一只空杯子里倒了一些酒,放在晓米面前才又说,"你喝一口,清醒一下头脑,然后回答我的问题。"

"你说吧。"晓米没碰酒杯,看着安萍。

"现在你面临两个选择:一个是坚持你现在的立场,说真话;另一个是马上给苏院长打电话,说你错了。"

"当然是说真话。"

"如果说真话,你会遭到卢大成的疯狂反扑。"

晓米笑笑说:"那又怎么样?他能杀了我?"

"差不多吧。"安萍认真道,"只是,你的真话很难得到医学鉴定委员会的认同。"

"为什么?"

"为什么?"安萍重复了一句,"大家都知道你恨卢大成,会认为是一种报复。"

"可事实如此啊!"

"这个我相信。可台上就你们俩,他不承认,谁来证明?"

晓米不说话。

安萍过了会儿又问:"你指望那个器械护士会帮你?"

"那个护士已经被他收买了。"晓米沮丧道。

"完全在料想之中。你想想,那护士和你是什么关系,人家凭什么会帮你?"

晓米喝了一口酒:"照你这么说,只能说假话了?"

"这倒不是。"安萍笑了笑,"我希望你、也鼓励你说真话,而且要大说特说,这才符合你做人的准则,对吗?"

"为什么啊?"晓米不解地问,"那我还能在医院待下去吗?"

"哈哈。"安萍更乐了,"说了半天,你终于说到点子上啦。你以为这么晚,我坐在这里只是为了帮你做选择题吗?错啦,要不是为了我自己,才懒得理你们这些闲事呢。"

"你究竟想说什么?"

"我想说的是……"安萍得意地看了钟悦一眼,"你必须坚持一个好医生的职业道德,然后呢,就会成为某些人的眼中钉、肉中刺。再然后呢,你就不得不从妇幼保健医院滚蛋。其实,像你这样医术高明、又敢负责任的医生还是有人会同情、会收留的。比如我的医院,我正缺少一个像样的产科主任呢。怎么样,现在可以考虑一下了吧?"

晓米听到这儿也笑了起来:"休想!"

"怎么了?我那儿也能评高级职称,工资涨双倍,还保证不上夜班。"

"是,在你那儿是可以养尊处优,病人还都是有钱人,有修养懂礼貌,不会挨骂。"晓米叹了口气说,"可对我不合适。"

"为什么?"

"你那儿都是正常病人,不,病人都谈不上,只是些产妇。并发症、疑难病例会到你那儿去吗?要不了几个月,我就会发福。当然,你不用发愁了,有钟悦呢。可我的那一位在哪里?算了,我可不想像你那样,小肚子上尽长肥肉。"

"真是不知好歹!"安萍突然生起气来,"那你就等着被人收拾吧!钟悦,我们撤!让晓米埋单!"

这天晚上,晓米久久不能入睡。那个去世的大屁股女人老在眼前晃悠。中午,她和麻醉医生一起去和那个女人谈过话,她只问了一个问题,问刀口会不会很难看。现在,她永远不会为这事操心了。

以前,也曾有个病人在她手术后离开了人世。那是个前置胎盘并发大出血,病人却死也不肯切除子宫,还坚持转院,结果死在救护车上。另外,还有几个她参与抢救但没有成功的病例。作为一名医生,她经常为人体万能的构造所惊喜,同时也为生命的脆弱而悲哀。当护士用床单盖住死者的脸,推向停尸房时,她会对既往的治疗过程进行反省,会积累自己的经验,甚至会在诊疗类似病例并获得成功时对死者产生敬意,却从未有过后悔。

可现在却不一样了。她后悔没有提醒卢大成在切开子宫肌层时,不要划破胎膜。这样,她就有足够的时间来吸尽羊水,就不会让羊水成分进入母血循环,就不会并发那该死的羊水栓塞了。

当然,她有一千个理由来为自己开脱:她不是主刀医生,当时也不可能有时间来说话,手术预案她根本就没有看到,如此等等。但有个感觉却始终挥之不去,就是在卢大成只用一刀就解决了皮肤、脂肪和前鞘切口的时候,她已经有了一种预感,担心他同样会在切开子宫肌层时同时破膜。那么,既然有了这样的感觉,为什么没有说出来呢?按她平时的性格,别说是科主任,就是院长,她也会毫不客气地说出自己的想法啊!那么,只有一个理由,就是他们曾经是那种关系,所以才不想开口。可后果却是一条人命啊!

能不能别这么纠结呢?就如苏院长说的,不要节外生枝,只要跟着他们点点头,这事就这么过去了。至于真话和假话,人的一生能永远只说真话吗?特别是对一个医生来说,是不是太苛求了?

"不行,这事决不能就这么放过!"她最后还是作出了这样的决定。

晓米这么在意这个病例当然是有充分理由的。有件事她从来没有对外人说过,即使是对最好的朋友安萍也是如此:她的母亲就是因为羊水栓塞去世的。

# 第二章

卢大成有个非常坚定的人生信念:只要努力,就能成功。

上大学的时候他想当班长。可当任班长不仅品学兼优,还有很强的家庭背景。而他,只是个因为要拉高贫困地区的升学率才勉强被录取的农民子弟。可他却在毕业前的最后一个学期实现了愿望。

"知道我是怎么做到的吗?"有一次他喝多了酒,向晓米吹嘘道,"我有三个办法。一个是和他交朋友,这样,就能近距离地了解他为人处世的方法,也就知道了究竟是什么东西被老师看中。第二是模仿他做事,大凡他在做或已经做过的事,我无一不为,也许开始没他做得好,但久而久之,就有胜过的地方。第三是等待机会,最后一年他忙着考研,推荐了其他两位同学,却让老师觉得摆不平关系,于是好运就落到我的头上啦。"

这些话,没给晓米留下什么好印象。卢大成事后有些后悔,后悔把自己弄得太透明了,这可是人生大忌。

当上科主任比当班长容易多了,从开始努力到愿望实现,只用了不到一年的时间。当然,时机得当、运气好是主要原因。五年前,大学附院把产科和新生儿科中的部分骨干作为基础,成立了省级妇幼保健院,目的是争夺更多异常分娩的患者。这个投入较小而收益丰厚的领域已经被省城其他几家三甲医院一致看好,所以不等资金到位,就匆

14

匆上马了。因为院址在郊区,交通不便,诊室和病房均由仓库改建,条件很差,许多医生都不想去。当时只是危重孕产妇救治中心一名普通医生的卢大成却认为这是一个难得的机会,不仅带头报名,还说服了胡氏药业集团参股,这让毫无创业经验、只是因为在援非中表现出色而被任命为院长的苏红大为看重,立刻成了她的得力助手。后来产科主任到国外进修,卢大成就顺理成章地接了班。

在过去的几年里,卢大成为妇幼保健院作出的贡献确实令人赞叹。地皮一寸都没扩大,但拔地而起的一座十九层高楼却把使用面积增加了几十倍,床位从150张发展到1000张,增加了生殖中心、急救中心以及无痛分娩、产后整形等几个专业科室,从而一跃成为省城规模最大的妇幼专科医院。

当然,卢大成能够做到这一切,除了他的野心和能力,在很大程度上还因为有一个财大气粗的岳父。

卢大成从二十五岁开始物色配偶,一直到结婚,花了整整十年的时间。选择的标准也有过变化。起初,他只想找个年轻漂亮、家在城里的就行了,后来有段时间很注重女人的才华和品位。不过,当他偶然看了一出《红楼梦》,剧中老太太不惜让林黛玉绝望而死,也要让贾宝玉与薛宝钗结婚的情节让他猛然醒悟,意识到对他来说,结婚不只是生儿育女,更是改变命运的大好机会。看看周围那些平民出身而仕途顺利的领导和同事,谁没有一个背景过硬的老婆啊?于是,当胡氏药业集团董事长的女儿胡玉珍出现在他的视野中的时候,他便毫不犹豫地选择了与自小没有了母亲、父亲移民国外的晓米分手。

当一个科主任自然不是卢大成的最终目的,他认为自己完全有能力进入大学附院的领导班子,甚至当上院长。这个目标并非遥不可及,现任大学附院的总院长就是从外科主任一步步升上来的,而院长夫人也只是省卫生厅一个副厅长的女儿。卢大成觉得在市场化的时代,富豪的力量要比官员大多了。后来的事实证明,确实如此。

当然,医院不是一般的官场,需要真才实学,并且在业务上一定要超过竞争对手。除此以外,还有一个更为重要的,就是不能出事故,特别是不能出重大医疗事故。这是卢大成无时无刻不在告诫自己的警语。不过这次剖宫产,他显然是有些大意了。

把剖宫产的手术定在下午一点,实际上是精心策划的。因为这时要在门诊外面的广场举行手术救护车的赠送仪式,那会儿,不仅大学附院的院长要来参加,省厅和市局的有关领导也会出席。苏红安排卢大成代表保健院讲话,不仅因为馈赠方是他的岳父,还因为他晋升副院长后会分管急救中心,而这辆车将成为全省第一辆可以施行手术的"流动手术室",意义非同小可。

卢大成故意要在开会前迟到几分钟,可谓是处心积虑。数天前,他在一份文件上看到,今后提拔的业务副院长一定不能脱离专业,也要上门诊,进手术室,这将是考核晋升的重要条件。因此他必须迟到,因为迟到才会有人问及迟到的原因,而原因就是在做手术,这不是一个极好的宣传自己的机会吗?听说,他任副院长的事这几天就要讨论呢。

他算准仪式不会准点,这种活动按习惯总会推迟五六分钟才会正式开始,而他必须在主要领导到场后的三五分钟内出现,否则就会弄巧成拙。所以他算好在一点零五分下台,零七分走出手术室去换衣服,从他的办公室到门诊外广场快走是四分半钟。他的设计很成功,当省厅领导到达两分钟后,苏红看了看表,正准备打电话时,他就出现了。果然苏红问他去了哪里,他便把手术的事用随随便便的口气作了汇报,声音不高不低,正好让不远处的几位领导听到。卢大成把这一切做得天衣无缝,谁也不会想到这是一场表演。

卢大成讲完话,并领着大家看了急救车手术器械的演示,正准备和负责采购的一位附院领导聊聊,就接到刘一君发来的短信,说是病人出了事,他只和苏红打了个招呼,就直奔病房。

在关键时刻,竟然出现了一个死亡病例,而且还是他主刀,这让卢大成深感不安。

等刘一君宣布了死亡时间,他就回到自己办公室,关好门,细细地把手术想了一遍。在进入腹腔,暴露子宫下段前,应该没有任何问题。但接下来就不好说了。切开子宫肌层同时破膜,显然不是一个规范动作,这一点他非常清楚。记得在他当主刀医生的开始两年,剖宫产到了这一步还是非常细心的,尽量不让羊水进入肌层切口的血窦。但不久就觉得这么做完全没有必要,事实上,他做的上千例剖宫产,从未发生过羊水栓塞。对绝大多数产科医生来说,这个令人惊魂的并发症只是一个传说而已。况且近来的研究证明,羊水栓塞的发生不只是因为羊水物质进入了母血循环,更可能是一种生化反应,而这种反应是再规范的手术也无法预防的呀。

想到这里，卢大成轻松了不少。当然，他估计雷晓米会在讨论会上提到这一点，但这也不怕，否认就是了。不过，为了以防万一，他还是去找了手术室的那个器械护士。那护士很快就揣摩到卢大成的用意，立刻表示没有看到。"我只是个护士，怎么会关心医生怎么做切口呢？"听那护士这么说，他更放心了。不过，为了以防万一，他还是让这个护士请了假，这样晓米就没有当面对话的机会了。

没想到的是雷晓米会死死抓住"同时破膜"不放，而且丝毫不买苏院长的账。虽然他不承认，但从大家的表情上看，还是会偏信于雷晓米，至少也会产生怀疑，这就不能不让他百倍警惕。


一回到办公室，卢大成便给刘一君打电话，让他立刻过来。

刘一君是卢大成的死党。他们是同学，又是同乡，更重要的是刘一君急救中心主任的位置也是卢大成一手搞定的。两年前成立急救中心，卢大成极力推荐刘一君当主任，因为他一直是抢救小组的负责人，所以很快就得到苏院长的认可。不料这家伙偏偏在这时候搞大了一个护士的肚子。那是个很泼辣的女人，刚离婚，早就盯上了一直单身的刘一君，天天逼着他去领证，而刘一君则坚决不同意。此事在院里闹得沸沸扬扬，苏红要换人，卢大成立刻拿出十万元将那女人摆平，又将其调走，刘一君这才逃过一劫。从此以后，刘一君对卢大成言听计从，忠心耿耿，一听召唤，立刻就会来到卢大成的身边。

"你觉得病人家属会打官司吗？"卢大成不等刘一君坐下就问，故意不提手术上的事。

"这个是百分之一百。"刘一君用半个屁股坐直了身体，全然是向领导汇报工作的模样，尽管他与卢大成目前的职务并无上下之分。

"这么肯定？"

"我听家属说，结婚彩礼就送了一万块呢。"

卢大成点了点头。农村的规矩他很熟悉，既然家属提到了钱，那现在人财两空，不闹才怪。

"以前，你们那儿是怎么解决的？"卢大成知道急救中心有过几次医患冲突，但后来都没激化，这都因为刘一君处理得当，苏院长还特别在会上表扬过的。

"当然是调解了。"刘一君颇为得意地说。

"用钱吗?"

"嗯,但钱不是最主要的。"

"那主要的是什么呢?"卢大成有了兴趣。

"这个嘛。"刘一君卖了个关子才说,"主要是让患方明白打官司的成本和收益。比如上次外院一个孕妇产后大出血,送到我们医院后六小时死亡,家属要告我们抢救不力。我就帮他们联系了律师,并让律师讲了类似病例诉讼的结果。患方听后就不再闹了。"

"你和那些律师是朋友吗?"卢大成笑了笑问。

"也不能说是朋友,但每个月会请他们吃个饭,唱唱歌,沟通一下。"

"这么多律师,你请得过来吗?"

"别看省城这么大,其实专打医疗诉讼的律师并不多,而熟悉产科的就更少了,也就十来个,要凑两桌还困难呢。"

"噢。"卢大成听到这儿不由得放下心来。当初推荐刘一君,只是考虑同学和老乡容易结成死党,想不到他处理医患矛盾还很有一套,将来自己当了院领导,这种人才可不能少啊。于是接着说,"那今天这个事,你有什么想法?"

"照理说,这根本不是个事。"刘一君往前凑了凑说,"羊水栓塞没有先兆,而我们的抢救也很及时,最后诊断与我们采取的措施完全一致。只要手术上没有问题,病人家属还能说什么呢?"

卢大成听到他话中有话,便笑着问:"你说手术有没有问题呢?"

"当然没有问题了。"刘一君也笑了笑说,"只是雷晓米说您切开子宫肌层的时候同时破了膜,有些麻烦。"

"她是看错了。"

"她当然是看错了。可要是她下决心想报复您呢?"

"报复?"卢大成装作一时没转过弯来,"什么报复?"

"你们原来是那种关系啊!"刘一君连忙解释道,"听说晓米也准备结婚了,但后来又没成,女人在这方面的报复心理是很重的。"

"可这是两回事。晓米医生也不是这种人啊。"卢大成说完就用一副很不理解的样子看着刘一君说,"你怎么会想到什么报复?是想帮我才想出来的吧?"

"如果您没有这个想法,那我就是说错了。"刘一君连忙摇了摇头,继续说,"不不不,不是我说错了,是晓米医生确实看错了。大家都知道,女人是容易产生某种幻觉的,特别是在有了恩怨之后,往往很想把想象变成现实。这可是人之常情。"

这话没让卢大成产生更多的宽慰,他想了想才说:"对她我还是很了解的,况且是个剩女,要她面对现实太难了。"

"那您也只好坚决否认了。"

这是用不着说的。卢大成知道手术室还没安装摄像头,尽管上面有要求,会上也讨论过几次,但他还是对这种监督自己的玩意儿很反感。现在看来,他是做对了,不然每个动作都清清楚楚,要做点手脚就不太容易了。

"刚才你说不用钱就能解决那些事?"卢大成重新回到打官司的问题上来。这是个关键,如果能让患方不走诉讼,那手术台上的事就用不着再提了。

"也不是不用钱。"刘一君连忙回答,"这年头,要能真的不花钱就能解决医患矛盾,那可就是奇迹了。如果是死亡病例,我们会免收检查啊手术啊等等的一切费用;如果对方闹得凶,我们还要付一定的慰问金,金额和法院判决的差不多,甚至还要多一些。"

这个情况卢大成是知道的。记得苏院长曾经和他商量过几次,因为不是自己科里的事,他总是顺着对方的意思说些无关紧要的话。反正也不是什么很大的数目。

"那就这样。"卢大成这时完全是一副对下级作指示的口气,"你和家属好好沟通一下,看看他有什么要求。如果只是钱的问题,尽量满足就是了,最好不要闹到打官司的地步。还有一个,院方付的钱只是你说的慰问金,表示医院对死者的同情和关爱,绝对不是赔偿。如果扯上什么赔偿,那医院就似乎有些责任了。"

卢大成本以为刘一君会毫不犹豫地应承下来,不料刘一君立刻露出一张苦脸,摇着头,为难道:"这个……这个……"

"怎么?"卢大成装着很轻松的样子,"有什么为难吗?"

"不瞒您说,在开会前,我就和家属沟通过了。他说人是活蹦乱跳地进的医院,现在突然死了,当然是医院的责任。"

"这是他的无知,不理就是了。"

"可他已经有律师了。"

卢大成很意外:"什么?这么快?你帮他请的?"

"怎么可能呢!"刘一君忙说,"有个情况您可能不知道,现在的律师可不像从前,坐在事务所等人家找上门,而是雇些耳目在可能出事的地方蹲守。比如我们医院的一些保洁工,一旦出了事就会给律师打电话,一个电话一百元,对她们来说只是举手之劳。那些律师十分钟就会赶到医院,怕来晚了被别人抢了生意,竞争可激烈呢。"

这事卢大成还是头一次听说,不过想想也有道理,如果换了他,也会这么干。于是问:"你见到律师了?"

"还没有呢。"

"那就赶快联系。知道是谁吗?"

刘一君想了想:"十有八九是一个姓傅的。"

"这是个什么人?"

"此人叫傅志刚,据说原来也是个妇产科医生,我是在一个护士那儿看到名片的。"

"护士?这么说,他已经钻到护士这一层了?"

"这种人,可是无孔不入啊。"

卢大成愣了半天没说话。早知道护士里也有律师的耳目,讨论会的范围就该更小一些了,幸好没让那个器械护士参加。看来这事比原来想的要复杂,进展也很迅猛。当下可是节骨眼儿啊,副院长的任命要得到全院医学委员会半数以上的认可,现在人都很谨慎,如果成了被告,再被律师抓到什么把柄,大家还会投他的票吗?

"一君兄。"卢大成换了一种亲热的口吻说,"万不得已,不要走到诉讼这一步。你在这方面有经验,先好好摸一下情况,看看家属的胃口有多大。另一个就是要和律师搞好关系。一定要大事化小,小事化了,明白吗?"

刘一君出来后立刻拨通了家属的手机,但接听的却是那个姓傅的律师,这点刘一君早就预料到了。

"我叫傅志刚,现在是死亡病例家属的全权代表,有什么事就直接跟我说吧。"对方故意在"死亡"两个字上加重了分量,"在事情解决前,你也用不着和家属见面了。"

刘一君并不意外,以前也有病人或家属全权委托律师与医院交涉的情况。这也不完全是坏事,与律师打交道会直来直去,不仅会免听那些哭哭啼啼的长篇诉说,更不会遭遇拳打脚踢的皮肉之苦。

不一会儿,他们在一个颇为高档的咖啡馆见了面。地点是傅志刚定的,那儿的包间很安静,适合不能公开的谈话,也便于录音,饿了还有价格不菲的套餐供应。当然,埋单的是医院。

"说吧,家属想要多少钱?"刘一君没有寒暄,直奔主题,同时仔细打量着对手。这是个看起来弱不禁风的中年男子,脸部保养得很好,头发光亮,有点女人相,只是眼神并不温和。

"一百万!"律师轻轻松松地说,同时拿出一张烫了金边的名片,双手递了过去。

刘一君吓了一跳。以前也有人漫天要价,可都是家属,激动起来什么话都敢说。现在却是个律师啊,而且看起来还是个老手,怎么也这么信口开河呢?

"说出来,我听听。"刘一君收下名片,故作镇定地笑了笑。

"你看啊……"傅律师从一个皮包里拿出一张纸,指着一行行数字说,"这个病人才22岁,假如还活着,工作到法定退休的年龄,还有33年。我们只用最低的收入算一下,每年3万元,33年就是99万元,另外加上丧葬费、精神损失费,还有,如果我们按现在的平均寿命计算,她要是活到80岁……"

"请等一下。"刘一君不想再听这些细账,打断道,"家属也许会这么算,可你是律师,你应该知道,即使将来真的认定医院负有责任,法院判决过这么高的赔偿金额吗?"

"没有。"傅律师摊开手,表示很肯定。

"那你说这些做什么呢?"刘一君觉得已经有了一分胜算,口气也就硬了起来。

"可你刚才问的不是法院的判决,而是家属的要求啊!"傅律师并不示弱,还笑了起来。

"那你认为,医院会给这么多吗?"刘一君也笑了一声。

"当然会,而且还很合算呢。"傅志刚说完,便端起服务生刚刚送来的咖啡,慢慢喝了一口,才接着说,"对于被告,也就是卢大成主任来说,这点钱根本算不了什么。既然事情到了这一步,人也死了,花钱消灾嘛。如果他这点小事也想不开，那就得走法律程序，这样的话，他的副院长就当不成了。你想想，一个副院长的职务重要，还是一百万重要？还有个人名誉的损失、医院名誉的损失，这些都不是可以用钱来衡量的啊。"

"看来这家伙对医院的情况了如指掌。"刘一君心里想，并认为律师说的并不是完全没有道理，但嘴上却说，"你把前提搞错了。你的这种说法，必须是经过省级鉴定后，认为我们医院对死者负有主要责任。可这是个突发的并发症，我们无论在手术还是在抢救过程中都没有违反医疗规定，就是打官司，患方肯定百分之一百败诉。我虽然还不太了解你，但看来你也是个熟悉这类诉讼的专业人员，怎么可以这么自说自话呢？"

"刘主任，你说得很对。"傅律师说着还点了点头，"是的，如果打官司，最终结果患方不一定会胜诉。但是，你也很明白，我说的不是结果，而是过程。如果不能私下调解，那就得对簿公堂。你是知道的，这将是一个艰难而漫长的过程。先是市级鉴定，然后是省级鉴定，还有可能申诉到中华医学会。死者家属是个农民工，有的是时间和精力，为了一百万什么都做得出来。可你们的卢主任赔得起吗？不说别的，就一件事，他必须当一年、两年，甚至更长时间的被告。在这种情况下，领导能够让他升迁吗？他能够专心工作吗？甚至到国外游学演说的资格都会被取消呢。你是他最忠实的同事、老同学、好同乡，这些，你得为他好好想想啊！"

刘一君听了有些发蒙。自从担任抢救小组组长和急救中心主任以来，也和律师打过十来次交道，却从来没有碰到过这么狡猾和贪心的人呢。更糟糕的是，对方说的完全是事实。

对方见刘一君没有吭声，便又说："价钱的事，我们还可以商量。我以前也是个医生，还是做妇产科的，虽然改了行，但对你们的难处还是很体谅的。"

"那你能不能说服家属，不打官司，也会得到一定的补偿，只是不可能这么多？"虽然看情形不太可能，刘一君还是想试探一下。

"那是多少呢？"

"按以往的惯例，最多可以给5万元的安慰费。"

"如果这样，那我们就不要再费口舌，直接在法庭上见了。"傅志刚的脸色阴沉起来，"我准备明天就办手续，要封存和复印病历，和主刀医生、助手,和手术室的有关人员谈话取证。对了,还有媒体,数十家网络和电视台的记者正等着我爆料呢。"

说着,傅志刚就站了起来。这让刘一君有些慌乱,连忙赔着笑说:"急什么,再坐一会儿嘛。"

"不了,我们的差距也太大了。我好心好意来商量,你却没有一点诚意,还有什么可谈的?"傅志刚一点儿也不给刘一君面子,说完就径自走了出去。


刘一君立刻回来向卢大成汇报了和律师见面的情况。

卢大成的反应不像刘一君原来估计的那样暴躁,只是微微一笑,说:"这个律师还真不简单啊。"随后就要了傅志刚的电话。

"您想亲自和他谈吗?"

"不一定。"卢大成模棱两可道,"必要的时候再说吧。"

随后,卢大成来到地下停车场,坐进了他的奥迪A6。他原可以买辆更好的车,但为了不超过医院为苏红安排的专车,也便于和官员们聚会时融为一体,还是选择了这款C级轿车。在生活细节方面,他是从来不会马虎的。

他在车里想着一件事,就是必须说服苏红。不过,当他把A6驶上地面时,还是拿不定主意是不是要去苏红的家里,毕竟已经过了半夜啦。就在这时,苏红来了电话。

"能到我这儿来一趟吗?"苏红不等卢大成回答,又说,"雷晓米的态度看来很强硬,我有些担心呢。"

"好的,马上就到。"说着,卢大成就开足了马力,直奔离医院不远的一个别墅小区。

当初保健院刚刚成立时,曾经传过一个"八卦",说卢大成和苏红的关系很暧昧,还有人说亲眼看到卢大成一大早从苏红的家里出来。不过,这个传闻随着苏姗姗从国外回来就销声匿迹了。姗姗是苏红的独生女儿,学的也是产科,据说私人生活非常保守,已快三十的人了,还没有男朋友,一直住在家里。苏红的丈夫是个军人,很早就在一起意外的爆炸中去世了。据说苏红经常在深夜痛哭,一有机会就去那些最贫穷也最危险的国家做国际医疗救援,目的就是希望能死在岗位上。由此可见她与丈夫是何等恩爱。

不过,卢大成认为这些都是扯淡、美丽的谎言。如此而已。

卢大成把车停在路边,还未来得及按可视门铃,就听到"咔嚓"一声,大门开了。苏红的住房很宽敞,尤其是客厅,开个小型舞会绰绰有余。这房子是丈夫的战友们集资买的,那些在爆炸中活下来的人,几乎是逼着她搬了进去。

此刻,苏红穿了一套颜色鲜艳的彩绸长裙,脸上敷了粉,站在沙发边,忧郁地看着他。

"您是怎么了?"卢大成有些担心地问。

"没有,没有。"苏红连忙坐下来,并拍拍身边的沙发说,"我睡不着。这病例以前还没碰到过,明天一早要向附院的领导报告,想和你再商量一下。"

卢大成便在苏红的身边坐下,但保持了一定的距离,万一她女儿出来,才不会有什么想法。

"姗姗今天值夜班。"苏红似乎看穿了卢大成的心事,说,"你也好久不到我这儿来了。"

卢大成揣测着苏红叫他来的用意,动了动,却并没有靠近。从一个男人的角度,他对眼前这个比自己大十四五岁的女人毫无兴趣。要不是职务上的关系,以及这个该死的病例,他是怎么也不会到这里来的。但在任命副院长的问题上,苏红至少有百分之五十的决定权呢,那就不能让这个老女人过分失望。况且,苏红天天游泳,身材还是保持得很不错的。

"你这条裙子真漂亮,不是国内买的吧。"卢大成决定先恭维她一下。

"是非洲一个酋长送的。不过,后来发现是'中国制造'。"苏红笑了笑,便站了起来,转了一下说,"怎么样,还可以吧?我榨了西瓜汁,冰着呢。"

就在苏红去取西瓜汁的当儿,卢大成偶然发现一堆报纸中间反扣着一个相框,他好奇地看了看,是苏红年轻时代的结婚照,两个穿军装的年轻人并排坐在一起幸福地微笑,是那个时代爱情的见证。这张照片卢大成曾在苏红的办公室看到过,但不知从什么时候起,已经不见了。

"十分钟前,这张照片肯定是放在茶几上的。"卢大成心里想。此时听到脚步声,他立刻把相框原样放好。

"你要是饿了，可以吃些小点心。"苏红放下果汁壶，打开茶几上的食品盒，靠近卢大成坐下，倒了一杯西瓜汁，双手递到卢大成手里。

这会儿是九月中旬，天气已经凉爽了许多。本来胃就不太好的卢大成只是礼貌性地喝了一口，就开始说正事。

"能不能想个办法，把任命副院长的讨论推迟一段时间？"

"为什么呢？"苏红有点明知故问，"是因为这个病例吗？"

"刚才我让刘主任和家属谈了一下，很有可能会打官司。"

"能告我们什么？"苏红似乎一点儿也不紧张，"手术、抢救我们都不存在过失啊。"

"医疗官司常常和过失没关系。"卢大成决定多费一些口舌，让苏红了解一些现实情况，这往往是医院领导不太清楚的，"是这样，作为患方家属，他只知道病人死在医院，那医院就有一定责任。因为事先一点思想准备都没有，所以情绪会很激动，特别是在我们告诉他医院不存在任何过失时，他就觉得很不能理解。"

"是这样，那又怎么样？"

"这时候，他就会去找律师。"

"那当然。"

"可律师是什么人？他会想方设法撺掇家属起诉医院，明明知道不可能胜诉，也要这样做。"

"可对他有什么好处？家属也不笨啊，我听说，他们总会向律师提出一个条件，如果官司输了，是一分钱也不会付的。"

"确实如此。就原告方来说，律师会赔时间，赔精力，还会赔钱。"卢大成表示赞同。

"那他想得到什么？"

"当然是钱啦。"卢大成故意绕着圈子说。

"我不太明白。"苏红果然困惑起来。

"你看啊。"卢大成把果汁壶、杯子和食品盒摆成一个三角，才接着说，"壶和杯子代表医院和家属，这盒子是律师。律师让家属打官司的目的，不是要通过官司来挣钱，而是要我们医院给他好处费，否则，我不说您也知道，我们的名声或多或少要受到影响，上级也会不满意，文明单位也不能评选上。这些年来，从来没有家属告过我们，对吗？"

"是啊。不是都调解成功了吗？"

"可调解是要花钱的啊。"卢大成笑了笑说。

苏红却更不懂了："可是，医院财务从来没有这笔支出啊？"

"这钱大多是科里出的，当然，涉事医生也会拿出一部分。因为数额不大，我们也不便声张，就没有向您汇报。我还以为您都知道呢。"

"我真的不知道。"苏红想了想才说，"这次，你也准备这么干？"

"我还没和患方的律师接触过。如果能这么解决，对医院肯定有利。"

"这样当然好，但和副院长讨论有什么关系呢？"

"在事情解决前，难免会有一些风言风语要传到领导耳朵里，我听说这回副院长有两个人选呢。"

"是的。领导打算从附院调个人过来，但我没同意。"

"要是我当了被告，领导会不会就有了借口呢？"

"大成，我觉得没有必要。"苏红这时用院长的口气很果断地说，"如果推迟任命，也许会夜长梦多。我们这些年合作得很愉快，无论是事业还是个人关系都很好。万一来个生人……不行，这事你就别多想了，有我呢。"

"可律师什么事都能干得出来啊！"卢大成说着就往苏红身边移了移，"我听说外院有个官司，由头竟然是护士没有按时测量体温，结果闹得沸沸扬扬。我们这次也不能说是一点瑕疵都没有，晓米对我的成见，您也不是不知道啊。"

"这事你别想多了。"苏红还是不打算改变主意，她站了起来，走到客厅中央站定了说，"现在的信息很透明，用钱来摆平，一个是不合法，另一个是会引起更大的问题，特别是死亡病例，律师狮子大开口，谈不下来怎么办？那会让医院更被动，后患无穷啊！不，这事刚才我已经想好了，一定要实事求是，不搞小动作。打官司咱们也不怕。副院长的事你别担心，一切有我呢。"

听苏红这么一说，卢大成便不再吭声，随便扯了几句无关紧要的事，就准备告辞。

苏红也不挽留，却从一本书中拿出一个印着花的淡绿色信封，递到卢大成手上说："我又写了一首，你帮我看看，行吗？"

"遵命，我会认真拜读。"说着，就故意闻了一下信封道："你是用什么笔写的？这种香味真的让人心醉啊。"

"还是给我多提些意见吧。"苏红真心地笑了笑，就把卢大成送了出去。

　　不知从什么时候开始，苏红喜欢上了写诗，而且每写一首都要请卢大成"多提意见"。卢大成虽然也没有什么文艺细胞，却也能看出那些描写和比喻是如此的俗不可耐，甚至文理不通。不过，他在那些支离破碎的短句中，却清清楚楚地读懂了一件事：这个女人在向自己示爱呢。当然，那些意思都表现得非常含蓄，除了他以外，别人根本就不知道写的是什么。

　　上了车，卢大成没有急着开走，而是打开了那个信封，掏出同样散发着香味，并用闪光彩色画笔写的"诗"来读着。

天呐。我又做了一个梦，梦见——
你懂的
我知道路边的小草是永远
也配不上那高俊和伟岸
我会自量、反省
啊，祝我的朋友，我的爱人
就在那个阴霾多云的时候
把我
的心
摘去

　　卢大成开心地笑出声来。心里想："你做的梦我怎么会知道呢？'高俊'是什么？是你自己发明的时髦词儿吗？还有'反省'，那是领导班子在开会吗？'阴霾多云'是个什么风景啊？最可笑的还是那个结尾，不论怎么着，也没有必要把心摘去啊。"

　　卢大成就像在欣赏一个把自己衣服脱光了的女人。他有点后悔，后悔刚才没有做出些亲密的举动。人家为什么这么晚叫你过来？难道没有什么想法吗？你即便不想留下来过夜，搂一搂或是亲一亲也是应该做的啊。不过他马上又对自己说，不行，如果让一个50岁的老女人尝到这方面的甜头，那才是后患无穷呢。就算要报答，也得等到副院长任命之后啊。

第三章


　　律师的行情并不如傅志刚当初想象的那样火爆，特别是近年各地纷纷建立了仲裁委员会，并且免费接受医疗纠纷的仲裁申请后，真正闹到法庭的案件就很少了。

　　不过傅志刚已经没有了任何退路。六年前，他做了件蠢事，被所在的一家综合医院开除了公职，吊销了行医执照，为之奋斗了十五六年好不容易得来的吃饭家什一日之内就被砸得粉碎。随后是更大的悲剧接踵而来，一向珍惜名声并鳏居多年的父亲在听了受害人家属的一顿辱骂后，竟然中风归西；接下来便是老婆离婚，带着孩子不知去向。他痛定思痛，没有听从旁人的劝告鼓捣药品和医疗器械的买卖，而是搜集了一大纸箱的书和复习资料，龟缩在家中苦读。一年后，他参加了律师资格考试，并顺利拿到开业执照。他跪在父亲的灵位前扇了自己几个耳光，将房产拜托亲戚变卖，直奔省城，要开创新的人生。

　　傅志刚不仅聪明、很有魄力，还能吃苦。初次创业，他没有像其他人一样与人合伙，或加盟一所有名气的事务所，而是坚持自己单干。他直接到各个医院蹲守，期待医患矛盾的发生。因为曾长期在医院工作，他很容易分辨出哪些矛盾会上升到诉讼，哪些会被调解，哪些则会不了了之。他知道，那些面红耳赤、声嘶力竭，甚至口口声声说要动手的患方家属，往往不会真的与律师签下合同；倒是那种据理力争却又久久不能得到满意答复的有心人,才会不惜重金,聘请律师来报仇雪恨。傅志刚首次代理的是一起产前B超误诊,从而导致前臂先天性畸形婴儿出生的诉讼。他只抓住B超检查医师尚未取得执业医师资格证书就单独出具检查报告这一点,就轻松获胜。应该说,在开始的两年中,他干得相当顺利。一是挣了不少钱,买了房子和轿车,交了不少女友;二是在业内名气上升,好几家事务所都出高薪聘请,连一些大型综合医院也把他列入攻关对象。但好景不长,就在他准备租间大些的办公室,聘用几个大学生,以便扩大业务范围的时候,突然发现法院医疗诉讼的开庭率急剧下降,通过仲裁和解的医患矛盾却日益增多。他的业务更是惨淡,今年眼看已经过去了一大半,但一个像样的官司还没开张呢。

给保洁员发放爆料电话的做法,并非傅志刚首创,但要说做得深入和仔细,恐怕省城的律师没有一个能和傅志刚相比。因为他原来做的是妇产科,省保健院自然是他监控的重点。产生医疗诉讼的前提是医疗事故,最了解情况的是当班的医生和护士,但要在这些人中发展内线几无可能。特别是医生,包括进修和实习生在内,如果院方发现他们吃里爬外,那肯定要被打入另册,加薪晋级都会受影响,谁会为那点小钱冒这么大的风险呢?护士也是如此,一旦医患发生矛盾,第一个要求封口的就是病房护士,她们的一举一动都无法逃过护士长的眼睛。尽管如此,傅志刚还是想方设法在一线队伍中发展耳目,其中一个就是手术室的器械护士小丁。

小丁是个进修护士,关系不在医院。半年前,傅志刚请她吃过一次饭,她主动表示如有情况会及时通知,但要价是别人的十倍。傅志刚一听就知她是个手头不宽裕的女人。略一了解确实如此,她老公开车撞伤了人,月月在赔钱,母亲也在生病住院呢。

傅志刚在大屁股产妇死亡半小时内,接到一个护工的电话,但除死了一个病人外,她什么也不知道。小丁的电话是傍晚才打的,可也没得到更多信息,只知道晚上要开病例讨论会,但她却不参加。傅志刚单凭这句话,就感觉到这件事不同寻常。因为上台手术,除了医生之外,就是器械护士,这可是个死亡病例,怎么可以不参加呢?他立刻找到病人家属,按惯例表达了一阵慰问后,便声称这是一起重大医疗事故,而医方存在显而易见的、不可原谅的过失行为,只要打官司,就可以得到一大笔经济赔偿,而他可以免费代理诉讼,并且在赢了官司后,只按业内最低的标准提成。

这是一个套话，适用于任何一个可能引发医患矛盾的病例，目的是让家属聘请他做代理人。其实这番话别的律师也都会这么说，大同小异而已。但他有一个屡试不爽的秘密武器：就是返还委托人2到5个百分点的提成。因为律师协会不允许擅自降低提成比例，从而造成恶性竞争，损坏整个行业的利益。所以傅志刚在签约时还会做一个"小合同"，注明实际提成的比例，这个合同会在案件结束后当面销毁。别人会不会这么做不知道，但傅志刚知道自己返还的比例应该是最高的，因为许多当事人在接触了多个事务所后仍然找他合作，就知道一定是金钱的杠杆在发挥作用。眼下这个家属也是如此，在几乎是同时赶到的其他两个律师中选中了傅志刚。当然，这个表面显得很老实的小区门卫并不缺少智商，除了价钱合适，更重要的是看中了傅志刚有妇产科医生的经历。

手术的主刀医生是公开信息，而卢大成要升任副院长也不是什么秘密，这两件事与死亡病例一联系，立刻让嗅觉灵敏的傅志刚看到了滚滚而来的财源。他料定医院会主动找家属处理善后，便与家属达成口头协议，要了电话耐心等待。此后发生的一切都在预料之中，开出的天价被拒绝，以及刘一君说的5万元安慰费等等，都会让他在最后装作愤怒的样子离席而去。实际上，媒体采访的事纯粹是瞎扯，而离打官司还早着呢。

对傅志刚来说，与刘一君的谈话只是一次试探，根本就没指望会有什么结果，他现在最关心的是病例讨论会上的内容。小丁虽然说自己不参加讨论会，但保证会从其他护士那里得到会上所有有用的信息。现在，既然抢救小组的负责人已经有空来和他见面，说明讨论已经结束，那为什么小丁没来电话呢？当然，她也许在上台手术，但更可能是等着他打电话。生活中有句名言：谁先说话谁先输。无论是谈情说爱还是交易买卖都是如此。

眼看过了12点，已是医院下小夜班的时候，傅志刚终于忍不住给小丁去了电话。

"怎么说？没有一点儿有用的话题吗？"傅志刚装着很轻松的口气问。

"有啊，有个很重要的情况呢。"小丁很清醒地说，"可我现在困极了,明天再说可以吗?"

这显然在吊胃口。傅志刚可不想浪费时间,于是说:"你说吧,如果真的有价值,报酬不用担心,会让你满意的。"

"我要五千元。现在就要打到我的账号上,否则一切免谈。"对方口气很硬。

"真是个贱人!"傅志刚心里骂了一句,却笑着说,"开玩笑吧,什么事值这么多钱啊?"

"不要就算了。我再找别人,你不后悔就行了。"小丁开始提出警告。

傅志刚并不在意,反攻道:"小丁啊,参加讨论的大概有十来个人吧?"

"你说得一点也不错,手术室除了巡回,还有护士长呢。"小丁哼了一声才又说,"可你也知道,能看到手术野的,就只有三个人:主刀、助手和器械护士。"

"是不是缩宫素的量给多了?"

"我说的可是手术野。"小丁冷笑一声说,"缩宫素的剂量完全合乎医疗规定。"

傅志刚听到这儿心里打起鼓来。他虽然是个妇产科医生,但现在专业分得很细,他一直做的是计划生育,剖宫产只是在实习时看过几例,细节都记不清了。而听对方的意思,显然是手术出了问题,那么错误究竟出在哪儿呢?

"你别瞎猜了,我不说,你是不会知道的。"小丁在电话里继续说,"我要这个数,一点儿也不多,将来你会知道的。"

"那能不能先透露一点儿?一句话也行啊。"傅志刚在作最后的挣扎,"你也知道,做买卖,哪有没见着货就付钱的?"

"不行。我没看到钱是不会告诉你的。我真的要睡觉了。"小丁下了最后通牒。

傅志刚的大脑在迅速运转:大剂量缩宫素往往是并发羊水栓塞的因素之一,既然被排除,又是台上出的事,那该是什么呢?要不,是碰到了大血管?还是伤了膀胱?可这些都不会导致羊水栓塞啊!

"好吧,算是服了你,我的姑奶奶,现在就给你打过去。"傅志刚决定试下运气,便用手机银行给小丁的账号汇了款。

半分钟后,他便听到小丁说:"助手雷晓米认为卢主任在切开子宫肌层的同时破了膜,不符合手术规范。至于是不是这个原因导致病人死亡,你自己去调查证实吧。"

傅志刚的第一反应就是上了当,连忙说:"小丁啊,这算什么情报?这不是在忽悠人吗?"

可对方已经关了机,再打也没用了。


小丁没有参加讨论会并没有引起人们的注意,因为不管怎么说,这起并发症的发生和器械护士没有任何关系。再说,这种会,她也不可能说上什么话。当然,如果她在场,听到晓米医生的发问,她倒是可以表明自己的意见,而且不会因为卢主任找过她就撒谎。医院,特别是手术室,是个必须说真话的地方。她和卢主任非亲非故,也没得到过什么好处,她犯得着冒风险吗?

不过,当苏院长来找她的时候,她却决定保持中立。因为从苏院长的口气判断,领导并不希望晓米医生说的事情真的发生。而苏院长和卢主任的关系又是那么不同寻常,她不在正式编制,为什么要得罪这些领导呢?于是便找了个借口说什么在清点纱布。不过,她还是有些内疚。特别这事涉及晓米医生——这个对每个病人都尽职尽力、并且从来不在护士面前摆架子的主治医生,让她有不少好感呢。所以,当那个律师半夜打来电话时,她就将巡回护士告诉她的话一字不改地说了出来,一半是为了钱,另一半则是为了弥补良心上的不安。

第二天,小丁一上班,就听同事说晓米医生来找过几次,并留了电话。她一点儿也不意外,于是发短信约好中午一起吃饭。

"苏院长说,你告诉她,那会儿你在清点纱布,是真的吗?"晓米医生一见面就问,让小丁有些措手不及。

"噢,是想问这个啊。"小丁犹豫了一会才回答,"你想让我说什么呢?"

"看到什么就说什么呀?"

"可卢主任动作那么快,我真的没有看清楚呀。"小丁决定明哲保身。

"那我问你,切开子宫肌层用什么器械?"

"手术刀啊!"

"破膜呢？"

"这个,有的医生喜欢用止血钳,但也有用刀的。"

"就是说,你在等待主刀医生的指令,不可能去清点什么纱布。"

听到晓米说得这么肯定,小丁低下头不再吭声。

"那我再问你,在我和卢主任之间,到底是谁在说真话,谁在撒谎？"

小丁压低了声音,但很清晰地说:"当然你说的是真话。"

"我知道你很为难。"晓米叹息一声,缓和了口气道,"但这件事真的很重要,估计上面来调查时会找你核实,到时候你能说真话吗？"

"我会的。"小丁说着,很认真地点了点头。

"这就对了嘛。"晓米松了一口气,想了想才又说,"但在接受调查前,你对谁也别说出去。能答应吗？"

"可是,我已经告诉律师了。"小丁慌忙解释道,"我对院长说了谎,是对你不公道,就想干脆通过律师把这事捅出来,也是想帮你啊。"

"哎呀,你怎么这么傻呢？"晓米很意外,有些恼火,却也不好发作,"这是我们医院内部的事,怎么可以告诉律师呢？你还怕事情不够复杂吗？"

晓米饭也没有顾上吃,就匆匆来找苏院长。苏红听了一个劲地咂嘴,说这个护士真的昏了头,怎么可以随便乱说呢。这让晓米有些后悔,后悔不该这么快让苏院长知道。不过,作为一个医生,如果不把这件事向领导报告,她同样会感到不安啊。

"这样,从现在开始,你什么也别说了。"苏红认真叮嘱道,"你一定要大度,一定要消除成见,一定要按卢主任说的统一口径。至于手术上的不同意见,我们可以内部讨论,但绝对不能让那些律师抓住把柄。他们为了赚钱,唯恐天下不乱,恨不得把医院说成是屠宰场。那我们还怎么为病人服务啊？晓米,就算我在求你,能答应吗？"

晓米平时和院领导很少接触,现在听了这些话,一时没了主意:"苏院长,您可不能这样说,我是这儿的医生,我也要维护医院的利益,不然就不来找您了。但是,您要我说谎,我也很难做到啊。"

"不是要你说谎,只是为了不激化矛盾,让你暂时不说话。等这件事过去后,我们可以做个专题,就你说的情况好好研究一下,对所有的产科医生都有好处啊。"

"好吧,那我就做几天哑巴。"晓米决定妥协,全身却在冒汗。

苏红并不放心,追问道:"要是律师找你呢?你准备怎么说?"

"我就说,我就说……"晓米长叹了一口气道,"就说是没有同时破膜。唉,这叫什么事儿啊?还有,那器械护士呢?"

"护士的事,你就别管了。"苏红说着就亲切地拍了拍晓米的肩,说,"晓米啊,我知道你是能够顾全大局的。以后有什么事,尽管来找我。"

从苏红那儿出来,晓米一个劲儿骂自己没出息,是个坏人。不知不觉来到新生儿病区,便见钟悦笑嘻嘻地向她走过来。

"笑什么?有什么好笑的?"晓米这会儿想发泄,钟悦正好是个目标。

"我笑你怎么比90后还开放啊。"钟悦说完就指了指她的前胸。

晓米低头一看,叫了声"哇"便赶紧捂住。原来,短袖白大褂上面的扣子不知什么时候解开了,一半胸罩露了出来。

"你怎么老看人家这儿啊。"晓米忙把衣服扣好,红了脸,装出埋怨的样子。

"我是在提醒你。"钟悦老实巴交道,"这儿不像你们科,男医生不少呢。"

钟悦是个长相英俊、个头儿适中的帅哥,父母都是大学教授,自己也有博士头衔,更难得的是他身上却没有半点儿虚华的影子,为人也很耿直,说他是全院未婚女人公认的白马王子一点也不过分。不过,他在读研的时候,已经与安萍相爱并同居。至于为什么到现在还没结婚,据说只是因为安萍想在事业上再上一个台阶,以免未来的公公婆婆看她不起。同时,安萍对他们的关系也很自信,认为钟悦这辈子除了她不可能再爱别的女人。尽管如此,安萍还是一本正经向晓米提出过警告,让她少和钟悦单独在一起说话:"再老实的男人都是靠不住的。不犯错误,只是因为没有机会罢了。"晓米只是笑笑。打死她,也不会抢闺密的男友啊!

不过,现在晓米很想找钟悦聊聊,她到底应该怎么做。

离午休结束还有半小时,他们便在专为医院内部人员服务的一间咖啡室靠角落的地方坐了下来。

"你没什么地方做得不对啊!"钟悦听完了晓米的话,很坦率地表示。

"可领导让我不说话，和撒谎有什么两样呢？"

"还是不一样。"钟悦想了想才说，"不说话，就是不再提起你说的那个细节，不让律师利用这个来攻击我们。你也不希望我们医院在这起官司中败诉，对吗？"

"是，我也不希望。"晓米也想了想说，"可万一走法律程序，应该实事求是啊。比如法庭要我作证，我能不说出来吗？"

"那是一定的。如果真的到了那一步，你当然不能隐瞒。但法院感兴趣的是因果关系，你说的那个细节是不是导致病人死亡的直接原因，这个问题太专业了，我昨天问了安萍，她也说不清楚呢。"

"这是两回事。是不是有直接原因，谁说了也不算，要听医学委员会的仲裁结果。"

"是这样。但最好别闹到法庭，我们科去年的一起诉讼，到现在还没有了结呢，都快把我烦死了。"

"那好吧，我就不再说话了，特别是不在律师面前乱说。"

可这句话说完还不到五分钟，晓米就接到了傅志刚的电话。

"雷大夫，不，还是请允许我像同事一样称呼您为晓米医生吧。我只想耽误您一分钟，大概您也知道了，我已经开始进入取证阶段，这个电话就在录音状态。我下面要问的一个问题很关键，您可以不回答，也可以挂机，但实际上都可以算作是一种表态。当然，如果我们能见面谈一谈，也许会更好，晓米医生，您说呢？"


晓米决定和这个律师见面，根本没意识到已经中了对方的圈套，她只担心电话里说不清楚，万一对方说是默认什么的，那就很难解释了。

不过她拉了钟悦一起去见律师。一方面是怕对付不了，有个人可以商量；另一方面也想让他作个见证，毕竟是向苏院长作过保证的啊。

地点约在医院对面的快餐厅，医院常有人去解决午饭，所以不会显眼。一路上，钟悦再三叮嘱："律师可能会问你各种问题，旁敲侧击、指东说西，实际上会把真正的意图混在那些废话里，引我们上钩。我们呢，就来个针锋相对，答非所问。反正不要在那个细节上发表意见。或者干脆，你就别说话，我来跟他谈。我们科经常发生医患矛盾，对付律师,还是有些经验的。"听了这些话,晓米也就放下心来。

不过此后的情况却完全超出预料。傅志刚独自坐在对面,递上名片后,并没问任何问题,却态度诚恳地介绍起自己来。

"我原来也是个妇产科医生呢,要是你们不嫌烦,我说说转行当律师的经过?"

钟悦皱皱眉头说:"不用吧,一会儿我们就上班。你有什么事,请直截了当说出来。"

晓米却朝钟悦摆摆手,对那律师道:"也行,说得简单一些。"

"那是因为出了一个事故。"傅志刚苦笑道,"下级医院送来一个中期引产导致子宫破裂的病人,还是个有过剖宫产史的瘢痕子宫。接诊的是我们主任,她让我经阴取出胎儿和胎盘。"

晓米听了马上叫起来:"怎么可以呢?要做剖腹探查啊!"

"我也是这么说的,可主任认为裂口不大。这种情况你们是知道的,医院是官大一级压死人,能不服从吗?结果可想而知,徒手操作后,子宫已经破得不能再修补,只好切除。"

"你为什么不坚持自己的意见呢?"钟悦毫不同情。

"说得容易,你们当主任的不会懂我们医生的苦衷。"晓米看着钟悦说了一句,又看那律师,"后来呢?"

"后来主任就把责任全部推到我身上,我不服,她就让我停职检查。我一时激动起来,说了些不得体的话,还动了手。"

"这个就是你的不对了。"晓米不满道,"不管发生什么情况,有话好好说嘛。我最看不得动手打人,主任错了,还有院长啊。"

"我打的不是主任,是病人家属。"傅志刚叹气道,"他们三个男的四个女的,打得我鼻青脸肿,头发也被揪了好大一片,我才反抗的。"

"哎呀,怎么不说清楚?"晓米同情地看着对方,"这不叫动手,叫合理自卫。"说完又看着钟悦问:"是这么说吗?"

"标准的说法是正当防卫。"钟悦说完,怀疑地看着律师,"你叫我们来,说这些做什么?"

"你让他说完嘛。"晓米推了钟悦一把。

"更让人生气的还在后面呢。"傅志刚冲钟悦笑了笑,又看着晓米接着说,"病人要打官司,主任突然改口说我是擅自手术,我一气之下辞了职。后来改行当律师,为的就是不再让第二个医生落得我这个下场。"

在一瞬间,晓米被律师最后一句话打动了。要不是想起钟悦此前嘱咐的一番话,她说不定会和这个人交上朋友呢。

钟悦却无动于衷:"看起来,你也该是个主治医师了。奋斗这么多年不容易,怎么会为了这点小事辞职呢?"

"说起来,你们可能不会相信。"傅志刚连忙解释道,"我们是个小医院,计划生育又是个小科室,我不擅长搞人际关系,几次评职称,都是到最后被人顶替了。这也是我不想留在医院的一个重要原因。"

"这种情况到处都有啊。"晓米看看表,真的不能再闲聊了,便主动说,"那么,我有什么可以帮你呢?"

"其实我只有一个问题。"傅志刚只看着晓米说,"手术到了切开子宫肌层这一步,是同时破的膜,还是像卢主任说的,是分成了两步?"

晓米迅速地扫了一眼桌面,没有回答。

"您放心,我没有录音。"傅志刚掏出手机让晓米和钟悦看,"我不会做非法取证的事。我只是有些好奇,这个细节,真的对并发羊水栓塞很重要吗?"

"怎么说呢?这个问题不那么简单。"晓米对专业问题的讨论有一种本能的热情,正准备作进一步解释,却感到自己的脚被钟悦踢了一下,这才收住口,"我们得回去了,以后再说吧。"

钟悦一边站起来,一边说:"对不起,您毕竟是患方的律师,要是有什么问题,应该按正规程序,经院方同意。否则,我们是可以不接待的。"

傅志刚立刻说:"您大概是误会了。我私下找你们聊聊,只有一个意思,就是交个朋友。你们保持警惕,这个我理解,但时间长了会明白,我其实是在帮助你们,帮助医院。就眼下这个案子来说,我其实在争取说服家属,万不得已不要闹到法庭,最好寻求一个和解的办法。不管你们信不信,我真的是这样想。"

从快餐店出来后,钟悦就对晓米说:"你呀,差点就上当了。他要的,就是那个问题的答案。其他的都是烟幕弹。"

"不会吧?我看这个人还是很老实的。"

"老实?"钟悦哈哈笑了起来,"你以为他说的这些都是真话吗?我就不信,一个科主任怎么会出尔反尔?一个住院医生怎么可以擅自手

37

术?难道周围就没有其他同事?手术室没有制度?这不是睁着眼睛说瞎话吗?"

晓米后来仔细想了想,觉得钟悦说的不无道理,不由得出了一身冷汗。不过尽管如此,她对这个律师的印象好像坏不起来呢。

但是,有件事是晓米做梦也想不到的。就在当天晚上,就在刘一君与傅志刚曾经见过面的那个咖啡馆,一场讨价还价一直持续到几乎天亮。谈判桌上只有两个人:傅志刚和卢大成。他们时而争得面红耳赤,时而和气得称兄道弟。最后双方意见达成一致,握手告别。

一周后,傅志刚代表死亡病例家属正式起诉保健院,诉由是在剖宫产手术中存在失误,是导致病人死亡的主要原因。苏红以保健院法人代表资格应诉,并积极配合律师及有关方面调查取证。因为现在上面有一个精神,医患矛盾要尽快解决,所以一个月后就开庭审理。经过法庭辩论,审判长要求调解,但均被双方拒绝。为了谨慎起见,法院又数次约见了妇产科专家讨论,最后以市级仲裁委员会的意见为依据,认定医方在诊断、手术、抢救方面不存在过失,不支持原告方的申诉请求。尽管如此,医院还是从人道主义出发,给了死者家属5万元的抚慰金,但声明绝不是赔偿。死者家属嫌少,不肯火化尸体。医院也不催促,等家属情绪平息以后再说。

对这起诉讼,媒体几乎没有反应。晚报和电视台的记者也曾找过原告挖新闻,但傅志刚认为只是一起平常的死亡病例,他作为原告律师,同时也作为一名昔日的妇产科医生信誓旦旦地保证,已经对医方的每一个细节都作了认真研究,并尽了最大努力,但最终还是要尊重科学和事实。记者听他这么说,当然也就做不出什么文章了。

卢大成升任副院长的议事日程按原计划进行。表决前,确实有人问过打官司的事,苏红立刻做出三点表态:一、死亡的直接原因是并发羊水栓塞,而这是目前人类医学无法逆转的病例;二、医方不存在任何过错;三、被告人是法人代表,不是卢大成。此外,她又对几位关键的领导私下表示,卢大成在手术中没有任何问题,如果将来查出,会立刻让他下来,她也要接受处分。上级研究了几次,最后表决时还是顺利通过。

晓米在这段时间内出奇忙碌。先是到北京参加一个培训,然后是去了灾区。但她还是在时刻关注这个官司的进展,特别是原告律师傅志刚的态度。从钟悦提供的信息分析,原告虽然在诉讼过程中不占优势,但律师的态度却始终强硬,断定手术中一定存在失误。这一点让晓米宽慰了不少,心里想,就是她在场,也不过是如此了。

　　不过,当她从灾区回来,看到钟悦想了不少办法才弄到的诉讼文件,顿时就傻了眼。原来,傅志刚口口声声说的失误,是指缩宫素的用量,而对同时破膜这个关键细节只字未提。她立刻去找小丁,手术室却说她已经走人了,到底去了哪里谁也不知道。她想找同事聊聊这起官司,可别人不是说不感兴趣,就是说记不清了。似乎那个大屁股的女人从来没有在这儿分娩,从来没有并发过羊水栓塞,也从来没有发生过什么诉讼。

## 第四章

　　晓米去北京培训的科目是产科急救。原以为是来凑数的，因为参加国家级培训也是文明单位考核的内容之一。不想刚听了一节课，就放不下来了。授课的是位黑人女医生，和她差不多年纪，不戴首饰，不做美发，但身材超级诱人，结实翘起的臀部构成"S"形完美的女人体态，硕大的胸脯在白大褂下波涛汹涌，充满了性感。

　　老外讲课没有开场白，不说什么宗旨、概论一类的废话，上来就问："当你坐在救护车上去见一个病人时，会想些什么呢?"台下立刻有个帅哥用英语抢答："当然是想怎样尽快赶到病人身边，还有就是检查一下抢救用的器械药品带全了没有。"老外向下伸了伸拇指，毫不掩饰轻蔑的神情："如果是这样，你就什么也没有想。因为赶到病人身边是司机的事，器械药品的配备是急救中心管理员的责任。"

　　晓米为中国同行的弱智感到脸红，不过老外很快就打开PPT进入了正题。第一课讲的是"途中思考"，每句话都很实用。比如如何分析值班电话中的信息作初步诊断，如何利用现代通信工具阅读病历，如何得到病人最新的生命体征以确定病情的严重程度等等，甚至连抢救医生在救护车中的位置——必须坐在后舱，而不能与司机并排——等等细节都有充分论述。这让自认为做得已经很周到的晓米也觉得获益匪浅。

一周的培训有两天是跟着救护车出诊。晓米自告奋勇当了翻译,当她目睹这个出身豪门的美女在没有检查设备的情况下,竟然会用舌头来判断阴道分泌物的特性时,她真的被震惊了:一方面是对这位同行产生出深深的敬意,另一方面也为医生这个救死扶伤的职业备感自豪。

在一次闲谈中,晓米问这位黑人同行,做一个医生最重要的是什么?

黑人美女想了想才说:"应该是一个伟大的思想。"

"伟大的思想?"晓米对老外唱高调觉得奇怪。

"其实是为了克服恐惧。"黑人医生说,"我们做抢救,很多时候会面临巨大的风险,但不是被告上法庭,不是丢掉饭碗,更不是家属的报复。最可怕的是自己良心的不安,那会影响你一辈子的生活。"

晓米更不懂了:"你的意思是说,用一个伟大的思想,来克服这种良心上的不安吗?"

"不不不。"黑人同行连连摇着头说,"为了不让良心不安的事情发生,你就必须冒着巨大的风险去抢救病人,但你会害怕,你会怕病人在你的手上死亡,而在这时,你必须有一个伟大的思想来支持你。你明白吗?"

"那么,您说的这个伟大的思想,具体是指什么呢?"晓米似懂非懂地问。

"这个每个人想的不会一样。"

"那您想的是什么呢?"

"我嘛,我想的是不让我妹妹的悲剧在别人身上发生。她是在分娩后大出血去世的,我要消灭大出血死亡的病例。"

晓米把这句话想了很久,她想到自己的母亲,并且第一次清晰地意识到,她的"伟大思想",就是不能再让羊水栓塞的事情发生。对,决不能!

晓米没有回医院就去了灾区,苏院长在电话里似乎也征求了一下意见,可对她这个"一人吃饱全家不饿"的单身贵族来说,还有什么值得犹豫呢?况且培训班学到的东西,从黑人同行那儿感受到的神圣责任感,她正想付诸实践呢。不过到了灾区才知道,情况并不像她想的那样紧张,大灾已经过去,生活大多恢复正常。这儿的许多年轻产妇也受到剖宫产的误导,都想躲过阵痛和侧切,而全然不顾剖宫产带来的种种危险。她被县医院当成不用付酬的壮劳力,不经她本人同意就挂出"省保健院专家"的牌子以招揽病人。她的手术被安排得满满的,有时一天要做七八台,回到宿舍连脱衣服的力气都没有了。

在这种情况下,什么官司,什么羊水栓塞,都似乎离得很远了。不过,一回到医院,她就四处打听起来,特别是得知那个大屁股病人的尸体还躺在冰柜里的时候,就更觉得应该对她有个交代。她隐隐约约觉得这里面存在着问题:那个律师曾经处心积虑地打听切开子宫肌层同时破膜的情节,怎么到了法庭上却只字不提了呢?

她怀疑律师被医院收买了。

这种事在医院已经不是什么秘密。一旦发生医疗矛盾,而且十有八九医方有把柄被对方捏在手里的时候,常用的办法有两种。一是和患方调解,一是暗中与律师沟通。因为调解不成肯定要走法律程序,但病人和家属要反驳医方充满了专业名词的举证,却往往会感到束手无策。这时,律师就成了官司成败的关键人物,自然也就成了医方争取的对象。当然,如果是毫无争议的过失,律师也不敢接受医方的贿赂。但对那些没有定论的医疗行为争执不下时,找个人从中斡旋,或干脆开个价私下勾结的可能性还是很大的。只是这种事会被设计得天衣无缝,官司照打,程序照走,无良律师在委托人面前表现得兢兢业业,无懈可击。最后患方败诉,律师说声对不起,不收任何费用,实际上他挣的钱比胜诉要多得多呢。

晓米决定先找病人家属问问情况。见面的情况让她非常吃惊,原以为这个看上去颇为老实的小区门卫还会陷在亡妻的痛苦之中,不料刚一敲门就听到屋里女人的笑声,原来他们正拥在床上喝酒看电视剧呢。见了晓米来,那男人也不避讳,扔了件衣服让那个女人披上,自己只穿了条秋裤,就坐在床沿上和晓米说话。

"孩子长得又白又胖,只是没带把儿,现在送回老家让爷爷奶奶带着呢。"小区门卫高兴地说,"官司是输了,医院很小气,只给了五万。但那个律师还行,没有收费,还介绍了对象给我。不怕医生你笑话,我不能只生个女孩儿,得有个小子,死了老婆不续弦,也是对不起祖宗呢。再过两个月过年时,我们就结婚。不过得先看看她肚子灵不灵,要是不中用,还得换。"

那女人便骂："放你娘的狗屁，彩礼一分钱不给就把人家弄成这样，还好意思说！"

门卫忙说："那个折子用的可是你的名字，怎么说是一分钱不给呢？"

女人却一拍屁股道："可折子呢？折子在哪里？那死人的钱我能取出来吗？"

晓米像逃命似的跑出来，一个劲儿地恶心，想找人发泄一下，便打电话约安萍，不料安萍临时出差，只好叫来钟悦。

"你说，这还是人吗？老婆才死了几天啊，就有了新欢，还说什么不这样做就对不起祖宗？没有文化真的很可怕啊！"晓米一到酒吧，就把憋了半天的怨气一下倒出来，"我也真可笑，还准备去安慰一番呢，早知道，打死我也不去了。"

钟悦听了只是笑笑，说："你关心这起诉讼，难道是为了这个门卫吗？"

晓米想了想："当然不是。"

"那你找他做什么？"

"了解情况啊！"

"你想了解什么？"

"律师是不是被医院收买了？"

"这种事家属会知道吗？"

晓米苦笑笑："是啊，我真是愚蠢之极。这种事家属怎么会知道？如果知道，还不闹翻了？"

"这种男人很现实，娶老婆就是为了生儿子。现在老婆死了，但拿了五万块钱，再找一个，也合情合理。所以，这个门卫没有什么不正常。他连老婆的尸体都不肯拿出钱来火化，你还指望他能做什么？"

"是啊，这种人也就这样了。"

"那你还生什么气啊？"

晓米眯着眼，看了钟悦一会儿才调侃道："怪不得安萍会死死抓住不放，原来你真的很聪明，很会说服人，这对我们女人可是太有用了。"

钟悦却认真地说："不过，你还是知道了一个重要信息——这个律

43

师为什么要给他的当事人介绍对象呢?"

"是啊,为什么?"

"说明律师想讨好当事人。"

"不过,也可能是因为输了官司,想抚慰一下?或者有个女人正想推销出去?谁知道啊。"

"可最直接的原因,也许是他不让官司打下去。"钟悦不等晓米提问,就接着说,"现在只是一审,鉴定单位也只是市级仲裁委员会。原告不服,还可以再审,还可以提请省级鉴定。可是,如果原告已经满足现状,也就到这儿为止了。你想想,律师的用意是不是在这儿呢?"

"就是说,诉讼并没有结束,还可以再打下去吗?"晓米对法律上的事并不是太熟悉。

"以为你什么都知道呢。"钟悦笑笑说,"这也是常识啊。"

"我又没打过官司,怎么会知道这么多?以后,你得多给我说说才是啊。"

钟悦也不客气,开玩笑道:"还想知道什么?我一定诲人不倦。"

晓米笑了笑,却认真地接着说:"有可能再打下去吗?"

"很难。"钟悦也认真起来,"如果这个律师真的被人收买了,那一定会给那家属洗脑。再审就不那么容易了。"

"你是说,就这么算啦?"晓米很失望地说。

"那你想做什么?"

这个问题其实晓米是问过自己的。想做什么?当然是想知道真相。卢大成的那一刀,真的和并发羊水栓塞没有关系吗?如果是这样,那么手术的规范化就不会引起更多医生的重视,尽管悲剧发生的概率只有几万分之一,可像她这种从来没见过母亲的人就会继续出现。

"不是我想做什么,而是我能够做什么?"晓米含含糊糊地说了一句,又接着说,"算了,这事太沉重了。我们说点儿别的。你们怎么还不结婚呢?"

"这事不在我啊。"钟悦有些无奈地说。

"怎么了,是安萍不想结婚?"晓米当然和安萍聊过这事,可安萍总是说钟悦不想这么早,今天却听到另外一种声音,自然很奇怪,"你老婆可不是这么说的。"

钟悦也有点儿想不到:"看来,闺密也不是都说实话啊。"

"这太正常了。"晓米笑笑说,"闺密是拿来给别人下套的,可往往中计的就是自己。"

"不是无话不说吗?"

"那是骂人的时候。自己的事就不一样了。况且她老在防着我呢。"

"防你做什么啊?"

"你是傻啊还是太狡猾?我说的你听不懂吗?"

钟悦嘿嘿笑了笑:"可我从来没看出来啊!"

"你想看到什么?"

"看到你对我好啊!"

"女人对一个男人好,能让他看出来吗?"

"那我是不是可以推断出,你对我……"

"打住!"晓米连忙阻止道,"别自作多情了,我对你可没有一丁点儿想法。"

"那就不说了。"钟悦沮丧道,就喝起酒来。

"再说了,我将来找的老公,肯定比你好十倍。"晓米硬着头皮吹起牛来。其实她对钟悦早就有好感,也曾想过要把他抢过来,但一想到要和安萍反目成仇就很泄气。她们在一起不知用了多少恶毒的话咒骂过那种没道德没良心的女人,如果这种事发生在她们之间,说不定安萍会把自己给杀了呢。

"那,究竟是什么原因呢?"晓米回到正题,真的很想知道啊。

"既然你对我没什么想法,那就可以放开说了。"钟悦不知真假声明了一句,才说,"我们在一起这么多年,从来不避孕。"

晓米很吃惊:"是你的问题吗?"

"不是啊。我都被她查过N次啦!"

"怎么可能呢?"晓米想起安萍曾经和她说过一个观点,意思是说,如果结婚没有孩子,那婚姻肯定是不稳定的。与其到那时候离婚,不如现在想好,找个也不想要孩子的人,也许会更加明智。现在看来,安萍显然是对钟悦说了谎,便敷衍道,"你老婆身体好着呢。"

"这和身体好坏没关系啊。"

"不对。如果是这样,那她更应该尽快把你收入囊中啊?女人在这方面总很自私的。"

"这就更加说明她人好,很了不起啊。这也是我不想和她分开的原因吧。"

　　晓米点点头，羡慕闺密竟然能找到这么傻的男人。言不由衷道："将来领养个孩子也一样啊。"

　　"这能一样吗？"钟悦反问道。

　　"是啊，是不一样。那怎么办？"

　　"我也在考虑呢。"

　　晓米立刻警告道："可别再有什么想法。做人得有点良心是不是？你们的爱和孩子能比吗？这样的女人，你这辈子还能再碰到吗？你要是为了这个离开她，还算是个男人吗？"

　　钟悦尴尬起来："我只说是考虑，也没说要离开啊。"

　　"考虑不就是离开吗？不就是想分手吗？"晓米想把钟悦真正的想法逼出来，"男人这个时候不是经常会说一句话，什么长痛不如短痛？也许真的是这样呢。"

　　"你是在鼓励我长痛不如短痛吗？"钟悦总是会抓住要害，看着晓米的眼睛问。

　　"才不是呢。"晓米躲开对方的目光说，"别套我的话。这件事，我百分之百支持你们结婚，立刻结婚，省得夜长梦多。你也知道，女人年龄越大就越不值钱啦。"

　　"看来，我是得想个办法逼她一下，先把证给办了，你说呢？"

　　"这事可别问我。"晓米连忙说，"你自己想想清楚再说吧。"

　　从酒吧出来，已是半夜，钟悦说要送晓米回家，她没有考虑就答应了。后来到了楼下，晓米便有了请他上去坐坐的念头，还自欺欺人地想，只是看看这个男人会对女友忠实到什么程度。但最终还是改变了主意，她担心的，不是怕钟悦会做什么，而是怕把持不住自己呢。如果真的发生了什么，那怎么对安萍，对自己交代呢？不不，她不想，至少现在不能想。


　　按规定休完三天假，晓米回到科里准备上班，却被告知有新的任务，并由新任副院长亲自安排。晓米立刻去了卢大成的办公室。

　　"是不是觉得，让你去北京培训，是怕你过多关注那起官司？"卢大成一开始就这样问，表现出毫不忌讳的样子。

　　"是有一点。"晓米也很不客气地回了一句，并警惕地看了看在一边坐着的刘一君。

卢大成哈哈笑了起来,对刘一君说:"我没猜错吧,她就是这脾气。"

刘一君也笑着说:"我服了,真的服了。"

晓米不知他们在说什么,便板着脸说:"领导有什么指示,就请快说吧。"

"你先坐下。"卢大成热情道,"医院这次要重用你,让你领导一个团队,开创产科医疗的新天地。刘主任,我这么说,不夸张吧?"

"恰如其分,一点也不夸张,不夸张。"刘一君又对晓米说,"雷医生,卢院长对你可是想得太周到了。"

晓米找了张椅子坐下,对两个男人的一唱一和毫不理睬。

"是这样。"卢大成从桌上拿了一份文件,递到晓米手上,"这是一份任命书,也是聘任合同,如果同意,从现在开始,你就是急救中心的副主任,并兼任智能急救小组的负责人。"

"副主任?智能急救小组?"晓米有些糊涂了,"什么意思啊?"

卢大成朝刘一君点点头:"你来解释一下。"

"是这样。"刘一君便凑近了晓米说,"三个月前,胡氏集团不是送了我们医院一辆救护车吗?那可是一辆神车,全部是智能化、高科技产品。车上不但有担架和氧气,而且配备了除颤仪、起搏监护仪、呼吸机、吸引器, 更重要的是可以在车里做手术,4G无线网络系统可以和医院实现视频交流,就像是流动的ICU。总价好几百万呢。这样的先进设备将由你第一个使用。你说,这不是卢院长对你的特殊照顾吗?"

晓米听了十分意外,更准确地说是措手不及,这是她完全没有想到的。

"这样吧。我们去见见你的团队。"卢大成不等晓米说话,就朝门外走去。

"我还没有答应呢。"晓米着急道。

"你会答应的。再说,见一下也不会损失什么。我会给你时间考虑,不过时间不会长,24小时,行吗?"

晓米不好再说什么。他们来到急救中心的会议室,也是医生们会诊的地方,已经有三女一男在那儿等着了。刘一君立刻介绍起来。

"苏姗姗,国外医学名校博士毕业,回国时间不长,一直在大学附院产科当主力,目前的职称虽然还是住院医师,但主治医师的资格评审已经通过了。她将会担任你的手术助手。"

一个长得不是太漂亮,但保养得极好的年轻女人傲慢地对晓米点了点头。

"胡世生医生我就不用介绍了吧。"刘一君指了指唯一的男士说,"你们经常合作,不过,你也许不知道,他也是外国名校的博士,这次组建团队,是主动要求参加的。"

"怎么这样啰唆呢?"胡世生不满地看了刘一君一眼,"以后介绍,别提什么博士好不好?学历高不一定等于医术高明对不对?"

刘一君马上说:"这话是真理。但我的意思是让晓米医生更有信心,参加这个团队的,都是精兵强将啊。"

"这一位我来介绍吧。"卢大成这时指了指一直低着头的女孩说,"她叫孙小巧,实习生,临床经验不是太丰富,名义上是第二助手,但先做器械护士的工作,也是硕士毕业。"

"你看,器械护士都是硕士呢。"刘一君笑笑补充了一句,把眼光落在最后一位成员身上。

那是个手术室的护士,晓米经常看到的,只是没怎么说过话。

"刘主任,我就自己来吧。"那护士说完就站起来,向晓米鞠了一躬才笑眯眯地说,"我叫万玲儿,大家都叫我小闹腾,没有任何学位,就一个跑腿儿的。往后,还请雷副主任多多关照。对了,我不只是做巡回,还负责新生儿的清理和包扎。很辛苦的,不许欺负我啊。"

大家都笑了起来。晓米也笑了笑,她喜欢这种说话没遮拦的女孩。

"怎么样?阵容还可以吧?"卢大成看着晓米问。

"要不,欢迎雷主任说两句?"刘一君立刻看着卢大成问。

"好啊。"卢大成说着就准备鼓掌。

晓米连忙说:"我可什么都没答应呢。"

卢大成便说:"也行,那我们去看看车?"

这样的要求晓米无法拒绝,于是就跟大家来到车库。刘一君说的那辆神车停在角落里,猛一看和普通救护车差不多,但车体要宽也长一些。司机是个看起来很懒散的中年男人,原来正在睡觉,看到卢大成带了一帮人来,这才老不情愿地打开车门,又摁了一个按钮,车顶就开始升高,随后一台无影灯和一个显示屏就伸张出来,正好对着中央的那个多功能担架。

"你上去试试,高度还可以再调节。"卢大成对晓米说,又指了指那个司机介绍道,"这是苏院长介绍过来的韩师傅,这两个月一直在厂家培训,各种器械仪器都会,也是你们团队的成员,归你领导。"

那师傅却不给面子,连忙说:"我是车队的,怎么又要多个婆婆呢?"

卢大成耐心说:"这辆车情况特殊,你不只是司机,也是抢救小组的成员啊。"

那师傅便把晓米上下一打量,笑笑说:"要是个美女,我也认了。"

苏姗姗和万玲儿就咯咯咯地笑了起来。

晓米脸上一阵飞红,对那司机说:"你说什么呢?"

"说什么?"那司机可不买账,还变本加厉,"我说你不是美女,错了吗?"

晓米气得发抖,这辈子还是头一次碰到这么没礼貌的人。但转眼又一想,人家只是个司机,犯不着计较,便冷笑笑说:"我看你这个老男人长得也不怎么样嘛。"

"我帅不帅和你没有关系,自然有美女喜欢我。"那司机说着,就对苏姗姗和万玲儿挤了挤眼,那两个就笑得更欢了。

晓米已经没有兴趣再上车,故意提了声音对卢大成说:"要我来当头儿也可以,但有个先决条件,把这个司机给换了。"说完,也不等对方回应,就头也不回地走了。

一出车库,晓米就给安萍打电话,问她什么时候回来。安萍说最快也得后天,听晓米大概说了情况,就说可以约钟悦,因为她也不知道该说什么才好。

"那你通知他,省得误会。"

安萍在电话里不怀好意地笑着问:"什么误会啊?"

"你不是说,男人不犯错误,是因为没有机会吗。"晓米有些心虚地说,"我深更半夜把他约过来,万一误会了,你还不把我们给撕了。"

"我不会这么小气吧。"安萍继续布陷阱,"现在都什么时代了,我们俩不分彼此,借去用一用也是可以的,记得还我就是了。"

"这可是你说的,可别后悔啊。"一调侃,晓米心情顿时好了许多。

"用吧用吧,不用白不用,反正也用不坏,我不会生气的。"安萍装模作样,但底气显然不如前面一句那么足了。

"装吧你。"晓米哈哈大笑起来,"别以为我不敢!"

"好吧,不管你们做什么,一定要让他在十二点前离开,我可不想听那些闲言碎语。听到吗?"

"这一句才是真话!"晓米心里想。"知道啦,口是心非的家伙!"晓米痛痛快快地骂了一句才挂了电话。

钟悦是十一点才到的。他在傍晚来过电话,说有个新生儿动脉大转位的手术。

"以为你来不了呢。"晓米换了一件宽松毛衣,本想穿裙子或打底裤,后来还是挑了条与毛衣色彩很搭配的休闲裤,显得比较端庄。她一边倒着茶,一边问:"孩子怎么样了?"

"还没关腹呢,上了体外循环,麻醉师在看着。"钟悦坐下来,舒舒服服地伸展了一下身体,"都快累死了。"不过马上又说:"出了什么事?安萍说,我今天不来,你就过不去了?"

"没这么严重。"晓米笑笑说,"我被一个男人性骚扰,是个司机,很是不痛快。想骂人,发牢骚。安萍就说你最合适。"

"男人?性骚扰?"钟悦没有笑,把茶杯推到一边,"晚上我不喝茶,还是来点红酒吧!"

"那你自己喝,我就不奉陪了。"晓米便拿了酒来,倒了小半杯递了过去。

"就这么一点儿?怕我喝醉了不理智?"

"是,这屋里现在就我们俩,我得防着点儿。"晓米态度很严肃,不让对方有任何误会,"当然了,说是骚扰有点过,但真的很不礼貌。"

"想找我替你出气?"钟悦品了一口酒说,"我打架不在行啊。"

"还以为你会替我去拼命呢。"晓米撇撇嘴,"当然了,我又不是安萍。"

"就是安萍我也做不到。"钟悦老实坦白道,"现在打架不只是动手,还动刀,我可不想做无谓的牺牲。"

"怪不得都说,现在的男人没了阳刚之气,一有事就当缩头乌龟,还说什么骑士风度,我看连乌龟都不如,你让我们到哪儿去找安全感啊!"

50

"使劲儿骂,再找些难听的词儿,粗口也行。我今天就是来挨骂的。"说着,钟悦便低下头,装出一副可怜相来。

晓米忍不住笑了起来,在钟悦对面的沙发上坐下,说:"你要是凶一点儿,我骂起来才来劲呢。算了算了,这都不重要。找你来,是想说说工作调动。卢大成要我去急救中心,做什么抢救团队的负责人,还给一辆智能救护车。你是中层领导,没有听说过吗?"

"这个啊。"钟悦坐直身体说,"何止是听说,会上讨论了好几回呢,原来是让你去啊。"

"你觉得我该去吗?"

"不瞒你说,讨论名单的时候,我就在想,今后谁去当领导,谁倒霉。"

"为什么?"

"你可能不知道。那帮人,包括司机都有来历。苏姗姗是苏院长的女儿。"

晓米很意外:"我怎么不知道啊?"

"麻醉师胡世生是卢大主任,不,现在是卢大院长了,是他的小舅子。"

晓米叫起来:"真的?"

"医院是个小社会,职场关系很复杂,你怎么就一点儿也不关心呢?"钟悦又接着说,"那个叫孙小巧的,是刚来的实习生,对卢大成可是百依百顺。"

"潜规则吗?"

"这个就很难说了,卢大成刚当副院长,没这么大的胆量吧?"

"那个司机呢?也有来头吗?"

"司机好像是苏红的人,培训就是她安排的。到底是什么关系不清楚。"

"那就是打死我也不能去了。"晓米苦笑道,"还让我当什么负责人,不是分明要整我吗?"

"这是一个方面,还有一个是时间,恐怕一般人也受不了。"钟悦一边说,一边走到晓米身边坐下,并很自然地把背靠在她的肩膀上,说,"下面的话很长,我这样会舒服一些,不然就没有力气说下去了。"

"你要靠就靠,别找什么借口了,反正安萍也不在。"晓米没有动,也不想动,她好久没和一个男人这么接近了。再说以前钟悦也这么做过,不过是当着安萍的面。这方面,安萍倒是很大方的。"说呀。"晓米催促道,确实很想把团队的事搞清楚。

"上次卢大成说了,那辆智能车只安排夜班,晚八点到早八点,连续做四天,然后休息三天,准备两个团队轮流上。可我听他们只是在筹备一个团队,另一个还没影子呢。你想想,到时候还不是你们连轴转。一个夜班接着一个夜班,我看至少半年不会有人来替换,还不累死啊。"

"那也没什么,白天可以睡嘛。这次去灾区,我可是练出来了。"

"这么说,你动心啦?"钟悦转过身来问,几乎就贴着晓米的脸了。

晓米轻轻推了钟悦一把,笑笑说:"我是说夜班。谁让我是一个人呢,就是在科里,大凡夜里的手术,还不都排我的班?"

"那你赶快找一个啊?"钟悦顺势就搂住了晓米的腰。

"别闹了。"晓米挣扎了一下,却不见钟悦松手,也就不再动弹,只是说,"别太过分啊。"

钟悦像孩子一般嘟哝着:"我就是太累了,让我舒服一下嘛。"

"你倒是舒服了,我怎么办啊?"晓米刚一说出口,就觉得不合适,不由得笑起来,"不行不行,你这样我就不能说话了。"

"那就别说话。"钟悦得寸进尺,干脆把头放在晓米的大腿上,在沙发上平躺下来。

晓米叹了一口气,就着钟悦的杯子喝了一口酒才说:"你以为找老公这么容易啊。我都三十二了,在那些帅哥眼里,都是黄脸婆了。"

"那就找个年龄大的。"钟悦闭着眼睛说,"和我差不多的,大个四五岁。"

"大四五岁?"晓米苦笑笑,用手指轻轻划着钟悦的脸,"这个年龄如果真的优秀,早就是别人的老公啦。"

"那就嫁给我。"钟悦说着,一下爬起来,直勾勾地看着晓米。

晓米吓了一跳,过了一会才说:"你瞎说什么啊!"

"我可是认真的。也已经想了好久。"钟悦一边说,一边抓起晓米的手,"如果安萍真的不想跟我结婚,我们就做夫妻,行不行?"

"那可不行。"晓米用力把手抽出来,口气也变得很坚决,仿佛变了一个人。她是被钟悦后面的一句话刺痛了自尊心,"时间不早了,请你回去吧。"

钟悦显然是被搞糊涂了,还想垂死挣扎:"今晚我不走了。睡沙发不行吗?"

"不行!"晓米怒视道,"你再不走,我就打电话给安萍,你信不信。"

"好好好,我走我走。"钟悦灰溜溜地说,"人就不能说句真话吗?"

"不能!"晓米蛮不讲理,硬邦邦地回了一句,就把钟悦推出门外。就在这时,安萍来了电话。

"查岗了查岗了!"安萍在电话里故作轻松地假笑道,"你们没什么浪漫故事吧?"

"他刚从我这儿出去,不信你打电话,让他摁摁喇叭。"晓米没好气地说,"你就放心吧,我晓米是吃你剩饭的人吗?"

第五章

智能救护车对晓米的诱惑不言而喻。

对晓米这种真正是"一人吃饱，全家不饿"的临床医生来说，手术，而且是疑难手术是她生活的全部意义。她收入不错，父亲再婚前给她买了套相当宽裕的公寓。她不开车，是认为医生应该成为低碳生活的表率。她不求名，是不相信名誉能解决老公问题。三十岁前，她还有个结婚的计划，可现在似乎已经完全习惯了独来独往的生活方式，特别是当身边的男男女女发生婚变，昔日情侣开口大骂，甚至打得头破血流的时候，她就万分庆幸自己没有踏进婚姻这个谁也说不清道不明的泥潭了。

当然，说她在生活里不想有个男人，也不是事实。她曾经对卢大成的奋斗精神十分钦佩。一个农民的儿子，却对未来充满了必胜的信心，虽然是有些不择手段，但相比那些胸无大志、庸碌无为的富家子弟，她还是动了心的。而卢大成则喜欢她的单纯，包括社会关系和她的个性，再说，无论是相貌身材，还是年龄职业，都与卢大成的要求一致。这也是为什么他们始终没有上床，却保持了好几年"相亲"关系的重要原因。卢大成最终娶了胡氏集团董事长的女儿胡玉珍为妻，并不让晓米意外。那个因为乱性而离婚的富二代其实早就和卢大成有了一腿，晓米还曾听见卢大成用最下流的字眼来咒骂那个风骚的女人。自然，婚

54

姻对他们来说和感情没有半毛钱的关系,有的只是相互利用。卢大成需要董事长来帮他实现野心,而老婆只想要个体面的丈夫,如此而已。

在男女关系上,晓米很相信一个"缘"字。虽然她不承认自己是个宿命论者,也鄙视社会上的那些看似有理其实只是些文字游戏的人生感悟。与生俱来的高傲和现实生活的教训都不会让她去刻意寻找所谓的"另一半"。她能够做到的,就是默默地等待。生命和灵魂就是无数个意外相遇的结果,何况只是人生中的一段情缘呢?

能够掌控的,只能是自己的事业了。是的,当她还是个孩子,得知母亲的去世是因为发生了羊水栓塞这种可怕的并发症后,她就立志要当一名产科医生。经过十几年的努力,她如愿以偿。但这个不是目的,只能算是起点。以她的个性来说,人生最大的追求无疑是一个个的挑战。这话听起来有些口号,但她内心确实就是这么想的。当她做完一例疑难手术,将一个病人从死亡线上拉回人间时,那种喜悦是别人无法体验到的。

如果在从前,让她去急救中心,一定会坚决拒绝。因为跟车医生的专业不同,职责也不同,他们要做的只是在紧急情况下恢复病人的生命体征,维持好现状,确诊和治疗必须是在送到医院之后。不是说急救中心的医生不重要,而是他们确实不可能解决病人的根本问题,就算是再有经验的医生,也不具备客观条件啊。有资料显示,有百分之十的危重病人会死在救护车上,如果碰到产科大出血,死亡率就更高了。尤其是在晚上,大多数临床经验丰富的医生已经进入梦乡,危重病人面临的危险会增加数倍。但如果有了智能救护车,就可以及时进行检查和手术,还能得到医院值班医生的视频支援,那能挽救多少人的生命啊。再说了,这次参加培训学到的知识,不是可以付之于实践了吗?

事情来得有些突然,几乎不容她思考就要决定,晓米一时有些慌乱,可看到那辆神车后,就知道自己会答应。不料那该死的司机竟然出来搅和,还说了那样的话,现在真的是有点骑虎难下了。在卢大成面前丢面子不说,将来怎么和大家相处呢?

第二天上午,晓米来到办公室,见科里不再有自己的工作安排,正想理理思路,找个办法解决的时候,就见病房的护士长慌慌张张跑进来说:"不好了,儿科的钟主任为了你和司机打起来了,头上都是血,会不会出人命啊!"

晓米吃了一惊，急忙来到车库，只见钟悦满脸是血，却还挥舞着擦车用的小拖把，对昨天见过的那个司机说："你要是不道歉，我跟你没完。"

旁边站的几个司机都在笑。

那司机却挑衅起来："没完又能怎么样？有本事就动手呀？"

钟悦犹豫不定，将手里的家伙又挥了一下，却没有前进一步。这时，旁边看的人笑得更欢了。有人故意说："钟主任，这么远是打不着的。您还是去包扎一下，说不定会感染破伤风呢。"

晓米气愤之极，冲过去，抢了钟悦手里的小拖把，就照着那司机的脑袋用劲砸下去。那司机没想到半路上会杀出个程咬金，一时避让不及，眼角就被击中，并立刻红肿起来。这时，围观的人才着了急，有人夺下晓米的小拖把，有人把那司机拉走。晓米则扶着钟悦去了护士站，他头皮破了一块，但不再出血，护士给擦了些药水简单处理了。

"我们去见院长，那人把你打成这样，必须让领导知道。"晓米看着钟悦有些心疼地说。

"不用了，这伤是我自己碰的。"钟悦却不好意思道，"我去拿拖把的时候，不小心刮了车门。"

"你也真是。"晓米想起昨晚说的话，笑了笑说，"是真的想为我去玩命，还是想做给我看啊？"

"你说是就是。不过，我真的很讨厌这种人。"

"好了，那我承认你有骑士风度。只是以后别再做这种事了，你是那种人吗？"

送走钟悦，晓米回到办公室，却见那司机和刘一君在等着呢。

"美女医生，我郑重地为昨天的事向你道歉。您老肚量大，别跟我一般见识。我刚才挨的那一下，也算是惩罚。咱俩扯平了。"那司机嬉皮笑脸道。

"这算道歉吗？"晓米只看刘一君，恼火问，"你们从哪儿找来这么个油嘴滑舌的混混儿？"

那司机立刻说："你这么说话就不好了，我哪里油嘴滑舌了？我像个混混儿吗？"

"请你们出去，我不接受道歉。"晓米背着那人坐下，找出一本资料翻阅起来。

刘一君赔着笑脸说:"晓米啊,俗话说,得饶人处且饶人。韩师傅被你打了也没计较,你就来点儿高姿态,这事就算完了。本来苏院长说要来的,结果开会走不开,真让领导来求你,也不太好吧?"

"不行,我说到做到。"晓米下决心硬到底,"这个人要是不拿出一个像样的道歉,我决不去你那儿上班。"

"不去就不去。"那司机却依旧不买账,看着晓米手里的书,不怀好意地笑着说,"也别降格去做三合诊啊。"

晓米马上扫了一眼那资料,正是《产科门诊检查》中的指检那一章,便红了脸骂:"滚!这儿是你来的地方吗?"

那司机觍着脸,悻悻地走了出去。

刘一君叹了口气道:"你真的不想要那辆救护车啦?"

"不想!"晓米高声回应。

"那我们只好另找人了。"刘一君说完就走了。

晓米却伏在桌上哭了起来。


虽然智能救护车并非为雷晓米定制,但让她当抢救小组的负责人,却是卢大成的蓄意安排。

一般人可能认为医院死个人不算什么。实际上,每一个死亡病例都会启动"内检(内部检查)"程序,即没有家属和无关人员参与的反省。这个"无关人员"不仅包括上级领导,也指本院不需要知道具体情况的所有医务人员。总之一句话,内检人员往往会被医院控制在一个非常有限的范围之内。病例讨论会只是一个开头,接下来必须由管床医生、主刀医生、抢救小组组长,以及病区护士长分别陈述病程和护理经过,指出不足之处和必须吸取的教训。最后由分管副院长审批后签字封存入档。这份目前仍然要求只能写在纸上、被标注为"死亡病例报告"的文件将由医院永久保存,不经院领导批准,任何人都不得查阅。

卢大成在手术后不久就晋升为副院长,所以大屁股女人的死亡病例报告也就名正言顺地由他负责。但因为有审批者不能与报告者是同一人的规定,所以在院领导审批签字的那栏里,他还是请苏红签了名,尽管具体工作都是由他来做的。这份报告可以说是做得无懈可击,该强调的都强调了,该精简的也都精简了,任何人看了以后,都会觉得这是一起当下人类医学技术不可能挽回的病例,自然也就不可能怀疑医方对病人的去世负有什么责任了。但有件事让卢大成为难，就是雷晓米在手术后写的那份手术病程记录。这份记录的原件应该夹在病历中，但封存入档的报告中也必须有它的复印件。在这份记录上，晓米有句话让卢大成非常刺眼，就是"主刀医生在切开子宫肌层时同时破膜"。

病历经常会有缺页的情况发生。尤其是重大病例，常会被写论文的医生们拿去复印或抄写。特别是病人离开后，粘在空页上的化验单和检查数据经常会不翼而飞，临时来科里工作的进修生和实习生可爱干这种事了。当然，大多资料都可以在电子病历中找到，纸质病历要不要继续使用也是一个热门话题，病历的管理也就很少被重视了。这些，都为卢大成清除不利因素造成了有利条件。曾被晓米细心粘贴在病历上的那张手术病程记录虽然还在，但似乎是有人在查阅时不小心把饮料洒在上面，从而让一部分字迹模糊不清，其中也包括卢大成最不想看到的那句话。更凑巧的是，电子病历中也没有那份记录，不知是晓米发送的文件管理员忘了添加，还是因为她要去北京培训没来得及输入电脑。

现在入档封存的文件中，手术病程记录用的就是病历上字迹不清的复印件，这么做虽然有些冒险，但总比没有的好，况且万一有什么情况，还是有辩解的余地。至此，让卢大成头疼的就只有一件事，就是如何让雷晓米封口。

在诉讼期间让晓米离开，是个最有效的办法。这事做得很高明，参加培训以及到灾区献爱心，晓米可以说是全院不二的人选。在她回来之前，官司也已经结束。当然，能这么顺利，完全取决于卢大成和那个律师的完美合作。卢大成让科里拿了5万元钱给家属，却自掏腰包10万元给了傅志刚，后一笔钱没有收条，但有继续合作的承诺。这事他没有告诉苏红，也没和刘一君透露过一个字。对卢大成来说，只有在两个人都有利益的情况下发生的秘密，才是最保险的。

让晓米去急救中心也并不全是陷阱。事实上，因道路拥堵等原因让许多本可以挽救过来的病人失去生命，已经成为一个社会上广泛热议的问题。保健院在全省率先使用智能救护车，至少会把抢救时间缩短一半，无疑会成为新闻热点，卢大成的岳父与之一拍即合，并成功地进行了第一轮媒体宣传。现在要正式投入使用，医院也作了充分准备，一个是团队的组织,一个是技术培训。当然,更重要的是选择率领这个团队的医生。苏红不等卢大成建议就点了晓米的将,当然,她的出发点与卢大成不尽相同。她想的只是晓米的临床经验和抢救效果,而卢大成则希望让轮轴转的工作压力迫使晓米对其他的事无暇顾及,最好将她累垮,或让她提出辞职,这样他就彻底省心了。

眼看事情就要成功,不想让一个司机给搅和黄了。要放在平时,卢大成肯定会把司机叫来狠狠教训一顿,让他在晓米面前跪下也不是问题。可现在却很为难,因为这个叫韩师傅的司机是苏红的安排,没怎么介绍,看来背景还很神秘,说不定是她什么亲戚朋友呢。

刘一君听说车库有人打架,那是他的地盘,赶紧跑去调解,后来终于说服韩师傅来找晓米道歉,结果事情闹得更僵,他想想没辙只好来找卢大成汇报。不料刚说两句,就接到中心电话,说有个下级医院的孕妇产后大出血,要求支持。卢大成听了一拍桌子说:"来得正好,马上通知晓米和她的团队出发。"

刘一君一时还转不过弯来,疑惑道:"她还没答应,会去吗?"

卢大成笑笑说:"我们打个赌,她要不去,我这院长让你当。"

刘一君听了心里有底,立刻给晓米发了短信。果然不到五分钟,就见她气喘吁吁跑过来,这时韩师傅已经将汽车发动,团队成员也一个不落地在后面坐定。刘一君递上对方医院的电话,讨好地拉开前车门,请晓米上车。

晓米却对那司机恶狠狠地说:"路上要有半点耽搁,我就让你滚蛋。我说到做到!还有,团队成员必须由我来确定。"最后一句晓米是对刘一君说的,接着,她就登上了后厢。

求救的是个社区医院,晓米立刻和该院的产科主任通了电话,得知患者是顺产后出血,初步判断是子宫收缩乏力,经过按摩、应用缩宫剂等处理均未见效。院方按抢救规程提出子宫次全切除,却遭到病人和家属的强烈反对并要求转院。院方担心这种情况病人会挨不到上级医院就死亡,所以说什么也不同意。

晓米立刻问:"胎盘完整吗?"

"不是胎盘因素。"对方道,"我亲自检查的。凝血功能完好,产道也不应该有问题。"

"病人有休克表现吗?"

"目前还没有,意识清楚,也不觉得太痛苦。"

"好吧,请你们密切关注病人的血压和心率,防止出现低血容量休克。再仔细检查一下胎盘和产道,再查凝血功能。"

"我可以说一句吗?"听到这儿,麻醉医生胡世生问。见晓米点了点头,便接过电话说:"请你们注意一下病人的体位,如果病人从仰卧位变成坐位,舒张压和收缩压都下降15毫米汞柱,或是脉搏增加15次,低血压容量就成立了。"

"谢谢,谢谢。"显然对方不是太清楚,"病人出血已经超过2000毫升了,请你们快些到吧。"

电话用的免提,车上的人都听得清清楚楚。晓米把大家扫了一遍,然后把目光停在苏姗姗身上,问:"你有什么想法?"

苏姗姗立刻说:"如果胎盘完好,还可以做纱条填塞,结扎子宫动脉或髂内动脉,为什么一下就要拿子宫呢?"

"你觉得呢?"这次晓米是在问孙小巧,她还是低着头坐着,也不看大家,似乎这事与她无关。"喂,你怎么不说话啊?"晓米又催了一句。

"问我吗?"孙小巧这才抬起头来。

"不问你,难道会问我这个跑堂的?"万玲儿笑着说,"你可是硕士啊。"

孙小巧于是就说:"早期产后出血的原因主要有子宫收缩乏力、产道或宫颈裂伤、胎盘残物滞留和凝血障碍4种。晚期产后出血的原因有子宫内膜炎……"

"等等。"晓米打断道,"谁让你背书了?我们是在说眼下这个病人。"

"这个……这个……我不知道啊。"孙小巧老实地说。

"那就算了。"晓米这么问,其实只是想看看大家的水平。现在看不到病人,出血原因只能是猜测,关键还是要尽快赶到。她敲了敲隔离窗对司机说:"能不能再快点儿?"

司机没应声,汽车却停了下来。

"怎么回事?"晓米一下急了。

"前方有事故,广播说是三车追尾。"

"为什么不走应急车道呢?"

"我们就在应急车道上啊,你自己看吧。"

晓米趴在隔窗上看了看,周围全是车,红灯亮了一片,要退也退不出去了。

"要等多长时间?"

"20分钟吧。"

"20分钟?"

司机不等晓米问,便接着说:"20分钟还只是用最快速度解除事故。我们距目的地还有28公里,40分钟内,肯定是赶不到了。"

"那怎么办?"晓米一时没了主意。

司机便下车,打开后厢门,把一个旅行袋扔了进来说:"你可以滑过去。"

"滑过去?"

司机不紧不慢道:"人家现在最需要的,是一个有经验的医生。这里面是一副旱冰鞋。到事故现场大约4公里,过去以后可以打辆车,你让司机开双闪超速,罚款的事以后再说。"

"可我不会滑旱冰啊。"

司机嘲笑道:"我还以为你什么都会呢。要不这样,趴在我背上,我带你过去?"

晓米现在可没工夫贫嘴,跳下车,就向前快跑过去。她有跑步健身的爱好,10公里只要四十来分钟。这样的话,她应该在20分钟内打上车,总比在这儿死等要好啊。不过,等她还没跑多远,就见苏姗姗穿着旱冰鞋从身边飞快滑了过去。她立刻加快了速度,但等她过了事故现场,好不容易打上车赶到社区医院时,苏姗姗已经洗完手,准备上台手术了。

"我已经和他们科主任会过诊了,病人和家属也同意做髂内动脉结扎。"苏姗姗颇为得意地说。"如果这儿有介入手术室,我还想做栓塞呢。"

晓米把她拉到一边问:"血压怎么样?"

"正常啊。"苏姗姗马上说,"我看过病历了,平时血压90/60,现在也是。"

晓米翻了翻刚拿到的病历说:"分娩过程中的血压是140/90。"

苏姗姗却笑笑:"这个时候病人紧张,血压高一些很正常啊。"

"可你有没有想到,血压下降是因为血容量的减少?病人出了这么多血呢?"晓米接着又说,"高血压会让血管壁通透性差,容易出现深部血肿。"

"那你怀疑什么?"苏姗姗不太甘心地问。

"打电话的时候,我听他们说'产道也不应该有问题'。"

"那又怎么样?"

"我怀疑她们对产道的检查不够仔细。"

"她们发现黏膜擦伤,已经做了缝合。"

晓米想了想才说:"这样吧,先别着急开腹,再检查一下。"

"你怀疑宫颈撕裂?"苏姗姗不等晓米回答就说,"我已经检查过了,宫颈是有点问题,但并不严重,用不着缝合。"

"那就更应该怀疑是深部血管的撕裂伤。"晓米用命令口吻说,"让她们再做一次B超!"

事后证明晓米的判断是对的。当她们用拉钩充分暴露软产道后,发现有一个直径10厘米的血肿向臀部伸展,腔内积血已达700毫升。取出积血后,又发现一元硬币大小的出血点,结扎后,出血果然就被止住了。

从社区医院出来,已经快到半夜了。倒不是因为病人有了新的情况,而是晓米担心血凝块清除不彻底,死腔就不能完全关闭,这样血肿仍然会再次出现,那就麻烦了。社区医院的院长一定要请她吃晚饭,并说了许多感谢的话。但更多的时间,她是在给产科的同行们上课。这是她很乐意做的事,因为每当此时,她会重温无数前辈积累下来的经验,以及许多患者用生命换来的教训。

她发现钟悦已经发了三条短信问她什么时候回来,还说有重要消息相告。她便回信说到家再说,并暗暗决定,如果钟悦再次要求睡沙发,那就让他留下来。她很想知道,这个男人到时候究竟要做什么?会来敲她房间的门吗?这种事,经常在外国电影里出现,一定很刺激啊。

正当晓米胡思乱想的时候,安萍来了电话,说已经出差回来,她和钟悦正在酒吧等着呢。这让晓米不无扫兴。

"那个死亡病人的家属——不是她老公,是她的父母,今天来医院了。"钟悦一见面就说。"他们只提出一个要求,希望把女儿的尸体用救护车送到他们老家去。"

"医院怎么说?"晓米问。

"当然不同意。"钟悦说,"卢大成说医院可以负责火化,只要家属签字就成。"

"然后呢?"

"没有然后,事情就这么僵着了。"

"这个……"晓米想了想,"跟我有什么关系吗?"

"当然有啦。"钟悦马上说,"你可以动员他们再审啊。"

晓米看着安萍问:"你觉得呢?"

"嗯?这个……你可别听他的。"安萍正专心看微信,这时回过神来说,"对你有什么好处啊?你看这个——《男人说谎时的十种表情》——真的很精辟啊。"

晓米夺过手机,对安萍不满道:"你怎么对我一点也不关心啊?"

"有钟悦呢。"安萍却笑着说,"有他关心不就成了。对了,听说你已经同意去急救中心,今天都开始救援啦?"

"还在考虑呢。"

"我倒是听说了一件事。"安萍这回认真道,"不过,如果你不想领导这个团队,我就不说了。"

"你说吧。"

"这么说,你是决定啦?"安萍扫了钟悦一眼,"他没有跟你说说好坏、利弊、得失?"

"不就是累一点吗?"晓米回答,"累有累的好处,至少不会无聊。"

"你现在很无聊吗?怪不得那么晚还让我家钟悦给你当三陪。"

"你胡说什么啊。"钟悦嘟哝着表示不满。

安萍却笑着说:"你心虚什么啊?"

"我心虚?我像是心虚吗?"钟悦说着就挺了挺腰身。

"你再挺,也就那么点肌肉。"安萍笑了一会儿才又说,"当然了,你们谈的是正经事,我没其他意思啊。哈哈。"

"我发现你是越来越讨厌了。"晓米有点生气道,"钟悦,你跟你老婆实话实说,我们在一起到底谈些什么了?省得人家疑神疑鬼。"

"她现在真的很无聊,当了主任,不用上台,甚至也不参加会诊,成天在外面参加什么活动,怎么能不无聊呢?"钟悦这么说,看来对安萍也有意见呢。

"看看看,不是一家人,不说一家话。你们俩一唱一和,不知道的,还以为你们是夫妻,我倒是小三了。"

"你再废话我就走了。"晓米还真的想回家睡觉了。

"好好好,我说,我说还不行吗?"安萍放低了声音,做出神秘状,"这次开会,和我同住一个房间的,是苏院长女儿的同学。开始我不知道,后来听她打了半天电话才听出来的。"

"那又怎么了?"

"听我说啊。你知道,那个司机为什么会来开智能救护车啊?"

"听说是苏院长安排的。"

"什么苏院长,是她女儿要求的。那个苏姗姗喜欢那个男人,明白啦?"

晓米想了想:"怪不得眉来眼去的,原来是这种关系。"

"再加上卢大成的小舅子,那个什么硕士分明也是姓卢的密探。这么复杂的人际关系,你还跟他们混什么啊。"显然安萍对团队的情况已经听说了,"我看,你还是趁早撤了吧!"

"去你那儿?"晓米苦笑笑。

"来不来我这儿再说,反正你要进了这个团队,就等于进了虎狼窝,你就等着瞧吧。"

晓米觉得安萍说的也不是没道理。但从今天的出诊看,大家的表现还算是过得去。苏姗姗对抢救规程很熟悉,胡世生在麻醉方面很有经验,那个孙小巧没有临床经验也不意外,还有那个司机,竟然在车上带着旱冰鞋,在紧急情况下也许还真能发挥作用呢。总之,大家在对待病患的问题上还是挺上心的,这就足够了。想到这里,又自我安慰道:"有人的地方就有矛盾,你还指望大家都成为你的闺密?就是闺密也不能总说真话啊。"

安萍见晓米半天没说话,便问:"还是举棋不定吗?"

"不,我决定了,就进这个虎狼窝。我就不信,他们还能把我吃了?"

"那司机呢?"钟悦问。

"司机怎么了?"晓米没懂钟悦的意思。

"你不是说,他要不道歉,你就不去吗?"

"他已经道过歉了,只是态度不诚恳。"

"既然不诚恳还算道歉吗?"钟悦停了一会又补充,"要么不去,要

去就得让每个人对你都要尊重,这也是最起码的条件啊!"

晓米叹了口气,没再吭声。

安萍于是说:"好了,公事谈完了。钟悦,你先走,我跟晓米再聊会儿。"

钟悦一早要上班,立刻就走了。安萍这时来了劲,盯着晓米看了好一会儿才问:"他对你动手动脚啦?"

"你说什么呀!"晓米可不想谈这种话题,赶紧岔开说,"看你最近又有些瘦了呢。"

"别来这一套。"安萍继续说,"对他我还不了解吗?没外遇是因为没有机会,这次你们可逮着个大机会了。深更半夜,孤男寡女,还能老喝白开水?"

"倒是喝了点红酒。"

"是啊,多么浪漫的时刻呀,呷着小酒,听着音乐,然后……"

"真的没有然后。"

"晓米啊,我们都是做妇产科的。看看你那奶子、屁股,那眼神,荷尔蒙比我多一倍呢,都快溢出来啦。你不是女人吗?你没有欲望?你不想被男人搂在怀里?"

"可他是你的人啊!"

"我的人怎么了?实话跟你说吧,我和他几个月都没那事了,他都饿疯了!"

"几个月?"晓米冷笑道,"我信吗?"

"你是不知道,这事最怕的就是时间,年头一长,审美疲劳,你摸他就像摸自己一样。"

"可你们还年轻啊?"

"再年轻也不是小姑娘小伙子了。再说我这么瘦,也不对他的口味。你这种身材,他可是最喜欢啦。我敢打赌,他和我那样的时候,一定在想着你。"

"胡说八道!"晓米想起钟悦枕着她大腿的情景,叹了口气说,"说吧,你说这些什么意思?"

"我想把他让给你。"安萍立刻说,"不是开玩笑,是真的。"

"为什么呀?"

"你难道不知道?他没告诉你,我不能生孩子!"

"这倒是说了。"晓米老实承认。

"好啊，他连这种事都和你说了，还说没动手动脚?"安萍的眼神又凶起来，不过马上又说，"说实话，我真的有些舍不得。这么多年了，都习惯了，没有激情也有亲情了，所以才犹豫了这么长时间。"

"你用惯了，不想用了，就塞给我?"晓米心里酸酸的，"我是捡破烂的?"

"这么说就没劲了。"安萍冷笑道，"你还应该感谢我，是我在给你搞开发做培训呢。当初他真的什么也不会，现在可老道了，一点也不比A片里的猛男差。"

"那还是留着你自己用吧。"晓米还是不太相信安萍的话，"你不知道，我对开发、培训的兴趣可大着呢。"

"真是死不要脸。也不看看自己多大年纪，年轻帅哥能等着你来当启蒙老师吗?"

晓米听了很沮丧，但即便如此，她也不能这么随随便便接受啊。

# 第六章

卢大成说要给团队搞个开张仪式，晓米却说要进行一次考核，不合格的人不能要，毕竟她是负责人，还是急救中心的副主任，这点要求还不能满足吗？

"好吧，题目我来出，你主考。"卢大成犹豫了一下才说，担心晓米搞鬼。

"不行，我主考，就应该由我出题。"晓米不让步，"你也可以把苏院长请来旁听，如果发现我故意为难，可以当场指出。"

卢大成找不到理由反对，只好答应。

其实晓米的目的只有一个，就是换掉那个叫孙小巧的实习生。而她这么做，完全是从工作出发。一般人认为，手术成功与否和护士无关，这都是不上台的人说的外行话。有经验的主刀医生，都很重视站在身边的器械护士。虽然她做的工作，只是把手术器械递到医生手中。如果是熟手，无论是切开皮肤筋膜还是游离血管神经，她的眼睛都时刻盯着视野，不等你开口，只需手一伸，你要的器械就已经到位。可如果对手术过程不熟悉，那简直就是一场灾难。你要止血钳，她给你递拉钩，用手碰过的器械是不可能再回到无菌台的，只好扔掉，而等你真的要用，却发现台上没有了，这时往往不可能再开消毒包，大多是用其他器械代替，可每一种器械都是为某种手术的特殊需要定制的啊，这时就可能止血不彻底，或伤了完好的器官。事实上，因为器械不合适而误伤大血管或暴露不充分影响结扎的事故经常发生，到时候你哭都来不及了。

晓米在考题的选择上也花了一些脑筋，一是不能让人看出是专门针对孙小巧，二是难度要适中，不能太离奇。她把考核时间定在上午11点，这样到午饭时间只有一个小时，可以速战速决，另外也让大家有个准备的时间。

此外，她还做了一件事，就是要打掉那个司机的威风。

"你给我听好了。"晓米到车库找那司机，压低了声音厉声道，"11点，你必须准时过来，当着大家的面儿向我道歉。不准油嘴滑舌，不准用调侃和不尊重的字眼，不准笑。如果不照办，我会雇个私家侦探，把你自出身到现在，所有干过的那些下三烂查个底儿朝天，我就不信你从没做过见不得人的事。到时候，别说是院长的女儿，就是院长本人也帮不了你。我会让你死得很难看！"

那司机愣愣地看着晓米，似乎在考虑对策，然而终究没说出一个字来。

晓米昂着头走开，为自己竟然能说出这么一番狠话而暗自得意。

考核会的阵势让晓米不无意外。卢大成不仅请来了苏院长，各科主任能走得开的也几乎全部到齐，把会议室都挤满了。只是到了点，那个司机却没有出现，而根据规定，司机是团队的成员，也是必须参加的。晓米正想让人去叫，却见刘一君匆匆忙忙跑进来，俯在她身边小声说："韩师傅临时出车来不了，但他表示今天晚上他请客。"

"谁稀罕他请客啊。"

"他说是请大伙儿。"

晓米怀疑地看着刘一君，冷笑问："是你的主意吧？"

刘一君连忙说："不是不是，我用人格保证。"

看看时间已到，晓米只好把这事放在一边，照例先请领导发言，卢大成和苏院长都表示无话要讲，要她抓紧时间，于是晓米立刻进入正题。

"波希克拉底是什么人？"晓米看了看万玲儿，"这个问题由你来回答。"

"报告晓米医生，波希克拉底不是人。"万玲儿站起来，做了个鬼脸说。

"那是什么？"

"他是古希腊的神医啊。"

好多人都被逗笑了。

晓米板着脸接着问："波希克拉底誓言开头语是什么？"

"有好几个版本呢。"万玲儿毫不在乎地说，"仰赖医神阿波罗·埃斯克雷波斯及天地诸神为证，鄙人敬谨直誓……"

晓米做了个手势，让她停下，又问："波希克拉底誓言中，与你的工作最密切的一段话是什么？"

"最密切？"万玲儿想了想，露出一副天真表情，"应该是……对了，如果我违背誓言，就让天地鬼神将我雷击劈死。"

场上人，包括苏院长都忍不住笑起来。

晓米心里想，开头就这样，下面还怎么考啊？于是严肃道："回答不及格，你被淘汰了。"

"为什么呀？"万玲儿不服气，看着卢大成求起援来，"这句话很重要啊！"

"是很重要，但你跑题了。"卢大成接着又对晓米说，"再给她一次机会吧。"

万玲儿不等晓米有所表示，就很流利地背诵起来："我要清清白白地行医和生活。无论进入谁家，只是为了治病，不为所欲为，不接受贿赂，不勾引异性。还有，决不泄露病人的隐私。这下对了吧？"

"对是对了。"又是卢大成抢在前面说，"但开始的时候态度不严肃，建议留队察看。晓米医生，你说呢？"

晓米的重点不在这个巡回护士，也就不再计较，于是说："昨天我听胡医生说到体位与血压变化的关系，再说以前也经常合作，所以我就不再问了。下面一道题我要问苏医生，接到出诊通知，你是坐在驾驶室呢，还是在后厢？"

"当然是在后厢。"苏姗姗很快就回答。

"为什么？"

"因为可以睡觉啊。"

晓米正想发作，却见苏姗姗认真道："当然是开玩笑。待在后厢是因为可以更方便地和值班室以及病人联系，了解病人的生命体征、既往病史、血型、禁忌症等等；可以根据主要症状进行鉴别诊断。如果坐在驾驶员旁边，就可能被路况分散精力，甚至和司机聊一些与出诊无关的话题，这对急救中心的医生来说，都是不合适的。"苏姗姗说到这儿，挑战似的看着晓米，又说，"其实这个问题，对有留学经历的人来说，就像是一加二等于三这么简单。可有的人还以为是个了不起的难题呢。晓米医生，你可以再找个题目来考我。"

"不用。OK了。"晓米尽量装着不在意的样子，把目光停在孙小巧身上。她可能是会场上唯一不受周围影响的人，仍旧保持着低头的姿势，显得紧张而不安。

"小孙虽然定的是第二助手，但主要是做器械护士的工作。"晓米说到这儿把背靠在椅子上，准备在对方答错三个问题时就宣告结束，"我要问的，都是剖宫产手术最简单的问题。当切开皮下脂肪、腹直肌前鞘时，主刀医生和助手需要压迫切缘创面的微血管，这时你递上的是纱布还是纱垫呢？"

"纱垫。"孙小巧站了起来，小声但很清晰地说。

"当术者挑起前鞘一角，插入的是什么器械？"

"是甲状腺拉钩。"

"腹膜暴露后，术者要提起来并切开，这时你会递上什么？"

"镊子。"

晓米皱了皱眉头，因为这三个问题都答对了。不过也许是碰巧，晓米一边想，一边又接着问："在剖宫时，用镊子可以夹起浆膜吗？"

"不能。但可以夹起子宫膀胱返折腹膜。"

"接下来，主刀和助手要做什么，你清楚吗？"

"清楚。"

"那你把剖宫这一节说一下吧。"

"这时，主刀医生会在用镊子夹起子宫膀胱返折腹膜之间，用解剖刀弧形一次性切开腹膜及子宫肌层，长度约4到5厘米。然后与助手一起，用食指压迫切缘创面止血，再用组织钳上提切缘暴露羊膜。剪开羊膜后一边吸羊水，一边上提子宫切口缘及腹壁切口两上缘，尽量封闭子宫和腹壁切口之间的间隙，减少液体溢入。如在娩出胎儿时需要扩大切口，导致静脉出血，助手必须用示指立刻压迫血管。等胎盘娩出后，用卵圆钳钳夹，再缝扎出血的血管。"

"该注意哪些事项呢？"

"腹壁切口的水平应该在子宫下段上端，返折腹膜不能有粗大的静脉丛。纱布垫要垫于子宫下段两侧，才能让子宫摆正。同时注意不让腹膜切口下缘自动下滑。高位切口时要防止大出血。吸净羊水时要抬高手术台的头端。不能在吸净羊水前分娩胎头，因为容易引致胎头高浮。为了避免胎头高浮、过度仰伸和血肿在切口两角处出现，最好把切口上移6到8厘米，这样就可以避免子宫下段切口被膀胱遮住，也易于操作。"

孙小巧此时就像一个经验丰富的主刀医生，不，简直就是多年讲授产科医学的教授，口若悬河，滔滔不绝，没有丝毫停顿，而且无懈可击。会场上的人都听呆了，并在她说完最后一个字的时候，一致鼓起掌来。

这是晓米绝对没有想到的。尽管她还是有所疑惑，但作为一名产科医生，眼下要找一个对手术这么熟悉的器械护士可不容易啊。

晚上聚会安排在6点，地点就在医院的员工餐厅，这样就不会耽搁上班了。

晓米提前了几分钟到达，想看看那司机还会耍什么花招。考核会后，她就和卢大成签了应聘合同。说实在的，虽然她预感到人际关系会很复杂，但这几个人还是比原来想的要满意。晓米是个喜欢困难的人，有这么一个团队，再加上那辆智能救护车，面临的又是急症孕产妇的抢救，将来的工作一定很有劲呢。只是那个该死的司机让她很不痛快，如果不修理一下，以后就难管理了。

司机准时出现在餐厅，扬了扬手里的一张银行卡，就让苏姗姗负责点菜，自己却走到晓米身边，小声道："米医生，我们借一步说话，行吗？"

晓米冷笑道："第一，我不姓米，我的名字叫雷晓米。第二，有什么话就在这儿说。第三，我说过的话，别以为只是吓唬，你要有思想准备。"

那司机却更加凑近道："我要说的，是那个死亡病例的家属。你要不感兴趣就算了。"

"死亡病例的家属？"晓米一时没反应过来。

"是啊,你不是一直很上心吗?"

晓米盯着对方半天没吭声,有些拿不定主意。

"我的眼睛还有些浮肿,是不是很难看啊?"那司机狡猾地笑了笑,"你那一下,在刑法上叫故意伤害。可我什么也没和你计较啊。"

晓米这才说:"好吧,你要是敢糊弄,我就……"

司机接着说:"就找个私人侦探,把我自出生到现在所有的下三烂查个底儿朝天。这话我记着呢。"

对这种人,晓米还真的没办法。她转身走出餐厅,到了电梯口。"说吧,什么事?"

"还是出去吧,我不想让别人看见我们太亲密。"

晓米想想好笑,但也没办法,只好跟那司机从楼里走出,来到小花园。

"今天我没到场,真的是有事。"司机不等晓米问就说了起来,"卢院长让我送一个死亡病人去火化,就是你们做的那个羊水栓塞。"

晓米很意外,立刻问:"不是说,她的父母不同意吗?"

"是啊,我也是这么听说。但今天又突然同意了。"

"为什么?给了钱吗?"

"不是,那对夫妻很硬气,坚持不要钱。"

"那是为了什么呢?"

"我也是好奇,就在车上问了一句。"

"他们在你车上?"

"是啊,这种事,父母怎么能不去呢?你猜他们怎么说?我也是没想到,医院还有这种人,竟然说出这种话来。"

"你倒是快说啊。"

"他们告诉我,刘主任说了,停尸房的冰柜数量很有限,而且都是裸体存放。他们的女儿因为没交钱,所以有新的尸体送来时,就要被腾出来,放在外面,经常连块遮盖的布都没有,而那儿的管理员都是男人,还有家属经常进出。"

"真是下流!"晓米想到刘一君说这些话的用意,就骂了一句。但仔细想想,这种情况也确实时有发生,她就亲眼看到过,于是问:"后来呢?就这么火化啦?"

"没有。他们又让我拉回医院了。这次给女儿租了个专用柜,还买了新床单。"司机不好意思地笑笑说，"是我付的钱，反正也不多。他们还是想找车运回老家。"

晓米听到这儿，有点不屑地看着对方："你说这些，是不是想表示你很了不起？同情弱者，助人为乐？"

"你也太小看人了。"那司机做了个无奈的手势，道，"你是医生应该知道，尸体没了也就没了证据，你用什么来证明切开子宫肌层同时破膜？卢院长他们急于要火化尸体，不就是这个目的吗？"

晓米有些奇怪："台上的事，你还懂得不少啊！"

"我开的可是救护车啊。医生们常在车上讨论手术，听听不就明白啦？"司机又做出一副满不在乎的样子，说，"原以为你对这起诉讼还有兴趣，还想再审呢！"

"你怎么知道我不想？"晓米苦笑笑，"可不知道从哪儿下手啊！"

"这事我可以帮你。"

"你？"晓米自然不信，"凭什么？"

"我有点这方面的经验。"司机诚恳道，"但现在不能再说了，大家还在那儿等着，时间太长，还以为我们私奔了呢。"

"你说话注意点儿好不好？"晓米没好气地说，但也不是太反感了。心里想："跟这种人犯不着太较真。"

"那道歉是不是就算了？"司机好像能看透晓米的心思，说，"不就是个形式吗，有什么用啊？"

"不行！"晓米硬邦邦地吐出两个字，又问："师傅怎么称呼？"

"我叫韩飞。韩剧的韩，飞机的飞。"

"好吧，韩师傅，我觉得道歉不是形式问题。"

"那是什么？"

"你自己想吧。"晓米说完，就向楼内走去。

餐厅里，团队的几个人正吃得高兴，看到晓米进来，苏姗姗便倒了杯饮料递到她手上。

"我们刚才说好了，与其和你对着干，不如俯首称臣，这也是最明智的选择。不过有一条，你的事我们不打听，我们的隐私你也别过问，要是成交，就喝一口。"

"放心吧，我对你们的隐私没有兴趣。"

晓米说完正想喝饮料，就见韩师傅走过来，一本正经道："晓米医生,上次我对您用词不当,让您生气了。现在正式向您道歉。"

万玲儿第一个起哄:"刚才你们花前月下,原来是说这个呀?"

于是大家就笑起来。

晓米却很得意地想:"这个男人也不过如此嘛。"


晓米原以为刚上班不一定会有病人呼救。可马上就知道,这是大错特错了。

不久前,市里对救护车实行统一管理,每辆车都配备了具备卫星定位功能的通讯设备,只要处于待命状态,就进入市急救总站的调度系统,接受总值班员的指挥。这样做的好处显而易见,只要有急诊求救,总站在初步分诊后,就可以联系到离病人距离最短的救护车前往救治,从而让全市三百多辆救护车得到最充分的使用。总站把救护车分为四种类型。A型只做基础处理、观察和转送轻症病人。B型主要用来救治、监护和转运急危重症病人。C型是传染性疾病专用隔离车。D型包括的功能较多,如特殊救援情况下的指挥、血液紧急运送、应急专业型救护等等。省保健院的这辆智能救护车属于最后一类,代号为"D79"。

晚上8点整,市急救总站工作大厅里那个几乎占了一面墙的多功能地图上出现了一个绿色的新信号,表示"D79"号车已经进入全市调度系统。几乎就在同时,总值班员接到分诊医生的电话。

"现在有三个呼救要用D型车。一、二号铁路桥西南角有个急产,是车祸。二、唐村卫生院有个重度子痫前期合并心衰。三、华景小区有个37周加5的孕妇,持续性下腹痛已经6个小时,神志都有些不清了。"

"知道了。"坐在三个显示屏面前的总值班员一边拿起电话,一边对病例迅速甄别,他用的是排除法,"腹痛6小时为什么还待在家中,而且为什么把神志不清放在后面?重度子痫合并心衰确实很急,卫生院抢救条件也有限,但距唐村3公里处就有一家三甲综合医院新建的分院,为什么不直接向他们求救呢?而那个急产病人身边却没有任何医护人员,如果出事就是两条人命啊。"于是便对分诊医生说:"把那个急产发过来。"并用鼠标点了一下"D79",这样,调度台上的可视电话立刻被接通,晓米的头像也就出现在其中一个屏幕上。"有个车祸急产,患方电话和资料已发。地点在二号铁路桥西南角。"

终端的另一头，和团队成员坐在救护车后厢的晓米向惜字如金的总调度点了点头，用手指敲了敲驾驶室的隔离窗，汽车一下子冲了出去。

虽然根据急救总站的规定，总值班员会在第一时间把病人的相关资料传送到救护车的专用手机上，而急救医生通常选择和病人或其家属直接联系，以防止出现失误。现在晓米也是这样做的，她立刻拨通了病人家属的电话，很快就得知胎儿很大，却未有手术指征。预产期是三天之后，原想在晚高峰以后去住院，不料却遇到一个逆行的骑车人，躲避时撞到了桥墩，产妇没有受伤，却在惊吓后破了水。针对这一情况，晓米作好两手准备：一是尽量顺产，不行就在车上剖了。十五分钟后，当她们抵达铁路二号桥时，智能救护车上的多功能担架已经调到截石位(自然分娩的产床装置)，连侧切用的剪刀也准备好了。

这是在"D79"上进行的第一个手术。晓米负责接生，苏姗姗和胡世生配合，孙小巧显得有些紧张，动作迟钝，但也没出乱子，一切都很顺利，也很成功。万玲儿对家属的皮外伤做了处理，还忙里偷闲拍了一段视频，说是留作纪念。

他们刚把产妇和胎儿送到建档医院就又立刻奔赴唐村，原来那家三甲分院的妇产科还没开诊呢。这事不能怪总值班，因为许多新建医院都有超前宣传的毛病。

接下来的病人血压和心率都很高，双肺湿啰音，尿蛋白3个加号，重度子痫可以确诊，只是心衰的原因不明。家属要求送大医院，晓米却认为应该先行就地缓解症状。

"这个病人就交给我吧。"苏姗姗用半商量半决断的口气对晓米说，并不等回答，就给卫生院的医生下起命令来，"西地兰0.8毫克，呋塞米80毫克……"

晓米没吭声，因为这都是强心和利尿的常规，但在使用硫酸镁解痉的问题上，她们有了摩擦。苏姗姗要用30克硫酸镁，同时输入1500毫升的液体。

"这个等一下。"晓米对卫生院的医生说。

"为什么?"苏姗姗马上说，"这可是治疗子痫的首选用药啊!"

苏姗姗不甘心当配角，这在上次抢救那个大出血病人时就已经有所表现。作为一名上级医生，晓米倒不是太计较，反而觉得可以让她更积极更主动。当然,在关键时刻,也是不能让步的。

"这个病人合并心衰,会明显增加心脏前负荷啊。"晓米把苏姗姗拉到一边小声说。

"这我知道。"苏姗姗却满不在乎地笑了笑,"你以为我这么无知吗?但现在威胁病人生命的是重度子痫啊。"

"还是先查查心衰的原因吧。"

"要是一时查不出来呢?"苏姗姗毫不退让,"出了事故你负责?"

晓米叹了口气,走到卫生院的医生面前说:"我看一下以前的病历,再会个诊,行吗?"

引起心衰的原因很快被晓米发现。原来该病人一周前出现感冒状,被诊断为呼吸道感染,并马上给予静脉滴注抗生素治疗,连续4天,每天补液2000毫升。这个量足够导致心功能下降,诱发急性心衰了。

卫生院的医生都有些后怕,硫酸镁更不敢输入了。可晓米却决定在心衰后使用苏姗姗的配方,只是把稀释液减少了一半,并用输液泵控制速度。一个小时后,病人有了好转,晓米决定让苏姗姗留下来继续观察,就带着其他人走了。

这一夜,"D79"可以说是马不停蹄。无论是总站的调度表上,还是本院急救中心的值班室里,该车处于"待命"的信号灯几乎就没亮过。到了早晨六点,初冬的大雾包裹着整个都市,大家都以为可以休息一下时,医院却来了电话,说是附近的高速公路出了事故,请求产科救援。等他们在离现场还有一千多米的地方停下时,发现刘一君已经带着几名记者提前赶到,并准备摄像呢。原来卢大成得知伤员中有个胎盘早剥的病人,觉得这是宣传"D79"的好时机,立刻通知电视台等几个熟悉的媒体,要拍下手术全过程。题目都想好了,就叫《急救车上的新生》。不过,晓米检查完那个从山区来的产妇后发现,胎儿窘迫的征象并不严重,完全可以送到医院自然分娩。

可刘一君显然已经与病人家属做了沟通,手术同意书都已签好字了。而此时匆匆赶到的苏姗姗则完全同意手术单上"重型胎盘早剥"的诊断,这可是百分之一百的手术指征。

剖宫产就在已经封路的高速公路上进行。因为病情并不严重,手术进行得很顺利,甚至可以说非常轻松。但有个细节却让晓米很意外。苏姗姗在游离血管时出现损伤,她向器械台上的孙小巧伸出一只手。

这时候,任何一个护士都知道医生要的是止血钳,可孙小巧却递了把组织剪。苏姗姗皱了皱眉,自己从台上拿了把钳子夹住血管,随后就进行了缝扎。

说实话,拿错器械的情况平时并不少见,尤其是经过一整夜的忙碌,总会有恍惚的时候。但晓米想起孙小巧在考核会上对答如流的情景,总觉得有些不对,于是在术后清点器械时,就站在一边看着,结果令她非常吃惊。

按照规定,剖宫产关腹前和手术后,必须由巡回护士和器械护士清点器械,具体说,是万玲儿照着清单念,孙小巧看着器械回答。可在好几个地方,孙小巧都在犹豫,似乎没找到清单上的东西,而实际上,它就在手边呢。

"为什么她对手术器械这么陌生?"晓米心里想,"可对手术路径又那么熟悉,这怎么解释啊?"

晓米洗完澡,已经快到11点。她赶紧上床,把闹钟拨到下午4点,这样就可以睡5个小时。下午5点有个模拟手术活动,不能不去,因为是她倡导的,已经坚持两年了。

不料正要入睡,门铃却响了。原来是快递送牛奶,从网上买的。等到她重新躺上床,却怎么也睡不着了,满脑子还是孙小巧的事,于是给安萍打电话。

"你说说,医院是个人都知道组织剪和止血钳的区别,怎么这么个大硕士却会搞错呢?"

安萍却说正忙,要会诊,让她找钟悦。钟悦在电话里听晓米说了大概,想出一个主意:"下午不是要做模拟手术吗?插个清点器械的节目,她是真懂还是假懂,不就明白了?"钟悦还嘱咐:"不要事先通知,要搞突然袭击。"

"妇产科常用器械也就几十种,如果她认不全,那就肯定有问题了。"晓米想到这儿就愈加兴奋,睡意全无,干脆在电脑上写起病历来。昨晚的几个病人各有特点,还真的要好好总结一下呢。

模拟手术就是假想一个病例,再找几个人假扮主刀、助手、麻醉师和器械护士。主持人会把"病人"在手术中可能遇到的意外情况一个个地提出来,考验"上台"人员的应变和处置能力。这是晓米以前受一个外国电视剧的启发提出的,后来就成了提高医护人员业务能力的常规活动,每两周举办一次,尤其受到进修生和实习生的欢迎。

这次也是座无虚席,还有不少人在门口和角落里站着。晓米事先已从手术室借了几个器械包,这时就在桌上分了几排摆放,看着孙小巧说:"今天要让大家认识一些不常用的器械,你开头。"

孙小巧似乎意识到什么,犹豫了一下才说:"能不能先说一下名称呢?"

晓米心里想:"看,快露馅儿了吧?"却问道:"为什么呢?以前没有学过吗?"

"不是,因为有些器械称呼不一样,我是想规范一些。"孙小巧红了脸小声解释。

这个要求不过分,而且器械名称的规范也是一直在强调。于是便请手术室的一名护士介绍起来。

孙小巧专心地听着,并不紧张,当护士报完最后一个器械,就提出一个要求:"能不能让我把眼睛蒙起来?"

晓米十分意外,连忙问:"你是说,不用看,就能拿到器械吗?"

孙小巧有点不好意思道:"试一试吧。"说着,就拿出一条丝巾,把双眼遮住,在后脑勺扎了个死结,然后把双手张开,放在那些器械的上方,做好随时拿起的准备。

大家都很好奇,挤到桌前要看个究竟。晓米担心有诈,让人们退到一定距离才宣布开始。

"剖宫产切口钳。"护士看着桌子右下角说。

孙小巧立刻从右下角拿起一把钳子扬了扬,又放回原处。

"输尿管夹持钳。"

孙小巧从左下角拿起一把钳做了个同样的动作。

"脐带剪。"

这回是在桌子中间,孙小巧也拿对了。

大家不由自主地鼓起掌来,此后每拿一样器械,掌声就响起一次。不一会儿,把那些从来不参加活动的资深医生也吸引过来了。

晓米觉得有些不可思议,示意那护士停下。

"19厘米肌瘤螺旋钩。"晓米接下去问,这是不常用的一种器械。

孙小巧却毫不犹豫地拿起那个丁字形的钩子。

"单腔大号人流吸引管。"这对产科来说也是一个冷门。

可孙小巧却从4个差不多大小的吸引管中拿到最大的。

"骨盆测量计。"

晓米话音刚落,孙小巧就说:"在桌子正中的前方,我手够不着。"

"30厘米伞柄式深部拉钩。"

"对不起,伞柄拉钩只有26厘米和29厘米两种。"孙小巧一边说,一边用双手把那两种拉钩都举了起来。

晓米觉得再问下去就太过分了,便让孙小巧解开丝巾,问:"能不能告诉大家,你是怎么做到的?"

"靠记忆。"孙小巧简单回答。

"就刚才那一会儿,你把所有的器械和摆放的位置都记得滚瓜烂熟?不不不,我记得,伞柄拉钩并没人告诉你尺寸啊?"

"那是碰巧了,别的也不一定知道。"

晓米点点头,认为这是一句真话,但心中的疑团却并未解开。

第七章

　　模拟手术都有重点，以便让大家印象深刻。这次晓米假设的病例是"重度子痫前期合并心衰"，这也是前夜抢救的一个病人。目的有三个，一是要大家加强对既往病史的了解。二是强调输液过多过快会诱发心衰。三是讨论硫酸镁在该病例中如何正确使用。

　　不料刚说了几句，苏姗姗就表示反对。

　　"我觉得这个病例意义不大。按规定，了解病史是带队医生，也就是您的事。输液会诱发心衰这谁都知道，无非就是如何控制速度。至于该病要不要用硫酸镁，产科界争论了几十年都没有结论，您是想创造一个奇迹，在这里搞新闻发布吗？"

　　晓米在第一时间有些恼火，但马上又想，她说的这些也并非全无道理，特别是硫酸镁的应用，确实要对病人当时的症状进行综合考虑，不仅仅是液体量减半这么简单。于是说："那你找个病例，只要不太冷僻就行。"

　　"为什么不说说早晨那个胎盘早剥呢？"苏姗姗说着，挑战似的看着晓米。

　　晓米有些意外。其实在考虑模拟病例时，头一个想到的就是早剥。但后来想，说这个病例的最终目的，其实是指出误诊，而误诊的医生就是苏姗姗。她们此前在那个子痫前期合并心衰的治疗方案中已经有了

80

一点冲突,晓米不想把关系搞得太僵。当然,在这个病例后面,还有一个更大的问题,就是卢大成为了扩大"D79"的宣传,甚至不惜给病人做不必要的手术。但这已经超出了模拟手术讨论的范围,所以决定放弃。不想苏姗姗现在却主动提出来,她就有些不好理解了。

"这个病例我们私下聊,行吗?"晓米凑近了姗姗小声说,为的是不想让对方太难堪。

"我想公开说。"苏姗姗却毫不领情,转过身,对着大家说,"胎盘早剥的诊断往往容易被忽视,特别是症状不典型,没有明确诱因的早剥,对病人的危害却很大。你们说,对不对呀?"

有人立刻响应:"对,就说说这个病例吧。"

既然如此,晓米也就不再客气,看着苏姗姗说:"那你就说说,是什么问题?"

"我的第一个问题是,您在检查病人时,为什么不听胎心呢?"

这个问题切中要害,因为鉴别是不是重度早剥,最重要的就是胎心率是不是正常,胎心音是不是清晰。但这绝不是产科抢救的第一个项目,根据"先大后小(即先产妇后胎儿)"的原则,产妇的生命体征、腹痛、出血以及有无并发症等,都会先于胎儿检查之前。况且当时病人正处于惊吓未定之中,附近又有人在使用电锯,这都会影响对胎心的正常判断。于是说:"我是准备等病人安静下来。"

"可您最终还是没有检查,对吗?"苏姗姗冷笑了一声,不容晓米解释就接着说,"您是咱们团队的头儿啊,应该是我们学习的榜样,所以请您不要强调客观原因。"

"那你要我说什么?"

"就刚才的问题,您只要说,对,还是不对?"

"对,我没有检查。"晓米很无奈地回答。

大家小声议论起来。

苏姗姗示意大家安静,又接着说:"您在没有检查胎心的情况下,是怎么得出'胎儿窘迫的征象不严重'的结论呢?"

晓米打量着苏姗姗,发现她不怀好意,便也提高了警惕,想了想才说:"我看到出血的情况,贫血程度与出血量基本上成正比。子宫体软,没有持续性腹痛,病人也没出现恶心或呕吐。"

"B超呢?"

"B超我看了，也没发现问题。"

"这么说，您是在靠平时的临床经验在诊断？"

"我不否认，临床经验确实很重要。"

"可我的诊断为什么和您截然相反呢？"苏姗姗说完，就从包里拿出一个文件夹，并把一张张的报告单放在晓米面前，"请您仔细再看一下，这是B超，这是术后的胎盘病理报告，这是病人三个月前的血管病变检查，这是今晨腹部受到外部撞击的伤情证明。这一切都在告诉我们，这是一个重型早剥。而事实上，我在手术过程中，发现了大量的腹腔积血，这正是隐性出血的证据。"

会场上乱了起来，不少进修生和实习生在对晓米指指戳戳。

晓米一下蒙了。她站了起来，拿过那张B超报告，和先前看的完全不一样。于是明白了，这已经不是在讨论什么病例，而是事先设计好的一个陷阱。更糟糕的是，自己已经掉了下去，却全然不觉。

争论和解释已经变得毫无意义。晓米想把那些报告单收起来，却遭到苏姗姗的拒绝。

"你去跟领导要吧，这些我必须保存。"苏姗姗冷笑一声，又拿出一张当天的晚报，放到晓米面前，"这个你倒是可以留作纪念。"

晓米扫了那晚报一眼，头版是一张"D79"的大照片，下面是特号粗体字做的标题：《高速公路新生有险情》，文章不长，重点就是苏姗姗刚才说的"误诊"，只是没有点名。

晓米希望自己能尽快冷静下来，但心脏却跳得更剧烈了，像随时要从体内蹦出来。她本想说一句"活动到此结束"，可张了张嘴，却没听到声音，她知道这是一过性大脑缺氧的症状，于是便坐了下来，等着大家走开，她需要新鲜空气。


这天晚上的工作量和前一天差不多，晓米没有刻意让自己表现得更加认真和仔细，还是和平常一样，该说的照说，不该做的照样不做。当然，她知道，她的一举一动都在别人的眼里。

下班后她给安萍打了电话，要她来一下。

"什么事？我上着班呢。"

"我被人陷害了。没看昨天的晚报吗？"

闺密就是在这个时候用的。果然没过多久，安萍就来了，还带着

82

钟悦。

　　"我一个人对付不过来。"晓米一见面就说，"你们得帮我梳理一下。"

　　"有什么好处啊?"安萍装出一副奸商的样子问。

　　"你说吧。"晓米也就轻松道，"大餐你吃不了，男朋友也有了。食色，性也，这两样你都不稀罕，钱也挣得比我多，要不帮你花点儿?"

　　安萍找了个舒服的地方坐下:"谁说我吃不了大餐?男朋友也是多多益善啊。"

　　"钟悦，听到没有啊?"晓米开心地笑了起来。

　　"我巴不得她多找几个呢。"钟悦也笑着说，"也就嘴上过过瘾。"

　　"这可是你说的。"安萍指着钟悦说，"到时候可别说我先劈腿。"

　　"听你的意思，我已经出轨啦?"

　　"出轨不出轨，只有你知道。"安萍阴阳怪气道，"当然了，还有另一个。晓米，你说呢?"

　　"你们调情另找时间行不行?"晓米装出生气的样子说，"到底帮不帮我啊?"

　　"我只说了两句，你们怎么就心虚啦?"安萍说完，不等晓米反击，立刻又说，"好好好，序幕就到这儿，演出开始。把笔记本递过来。"

　　晓米就把桌上的笔记本电脑打开，放到安萍手上。

　　"我们从头开始吧。"安萍打开一个空白页面，问晓米，"你是几点接到那个早剥的电话?"

　　"根本不是早剥。"晓米强调说，"大概是5点3刻，我收到刘主任的短信，到达现场……"

　　"等一下，等一下。"安萍问，"你刚才说，是接到刘一君的短信?而不是市急救总站的电话?"

　　"是啊。这次救援是单位安排的。我立刻打了电话问情况。"

　　"他怎么说?"

　　"说是疑似早剥。"

　　"他怎么知道?"

　　"这个我也问了，他说是原来医院就是这么诊断的。"

　　安萍笑笑道:"那至少不是重型，不然人家就不会让他们上高速了。"

"这个情况很重要。"钟悦插话道,"要想办法搞到原来的病历。"

安萍在电脑上打了一行字才问:"后来呢? 你看到病人是什么情况?"

"我们到了现场后,第一个看到的是刘主任,还有一些记者。他们已经用担架把病人抬了过来,在等着呢。"

"然后呢?"

"然后我让他们把病人抬上车,开始检查。腹部、盆腔,接着是宫颈和子宫,都没有早剥的症状。"

"做了B超?"

"当然。"

"谁做的?"

"我啊。说实话,我并不想借助B超来诊断早剥。你知道的,就算是胎盘与子宫壁之间出现强回声,也不见得就是剥离,很可能是急性出血。我是想看看有无前置胎盘,也只是例行公事,因为一点症状都没有啊。"

"腹部一点都不痛吗?"

"痛,但可能是外伤。她坐的大巴撞上了前面的大货车,被卡了半天呢。"

"苏姗姗这时和你在一起吗?"

"没有。我们到了以后,她就被刘主任叫过去说话了。后来,她就拿了家属签字的手术单给我看,上面已经写着'重型胎盘早剥'了。"

钟悦听到这儿问:"你怎么不反驳呢?"

"等一下。"安萍按照自己的思路继续问,"那苏姗姗昨天拿给你看的那张B超报告是怎么出来的呢?"

"这事我问过刘主任,他说他们过去也是开着救护车,带着超声仪呢。"

"什么时候问的?"

"昨天晚上上班前。"

"既然他们已经做了B超,为什么不给你看呢?你可是团队的头儿啊?"安萍喝了一口咖啡问。

钟悦思忖着说:"这个很重要,也许他们是故意的。"

安萍又在电脑上记下一条,然后说:"先不说B超,接下来做手术,你应该和苏姗姗看到实际情况啊?"

晓米叹了一口气:"这个手术不是我主刀。"

"苏姗姗?"

"是啊,是她主动要求的。"晓米回忆着当时的情景,"刘主任说家属已经签了字,赶紧做手术。这时候我想,不管有没有手术指征,剖宫产一定是要做了,为的是医院的宣传。当然,现在所谓社会因素也算是指征,我还能说什么?干脆,让就让,反正她资格也够。"

安萍听着,冲钟悦一笑:"刚才你问晓米为什么不反驳,现在明白啦?"

钟悦也一笑:"你是比我聪明。"

"本来就是。"安萍露出得意相,又问晓米,"这么说,你是助手?"

"我当然得盯着啊。"

"没发现腹腔积血?"

"没有。"

"胎盘呢?"

"胎盘分娩也正常,我也检查过了,都没问题。"

"胎盘是怎么处理的?"

"这个我没问,一般是巡回护士的事,如果家属要就让他们带回去了。"

钟悦听到这儿问:"那胎盘的病理报告又是怎么回事啊?"

"你怎么到现在还不明白?"安萍又敲了几个字,不满地看了钟悦一眼,说,"这是陷害,早就策划好了的。你看啊,孙小巧只是个菜鸟,而看到术野的,只有晓米和苏姗姗。现在苏姗姗是主刀,就像上次一样,她说什么就是什么,晓米要说不是,也没有证据啊?"

钟悦还是不明白:"苏姗姗陷害晓米?为什么啊?"

"肯定是得罪人了呗。"安萍看着晓米问,"是不是啊?"

"我就在硫酸镁的事情上说了她一句。"晓米不太有把握地回答。

"你看,果然是你说了人家。"安萍用鼻子哼了一声道,"人家可是院长的千金。"

"那她也太过分了。"

安萍摇摇头:"不,不是她。她只是个帮凶。"

晓米不解:"帮凶?"

"为了这么一点小事,她不可能动这么大的手脚。"安萍说到这里,突然想起什么,看着晓米问,"是不是那官司的事,你又做了什么啦?"

"没有啊!"晓米想想说,"从灾区回来后,我只是找了一下病人的老公。"

"后来呢?"

"后来什么也没有做啊。真的,我都忙昏了头,哪里还顾得上官司啊。"

"这就奇怪了。诉讼的事你已经不管了,那对卢大成的威胁也就不存在了,那为什么还要往死里整你呢?"

钟悦听到这里愣了愣,过了一会儿才说:"要不,是因为我啊?"

"你?"安萍忙问,"你做什么了?"

"我……我劝死者的家属再审了。"钟悦涨红了脸说,"不是她老公,是她的父母。我知道他们要把尸体运走,一想,说不定将来还要做解剖呢,于是就找他们谈了谈。但吃饭的时候,我被刘一君看到了。"

这回,愣住的是晓米了:"你为什么啊?"

安萍"啪"的一声合上笔记本,对钟悦怒视道:"你想讨好晓米,也得跟我商量一下啊!真是头蠢猪!晓米现在要死你手上啦!"

晓米听了倒也不是太紧张,反而笑了笑说:"要我死也不那么容易,大不了抬屁股走人。你那儿,不是还给我留着一个科主任吗?"

"做梦!"安萍却毫不客气道,"你不看看晚报上是怎么说的?连个早剥都诊断不了,还能当主任?你以为董事会的那帮人都是我亲爹吗?"

晓米这才意识到,事情比原来想的复杂多了。低头想了会儿才问:"那我该怎么办?"

安萍冷笑道:"我记得有句俗语,兔子逼急了也会咬人。况且你雷晓米从来就不是只兔子,对吗?"


正当晓米他们三个商量对策的时候,卢大成也把刘一君叫到办公室进行着类似的讨论,不过他们的目的不是要弄清真相,而是要堵住所有的漏洞。

刘一君发现钟悦和死亡产妇的父母接触,马上告诉了卢大成,并立刻得出了是雷晓米指使钟悦这么做的结论。因为他们只知道晓米和

86

安萍是好友,却不知道钟悦与安萍的关系已经有了新的情况。在他们看来,晓米在这件事上显得很有城府,自己不出面,还装着一门心思全部扑在"D79"救护车上,暗中却利用闺密的男友鼓励家属再审。除此之外,他们实在找不出钟悦会主动参与此事的任何理由。那么,对卢大成来说,晓米依然是一个危险的对手,既然不能一下把她赶走,敲打一下,以示警告就显得很有必要了。

如何"敲打",而且要做得毫无破绽,这就是刘一君的事了。刘一君在事业上没什么大的追求,选择内科,完全是因为不用上夜班,不用在台上当苦力,还能从"药代"那儿得到种种好处。因为业务水平一般,他在大学附院内科一直解决不了职称问题,更不用说当科主任了。然而,他在解决医患矛盾上却很有一套,特别善于用一些危言耸听的话让家属望而却步。这个特长被卢大成看在眼里,于是便在苏院长面前极力推荐,把他调到保健院当了急救中心的主任。谁都知道,急救中心可是最容易产生医患矛盾的部门啊。

刘一君从此把卢大成看作自己的靠山。不过他心里很清楚,找个靠山其实并不难,难的是保住。靠山会力挺你,给你好处,并不是因为喜欢你,而是你有用。你要为靠山卖力,要知恩图报,要在需要的时候挺身而出,这才是保住靠山的唯一办法。所以,当他得知卢大成和晓米发生冲突,并且有可能威胁到自己靠山的名誉和地位的时候,他会毫不犹豫地站在卢大成一边。当然,作为一名医生,他也知道晓米是无辜的,甚至也不无同情之心,但这并不妨碍他为了整垮晓米而施展出任何卑鄙的手段。

"B超虽然不是这个病人的,但原来医院却有疑似早剥的诊断,况且病情是经常会恶化的。所以,我们不要担心这份报告。"刘一君说完,扬了扬手上的一份B超图,放到卢大成面前的办公桌上。

"能被查出来吗?"卢大成仍然有些不放心。

"报告的编号和日期,都是我亲自设定的,检查也是我做的。我保证天衣无缝。"刘一君很自信地回答。

"那你和姗姗是怎么说的呢?她一开腹就会发现报告是假的。"

"当然,她是瞒不过去的。"刘一君斟酌了一下字眼,加重了一些语气说,"可她已经没有任何选择的余地,必须站在我们一边。"

"为什么呢?"

"第一,她想取代雷晓米当这个团队的头,她的野心可比她母亲大多了。第二,她也知道您和她母亲的关系,当然,我是说工作上的关系,您的事就是她母亲的事,也就是她的事。"刘一君说到这儿得意地笑了笑,故意停了一会儿才说,"还有第三,也是最重要的,她犯了一个错误,已经不可能逆转了。"

"她犯了什么错误?"卢大成有些疑惑地问。

"她看了我做的B超报告和家属签字的手术同意书,没有去检查病人,更没有听胎心,就对晓米说是'重型胎盘早剥'。您说,她会再推翻自己的诊断,打自己的耳光吗?"

卢大成却咂咂嘴说:"她是太草率了,这么重要的诊断,怎么可以仅仅凭一份报告就下结论呢?要是养成习惯就不好了。"

"这就是没有经验嘛。"刘一君一边揣测着卢大成的心事,一边说,"可她的这个错误,却帮了我们的大忙。"

"幸好病人安然无恙。"卢大成舒了一口气说。

"是啊,病人没事这才是最重要的。"刘一君马上迎合道,"其实我们也是没有办法啊。"

"不过,对这种人一定要提高警惕。"

刘一君以为听错了,犹豫了一下才问:"您是说,苏姗姗?"

卢大成点了点头:"我听说,昨天她还和晓米争论来着?"

"哦?"刘一君装出奇怪的样子,其实早就猜到是孙小巧作的汇报,故意问,"这事您是怎么知道的?"

"你以为,就你在帮我吗?"卢大成冷冷地哼了一声说,"有句话,叫无知者无畏。如果苏姗姗真的认为是重型早剥,那她冲晓米那一通开炮就很正常。可如果明明知道自己错了,还那么理直气壮,这就很可怕了。"

刘一君小心问:"您是说,苏姗姗可怕?"

"不不不,我可能是有点用词不当,应该是'后生可畏',或者叫'后来者居上'。"

"那是那是。"刘一君连忙说,"苏院长也一定是希望她女儿比她更胜一筹嘛。"

"咱不说这个了。"卢大成从一堆病历中翻出一份报告仔细看了一会才问,"这个胎盘的病理报告会有问题吗?"

"放心吧,胎盘已经烧掉了。"刘一君放低了声音说,"我作了些处理,家属一闻那味道就恶心得要命,还让我赶快埋掉呢。"

卢大成便笑了起来:"你在这方面还真有一套啊。"

刘一君正判断卢大成的这句话到底是褒还是贬的时候,又听对方说:"你下面要办的一件事,就是让那个家属立刻把尸体运回老家,而且不能让他们看出和我们有什么关系。懂了吗?"

于是刘一君知道,又该是他发挥聪明才智的时候了。


晓米在车库找到苏姗姗,看到的情景让她十分意外。这位院长的千金竟然躺在司机休息室里那张又脏又破的小床上,和韩师傅乐呵呵地吃着烤红薯呢。

"苏医生,请你出来一下。"晓米敲了敲玻璃门,冲着里面喊了一句,就走到一边等着。

苏姗姗过了好一会儿才出来,身上披了件男人的大衣,没好气地问:"什么事啊?现在可是我的休息时间。"

"你可是一位医生,能不能注意点儿影响?"晓米很不客气道。

"噢呵。"苏姗姗冷笑一声,说,"我妈都管不了我的私生活,你是谁啊?"

"我对你的私生活不感兴趣。"晓米正色道,"可这儿是单位,不是你们家。我是你的领导,当然要管。"

"你是不是在妒忌,要不要也来一个?"苏姗姗挑衅地看着晓米。

"真是无耻。这种男人,我会看得上吗?"

"我说的可不是男人。"苏姗姗说着,从大衣口袋掏出一个烤好的红薯,"你看,外焦里烂,可好吃啦。"

一阵香味飘过来,勾起晓米的馋虫,这才想起,自己今天还没吃东西呢。她偷偷咽下一口吐沫道:"别来这一套,我要问你几个问题。"

"我就知道。问吧!"苏姗姗靠在一辆车旁,一点也不惧怕。

"你要还是个有责任感的医生,就告诉我,昨天高速公路上的那个病人,真的是重型早剥吗?"

苏姗姗不在乎地笑了笑:"有B超,有病理报告,还有病人家属的……"

"我说的是手术!"晓米气愤地打断。

"手术也能证明!"苏姗姗却毫不示弱。

"怎么证明?我可就在台上!"

"你不就是想说出血量吗?"

晓米提高了声音说:"是,我昨天就告诉过你,病人贫血程度和出血量基本上能成正比。"

"可早剥的隐性出血可以通过输卵管进入腹腔!"苏姗姗也大声反驳,"你没看到腹腔有积血吗?"

"那是积血吗?"晓米指着苏姗姗痛心道,"你摸着自己的胸口说,是不是积血?"

"就是积血,你能怎么样?"苏姗姗昂起头叫了一声,但目光却闪到一边。

"撒谎!"晓米再也不想掩饰自己的愤怒,逼近苏姗姗严厉道,"你以为我眼睛瞎了吗?那些血,是因为你碰破了子宫下段旁边的血管群,而且是故意的,你敢说不是?"

苏姗姗愣在那儿,半天没吭声。

晓米深深叹了一口气,小声说:"你没否认,说明还有救。"

苏姗姗却冷笑起来:"可你没有证据。病人不会因为这个同意开腹探查,对吗?"

"对,我没证据。但我找你的目的,也不是想改变你们的所谓诊断。"

"那你想干什么?"苏姗姗倒有些不解了。

"别以为是院长的女儿,我就拿你没办法。告诉你,我雷晓米可不是好惹的。"晓米说到这儿,压低了声音厉声道,"这回病人没出事,就算了。下次要再做这种蠢事,就给我滚蛋!不信,我们走着瞧!"

苏姗姗显然没想到晓米会说这种话,一时不知说什么才好。

晓米却冷不丁从苏姗姗手里抢过那个红薯,剥着皮吃起来:"嗯,还真的好吃。"随后就故意扭着身子走开。

来到电梯门口,却看到司机韩师傅在等着呢。

"我听到你们的谈话了。"韩师傅笑了笑说,"她是闻到烤红薯的香味进来的,我们真的没有做什么。"

"你们做不做什么,我没有兴趣。"晓米冷笑道,"不过,在这种地方泡妞,也太恶心了。"

"我已经说过了,我不是泡妞。"

"那就是在鬼混了?"

这时,电梯门打开,晓米正要进入,却被韩师傅拦住。

"这话我可不爱听。"韩师傅摆出一副要论理的架势,"你得向我道歉。"

"她可是在你床上?"

"那不是我的床。"韩师傅举起手表示反对,"你刚才也说过,这是单位的床,司机可以躺,医生难道不能躺吗?我们这儿也有女司机呢。"

"可只有你们两个!"

"两个怎么了?"韩师傅笑了笑,"现在我们也是两个。"

晓米发现自己还真不是这个男人的对手,于是便笑笑说:"你找我,什么事?"

韩师傅认真道:"那个病人的尸体已经被她父母提走了。"

"什么时候?"晓米忙问。

"就是刚才。是我们车队的一位师傅借了一辆面包车。"

"什么意思?为什么要告诉我?"晓米说完,就警惕地看着对方,希望能看出点名堂来。

可韩师傅却摊开双手说:"没什么意思啊,只是以为和你有点关系呢。"

晓米想起上次的谈话,便说:"你好像说过,要帮助我什么的,对吗?"

"是啊,现在不就是在帮助你吗?"韩师傅看着晓米说,"当然了,如果你不想再审,就算了。"

"再审?"

"你对羊水栓塞已经没有兴趣啦?"

"那倒不是。"晓米有点无奈道,"可要求法院再审需要新的证据啊。"

"为什么不申请尸检呢?子宫肌层的那个切口很可以说明些问题呢。"

"怎么说明问题?"晓米故意问,其实是想知道韩师傅对手术到底懂多少。

"嗯,我大概听说一些手术上的事。"韩师傅想了想才说,"如果符

91

合手术规范,切口整齐的地方,就是用刀划开的部分应该不长,也就是三五厘米吧,其余的都是通过手来做钝性撕拉,所以切口不会整齐。"

"果然懂得不少。"晓米心里想,却问,"这能算是证据吗?"

"当然算啦,我听说,尸检报告很重要呢。"

"那家属会同意吗?"

"这是另外一个问题了。"韩师傅看了看表说,"现在的问题是,家属已经把尸体提走,而且已经上了路。如果运到老家,想做尸检恐怕就不那么容易了。"

晓米着急起来,就要走,却被韩师傅叫住:"你去哪儿?"

"得找人想个办法啊。"

"现在除了我,你找任何人都没用。"

"你?"晓米怀疑地看着对方。

"想让我帮忙吗?"韩师傅却笑着问。

"你能把那个尸体留下来?"晓米不太有把握地问。

"试试看吧。"韩师傅接着又补充道,"但你不能告诉任何人,再好的朋友也不行。你要是做不到,等于我什么也没有说。"

晓米想想说:"好吧,我不跟别人说。"

"还有一个,别跟苏姗姗作对。"

"什么意思?"晓米盯着韩师傅问,"你想讨好她?保护她?可你知道吗,不是我要和她作对,是她在向我挑衅!"

"也许吧。"韩师傅也看着晓米,说,"可你说过,这是一个团队,而你就是这个团队的头儿。如果谁做错了事就让他滚蛋,那你还能领导谁啊?"

晓米冷笑着回答:"我倒觉得,你是我的领导呢。"

"算了,我只是在围观,打酱油的。"

"这就对了,你的任务是开好你的车。"晓米教训道,"还有,别以为帮了忙,就可以对我发号施令。没有你,我照样可以把官司打下去。刚才是你来找我,不是我找你。对吗?"

韩师傅叹息一声,转身走开。

晓米不久就后悔了,后悔对这个韩师傅态度有点过,毕竟人家也没说错什么,可为什么要这么不耐烦呢?

# 第八章

　　苏姗姗是在滑冰场认识韩飞的,开始以为是教练,后来听说在找工作,又懂点医疗器械,便缠着母亲雇他当那辆智能救护车的司机,自己也要进团队。

　　为什么要这么做,她自己也说不清楚。但有一点很明确,她差不多一年没交男朋友了。

　　姗姗从小受到开放而严厉的教育。也许母亲是产科医生的缘故,11岁刚来例假,她就大概知道男人女人是怎么回事、孩子从母亲的什么地方出来、什么叫怀孕、有什么风险等等。初中时,同班有个女生受到性侵害,母亲立刻让她转了学。也就在那一年,她发现下面长出了小毛毛,以为是得了什么病,一个人在家的时候就翻妈妈的书看。当她第一次看到性病的照片,吓得几个晚上都在做噩梦,但好奇心也与日俱增。初中最后一个学期,有个男生来家复习,那男孩的父母也是医生,于是提出玩"检查身体"。一阵石头剪刀布,她褪下内裤,而那男生的裆下则鼓起了一个大包,随后不知怎的就被推到了床上。她本能地反抗,但根本抵挡不住对方的疯狂。幸好母亲及时回来,这才侥幸保留了处女执照。

　　从此以后,姗姗发现母亲加大了监控力度,书包、电脑,甚至内裤都会被定期检查。妈妈还说家中已经安装了监视器,不过后来发现只是吓唬她而已。高中三年,她的课余时间被母亲精确到以秒来掌控,在任何情况下都被禁止与男生单独来往。然而,让她母亲甚至是她自己都始料不及的是,青春期被压抑的情欲在上了大学后就变本加厉地释放出来。大一下学期她就偷吃了禁果,以后就不断换男友。庆幸的是从来没有发生过意外,没有做人流,没有得性病,母亲长期以来劝告加恐吓的教育收到了辉煌的成果。

医科大学本硕连读,毕业时,姗姗对各种男人的性体验已经不再新鲜,甚至都有些厌倦了。她不再随便接受男人的邀请,并对上床的对象倍加挑剔,俨然是个遵守传统道德观念的知识女性。

如今,苏姗姗已经过了28岁的生日,对感官的追求似乎已经不那么迫切,取而代之的是真情实意的渴望。她需要安全感,需要宠爱,需要那种时时刻刻被人关注的微妙感觉。无论到哪里,她总是在留意四周,希望发生一个伟大的爱情故事。

可现实和愿望之间总是有很大的距离,在姗姗脑子里经营多时的那种乌托邦式的白马王子连个影子都没瞧见,而青春却在飞快消逝。到医院后,她也碰到几个男人,都是些比自己年龄小的实习生或进修生,而且都是在值夜班的时候,在医生休息室里的小床上。他们目的明确,动作匆忙,事后连一起吃个饭的兴趣都没有。她很鄙视这种纯粹为了满足生理需要的行为。后来,她就给自己订了个原则:想玩儿一夜情的统统滚蛋。要宽衣解带,可以,但必须要有结婚的意愿。非诚勿扰,宁缺毋滥!

她经常在滑冰场看到韩飞,尽管她从来没有想过要在这种场合结识男友,但总是在下意识里注意那些看上去还算顺眼的帅哥。韩飞不算英俊,但身材高大,体格健壮,动作十分敏捷,这对身材虽然匀称但毕竟矮小的苏姗姗来说,造成一种巨大的杀伤力。在犹豫了一些日子之后,当她对英雄救美、对出差艳遇、对咖啡泼到对方衣服上等等所有影视剧中那些常用的狗血桥段都不再指望出现的情况下,她决定冒一次风险主动进攻了。

那天,当她看韩飞滑了几圈后,滑到一边系鞋带,便上前大大方方地问:"帅哥,你想认识我吗?"

韩飞有点意外地看着她,过了会儿才说:"你想买白粉儿吗,美女?"

这个搭讪后来让他们乐了好几天。

当天,他们在一块儿吃了饭,并海阔天空地聊了很久,最后才互道姓名,留了电话。接下来的几天,姗姗都是在一种莫名其妙的兴奋中度过的。这个比自己大十岁的男人显然是个情场老手,很会哄女孩子高兴,言行却做得恰到好处,既不过于殷勤,也绝不冷淡;观念开放,却决不粗俗。他们有空就去滑冰,然后就去品尝美食,姗姗提议轮流付账,韩飞马上同意,并老实承认目前待业,钱包确实不鼓。

安排工作的事是姗姗主动提起的。有一次,她说到病人用的呼吸机,想解释一下"有创"和"无创"的区别。没想到韩飞懂的比她还多,便问是怎么知道的。韩飞想了想才回答,说是眼下买卖医疗器械很赚钱,所以就看了一些这方面的书,如此而已。

这时医院正在筹建"D79"的团队,要求司机对车上的设备必须有所了解,可问遍了车队却没有一个合乎要求。所以,当姗姗和母亲说了韩飞的情况后,就立刻让他前来面试,而刘一君提出的几个专业问题都得到满意回答。但有一点让苏红心存疑惑:此人对过去的经历秘而不宣。

"没有什么值得炫耀的。"韩飞简单地说,"和大多数人一样,挣钱干活。"

母亲不急着签约,还仔细问了姗姗和他认识的经过。

"现在的骗子很多啊。这么重要的一辆车,交给一个来历不明的人,万一出了事怎么办?"

"妈妈,他其实有个苦衷,就是不想让前女友找到。"苏姗姗灵机一动撒起谎来,"其实他的情况我都了解,只是因为某种原因目前还不能公开。你难道不相信自己的女儿吗?"

苏红把这话原封不动告诉了卢大成,并且说出最担心的事:"姗姗不会看上一个司机吧?"

"要相信姗姗的直觉嘛。"卢大成却当机立断拍了板,"我保证他不会出事的,也包括姗姗。"

其实苏红的担心很多余,苏姗姗早已经过了把喜欢和爱情混为一谈的年龄。她对韩飞产生兴趣,完全是因为最近一段时间太无聊啦!

碰上一个"重型早剥"让苏姗姗很兴奋,开始也不知是个陷阱,但等她开腹后发现不是那么回事,想后退却已经来不及了。她不想在晓米面前认错,那样的话,就永远不可能再当团队的头儿,还要让对手捏着自己的一个把柄，这可不是她的风格。于是一不做二不休，就在进入腹腔、切开子宫下段时，故意把切口延长了一厘米，腹侧的血管群被划破，血就涌了出来。本以为可以冒充腹腔内的积液，不想却被晓米看得清清楚楚。手术结束后，她找刘一君说了是误诊，刘一君却强调在患方提出异议前，千万不能自己打自己的耳光，否则影响的不是她一个人，而是整个医院，是她的妈妈。

下班后，苏姗姗躺在床上辗转反侧不能入睡，最后作出了一个大胆的决定：以攻为守。并且一定要在人多的时候付诸行动，以便给大家留下一个深刻的印象。

姗姗的性格有一个很大的特点，就是从不认输。一方面来自于母亲的遗传，另一方面很可能是受到早年偶然事件的诱发。那回与同班男生玩儿"检查身体"的游戏被母亲及时阻止，母亲没对那个男孩怎么责备，却下了对女儿严加管教的决心。姗姗看到妈妈充满了愤怒的脸，知道大事不妙，不仅要挨一顿臭骂，电脑也许会被没收，那就不能够上网，这不等于要了她的命吗？就在这时，她突然想起语文老师讲过"先发制人"的故事，灵机一动，就直视着母亲道："我从小没有父亲，而您成天忙着医院的事，哪里还有时间来关心我？我也是个孩子，需要有人交谈，这才找了那个男生，这才会发生这样的事。你现在却来怪我，为什么不想想自己错在什么地方呢？"接着，就哇哇哇地大哭起来。母亲愣了半天，生气的表情早已不知去向，过了会儿才低声安慰道："妈妈是有责任，是有错，是妈妈不好，以后我们都改正，行吗？"接着，母亲也哭了起来。

明明是自己的错，却能大获全胜，这让姗姗惊喜不已，而且在此后的实践中，竟然发现屡试不爽。所以，当下出现这样的事，当然就要如法炮制了。

模拟手术时对晓米的一连串质问，姗姗收到了预期的效果。然而，她毕竟是个医生，理直气壮撒下这个弥天大谎，却发现自己并没有像原来想象的那样坚强，还是受到了良心的谴责。当初她偷吃禁果，也有不安，但很快就找到理由让自己平息下来，可这次却很难说服自己。她必须找个人一起分担，于是想到韩飞。事实上，在她的生活中，还真的没有能聊这种事的朋友呢。

来到车库，姗姗就迫不及待地把事情经过全部说了出来："别给我上课,大道理我都懂。你只要说,我该怎么办?"

韩飞一边听,一边专心烤着红薯,听苏姗姗这么问,便只说了一句:"病人没事才是最重要的,为什么要自寻烦恼呢?"

姗姗瞬间释怀:"是啊,怎么没想到呢?医生的天职就是为了救治病人,现在病人没事,那还有什么值得纠结呢?"想到这儿,心情自然轻松起来。她在休息室的小床上坐下,闻到男人身上的气味,于是就舒舒服服地躺了下来说:"是啊,这可是一个漂亮的剖宫产。至于碰破的血管也已经及时结扎,不会有任何后遗症,过几天就全长上啦!有高人指点,真是比什么灵丹妙药都有用啊!"

就在这时,晓米来敲门了。

接下来的一顿训斥让姗姗很无语,她知道晓米会找来,但没想到这个比自己大不了几岁的女人并不好对付。后来,她又看到韩飞走出去和晓米谈话,虽然听不清他们在说什么,但从韩飞回来后的脸色看,并没什么让人担心的事情发生。

当然,她还是想知道刚才他们在谈些什么。她希望韩飞主动张口,可发现他穿了衣服准备出去,这才忍不住问:"你们都说了些什么啊,那么长时间?"

"我说了,希望你们俩以后都要好好说话。"

"她怎么说?"

"她还能怎么说?"

"你真棒!"姗姗赞了一句,很想过去亲韩飞一口,却见他一转身就走出去了。"讨厌!"她嘟哝着埋怨,心里却美滋滋的。


晓米只知道再审必须要有新的证据,却不知道这个官司如何才能再打下去,于是便来新生儿病区找钟悦。

病房这会儿不忙,钟悦听说了尸体的事,立刻问:"这个司机为什么要帮你呢?"

这个问题也曾在晓米脑中闪现过,却没找到很明确的答案,便说:"你以为呢?"

"现在人们做事,都有明确的目的。"

晓米笑了起来:"这么说,你找家属真的是为了讨好我吗?"

"讨好怎么样?"看看四下无人,钟悦干脆凑近了晓米说,"我就是想讨好你。安萍说的一点也不错。"

"打住打住!"看对方来劲儿,晓米连忙制止说,"你就跟我说,他有什么目的?"

"这个嘛。"钟悦想了想,说,"你是抢救组的负责人,他也是团队成员,上次对你不尊重,于是就想办法弥补。听说他只是临时聘用,想保住饭碗呗。"

"可我觉得他不是这种人啊。"晓米也想了想说,"他有苏姗姗的关系,还巴结我做什么?再说了,这种司机也不是说换就能换呀!"

"那就是男人取悦女人的本能。"钟悦一本正经地说,"他看上你了。"

"这更是胡说八道了,再怎么着,他也不是我的菜啊?"晓米皱着眉,又说,"你怎么会有这样的想法呢?"

"这种人,有个花名,叫师奶杀手。"钟悦很认真地说,"你看不上他,人家可不会这么想啊。"

晓米叹了口气,道:"钟悦,你真的很单纯,连个马屁都不会拍,我都奇怪,当初你是怎么泡到安萍的。"

"我怎么了?"钟悦不解地问。

"你说他是师奶杀手,那我就是师奶了?你知道师奶是指什么人吗?我结过婚还是已经人到中年了?"晓米教训道,"我虽然谈不上如花似玉、倾国倾城,但也没那么老啊,顶多也只能是个剩女,对不对啊?"

钟悦忙连连拱手,道:"我说错了,我该死,我道歉,但我根本不是那个意思。"

"行了行了,你倒是给我提了个醒,别以为自己还是个小姑娘,已经老了,得服从自然规律。"晓米心里酸酸地表白一番,又说,"你要真想讨好我,就把这官司的事好好想一想,限你明天我下班的时候交卷。别尽说这些没用的,听到没有?"

这时离上班还有半个多小时,她本来是想和钟悦好好聊一聊的,可现在被那个"师奶"弄得一点兴趣都没了,于是就来到车库,看到韩飞在擦车,就上前打招呼:"你倒是很勤快啊。"

"事情办成了。"韩飞却直截了当谈起了正事,"尸体暂时寄放在医科大学解剖室的冰库里,这样做尸检也方便。"

"接下来呢?"晓米虽然对韩飞把尸体拦截下来的经过很好奇,但还是决定把这一节跳过去,并故意问得很含糊,因为她不想让对方认为她是在请教。

可韩飞似乎是看穿了她的心思，问："什么接下来？是尸检，还是打官司？"

晓米只好老实说："我都想知道。"

"我以为你都知道呢。"韩飞嘴角露出一丝嘲笑的意味，说，"如果要尸检，必须向权威机构申请，并且请专家在公开场合进行，否则就不能作为合法证据。至于打官司，当然要看家属了。"

"是哪个家属？是她父母，还是她老公？"

"作为已婚女人，第一家属应该是老公，但老公不同意，父母也有权申请。"

"申请尸检，还是再审？"

"两样都可以。"

"可那老公太不靠谱了。拿了钱，有了新的女人，哪有心思再打官司啊？"晓米为难道，"还是在她父母身上做做文章吧。你不是接触过吗？"

"他们只想把女儿弄回老家安葬，可能连尸检都不会同意。"

晓米本想在韩飞这儿找条路，见这么回答，也着急起来："那怎么办？"

"只能说服她老公了。"韩飞似乎胸有成竹，"这种人脑子里只有一个钱字。只要告诉他，再审赢了可以拿几十万，估计立马就同意。"

"要是他觉得打不赢呢？"晓米故意反驳，"会不会想到，已经到手的5万还得再还回去？这种人很现实啊！"

"这个就要看怎么谈了。"

"你说怎么谈？"

"是在请教我吗？"韩飞又嬉皮笑脸起来。

"不说就算了。"晓米可没心思开玩笑。

"不是不说，而是要看具体情况。"韩飞想了想，"这样吧，要不我跟你一块儿去？"

"你？"晓米心里打鼓，不知道这个司机的葫芦里到底装的什么药。

司机一笑："级别不够？没有资格？那就算了。"

"那倒不是，到时候再说吧。"

晓米看看表，就要走开，却听韩飞问："雷医生，你为什么对这个官司这么感兴趣呢?"

"你说呢?"晓米看着对方,"你说为什么?"

"我就是想不明白呢。说你同情病人吧,但也不能和自己的医院、和上级领导作对啊。要不就是和卢院长的恩怨?"

"我和卢院长没有恩怨。"晓米马上声明。

"我想也是,就是有些什么,也都过去了。对吗?"

晓米装着没听懂,她才不想谈什么过去呢,于是说:"其实说了你也不懂。我是为了手术的规范。"

"规范?"韩飞露出一副不解的表情。

"就是做手术的时候,哪些该做,哪些不该做。"晓米用手比画道,"就像你开车,不能乱并线,遇到红灯一定要停车。"

"懂了。"

"这个你是不会懂的。手术的规范化是为了防止悲剧的发生。"

韩飞马上说:"这和开车是一个道理,违章也会死人。"

晓米觉得这个比喻还行,便笑了笑问:"我也问个问题,你为什么要帮我?"

"为什么要帮你?"韩飞好像从来没有想过这个问题,说,"要听真话?"

"当然。"

"好吧,说起来特俗,就是想和你搞好关系。"

"没有必要吧?"晓米想起钟悦的话,便说,"你是不是见个女人就想……啊?"

"想什么?"韩飞不怀好意地看着她。

"别装蒜了,你心里有数。"

"你又来了,我可没别的意思,就是不想和你有矛盾,既然天天在一起干活,还是要与人为善,大家都开心……"

"得了得了。"晓米打断说,"不管你想什么,和我没关系。对了,既然你有办法把尸体藏在医科大学,是不是也能找个解剖专家呢?"

"你想掌握证据?"

"是啊,没有证据怎么再审呢?"

"劝你不要这样做。"

"为什么?"

"因为单方面解剖会给对方落下把柄,也不符合法律程序。"韩飞这时很认真地说,"你只要劝家属申请省级鉴定,要求尸检,这样证据就跑不掉了。不过,最好你还是再想想。"

"想什么?"

"这个官司最好还是别打了。"

"为什么?"

"我觉得有点儿傻。"韩飞说到这儿,就向正走过来的苏姗姗伸手打了个招呼,才接着说,"手术规范这么大的事,你管得了吗?"

"上班了。"晓米冷冷一笑,心里想,"你一个司机懂什么呀!"

一上班就忙得要命。上半夜,一个子痫、一个二级医院产后大出血,还有一个性暴力损伤。好不容易可以喝口水吃点东西,市急救总站紧急呼叫,说一辆农用三轮车载着一个昏迷不醒的产妇停在半道上不敢走了。立刻接通患方电话,一个男人只说是肚子痛,人快死了,快来救命。再问才说是第二胎,前一个是镇上医院剖的,这个产前没有做检查,以为还有三四天,不料傍晚就疼得不行了。

十分钟后赶到现场,晓米发现产妇剧痛难忍、反弹痛、极度腹胀,便摸了一把下面的分泌物,没有闻到恶臭,于是排除宫腔内感染。等病人抬上车,苏姗姗查胎心,发现胎心紊乱,准备做B超,却遭晓米阻止,"不是重型胎盘早剥就是子宫破裂,反正都有指征,赶紧剖吧。"说完就让万玲儿找家属签字。胡世生立即面罩给氧,启动心电、血压、氧饱和。孙小巧拿着纱布蘸着盆里的碘液消毒,胡世生却拿过盆子一下泼到产妇肚子上,然后就迅速插了管。

开腹后,晓米发现是子宫破裂。4分钟内取出胎儿,发现血压掉到80/36,立刻给血库打电话,苏姗姗建议先回医院,胡世生却指挥万玲儿建立16号静脉通道,自己却在另一侧完成了桡动脉穿刺,随后推注肾上腺素,病人血压果然有所回升,但很快又回落,大家的心又悬了起来。

这时候,苏姗姗和胡世生之间有了一场争论。因为胡世生坚持要在病人颈内静脉穿刺置管,建立中心静脉通道。而苏姗姗认为车上既然无血,建了通道也无用,只会耽搁宝贵的抢救时间。晓米便令万玲儿和孙小巧先输血液制品,直接把车开到血库。事后证明胡世生是对的,因为到达血库时病人的血压已经测不到了。病理科的医生说，假如没有中心静脉通道快速输血，这个病人必死无疑。

见到母子平安，家属对晓米千恩万谢。晓米把胡世生推到前面说："这次全靠胡医生，要谢就谢他吧。"

做医生的都知道，手术医生只能治病，保命的却是麻醉医生。可惜并不是人人都知道。晓米想到这儿，突然想请胡医生吃顿饭。她一说，胡世生也就马上答应了，还说由他订座。

晓米和胡世生虽然搭伴做过不少手术，可从来没有怎么说过话，有时候聊几句，也是商量手术上的事。这次想说说如何与麻醉医生配合，这对抢救是太重要了。另外也想沟通一下感情，因为团队的几位，无论是苏姗姗、孙小巧和万玲儿，还是那个司机，都不太好相处，而唯一的友军，看来只能是胡医生了。

下班回家，发现钟悦正坐在沙发上看微信，就有些奇怪："你怎么来了？"

"什么记性？"钟悦扬扬手里的钥匙说，"不是说好交卷吗，我可是想了一整夜呢。"

晓米这才想起打官司的事，连忙说："你还真的上心，和安萍讨论了一整夜吧？"

钟悦连忙说："我们好久不在一块了。"

"那你怎么有钥匙，我可只给她了啊？"

"钥匙是早上要的。"

"你要，她就给啦？"晓米在他对面坐下，笑笑说，"这么大方啊？"

"怎么这么迟钝呢？她早有这个心啦。"

"好了好了，你别借题发挥了。说吧，接下来，我该怎么做？"

钟悦看看表才说："你先洗个澡，睡个觉。我下午四点来接你。我已经和他们约好了，一起吃晚饭，我做东。"

"他们？"晓米疑惑地问，"他们是谁啊？"

"就是那个门卫，还有律师。"

晓米皱皱眉："谈就谈呗，吃什么饭啊？"

"不吃饭，怎么约他们出来啊？"

"那官司的事，你是怎么说的？"

"我什么也没说，只说吃饭。"

"那吃饭也得有个理由啊?"

钟悦笑笑说:"我说在写一本医疗纠纷的书,搜集资料呢。"

"这可不好。"晓米立刻说,"最好还是实话实说。"

"放心吧,这个我比你有经验。"钟悦说完就站了起来,"我只请了一个小时的假,下午见。"

"等一下。"晓米连忙拦住他说,"我可不想和这种人一起吃饭,特别是那个家属,太恶心了。"

钟悦想想说:"要不这样,你就别出面了,一切由我来摆平。"

晓米觉得这样最好。送走钟悦,她赶紧冲了个澡上床,一直睡到下午。也许是这两天太累了,连梦都没有。

傍晚赶到胡世生预订的餐厅,竟然是个豪华假日酒店的贵宾包间,不由得有些纳闷。胡世生似乎猜到她的心思,马上说:"今天我请你。"

"为什么?"晓米一时还真想不出什么让对方请客的理由。

"因为你对我们麻醉医生很尊重。"胡世生一本正经说,"大家背后都叫我们麻师,病人也不知道我们在做什么。"

"我可没有啊。"

"是,你是不一样。今天那个子宫破裂,你是看懂了。"

"是啊,从插管、桡动脉穿刺,再到建立中心静脉通道,只要有一样出差错,那病人就完了。"

胡世生显然很受用,点了点头才谦虚地说:"当然,比不上你们手术医生。我们就那么几招。"

"我们也是啊。"晓米也做出低姿态道,"做手术,也就是切开、游离、止血、结扎、缝合和引流,这几招谁都会啊。"

"这可不是谁都会啊。"胡世生开心地笑了起来。

这顿饭吃得很轻松,要不是晚上要出车,晓米还真想喝点红酒呢。不过,就在晓米觉得完全可以把胡世生当成团队好同事的时候,突然之间明白了人家这么盛情招待的目的。

"我想请求您一件事。"胡世生突然严肃起来,"以后能不能对孙小巧好一点?"

晓米很意外,愣了一会儿才说:"你认为,我应该怎么对她呢?"晓米想起考核的事,便又说:"她的临床经验不够丰富,真的还要多实践。"

"不,我不是这个意思。我是觉得你有点瞧不起她,在怀疑她,对吗?"

"你说的没错。"晓米老实说,"她的记忆能力超乎寻常,懂得很多,但不太会应用。比如今天术前消毒,她只会按部就班用纱布去蘸碘液,可你一下就把整盆碘液泼了上去。这就需要学习。"

胡世生摇摇头:"我要说的,还不是这个。"

"那你就直说吧。"

"你是不是觉得,她是卢大成派来监视你的?"

晓米没想到胡世生会这样问,想了想才问:"那你觉得,是这样吗?"

胡世生叹了口气,说:"这件事,我想了很久。说实话,那个手术我是支持您的。我看到不少医生都有自己的经验和风格,如果对病人不造成损伤,那就无所谓。但在关键的部位,比如切开子宫肌层不能同时破膜,就不是一个什么经验和风格的事。我相信,卢大成也会觉得理亏,所以不想把这事张扬出去,就让你去外地学习,等你回来,官司也打完了。把你调到急救中心,我也觉得卢大成是想加大你的工作量,让你无暇顾及这事。另外,也会派人盯着你的一言一行,及时汇报。"

这番话让晓米很诧异,便看着对方说:"真是这样吗?"

胡世生默默地点了点头。

如果别人这么说,晓米会不在意地笑一笑。可她知道,胡世生是卢大成的小舅子,这就另当别论了。

"当然,也可能是我的主观臆测。"胡世生过了会儿才说,"但小巧确实每天下班都要去卢大成的办公室。"

"你怎么知道?"

"我在注意她。"胡世生老实承认,并说,"是不是还想知道为什么?"

"嗯,我正想问呢。"

"我喜欢孙小巧。"

晓米已经猜到这一点,想了想才说:"你这么坦率,那我也就和你实话实说,行吗?"

"当然。"

"我听说小孙是卢大成安排在我们团队的,又看她台上确实不熟练,要说一点儿不怀疑可不是真话。我们就这么几个人,一个人要顶几个人用呢,不严格一点,肯定是不行的。刚才你说要对她好一点,我不知道是什么标准,我不能因为她是你的女朋友,就放松要求。相反,严格一些那才是真的对她好,你觉得呢?"

"这个我完全同意。"胡世生笑着点点头,"其实,我这话也是犹豫过的,就这么个意思,也算是一种感情吧,没想很多。"

晓米也点点头:"那我就明白了。"想想又说:"胡医生,你的私生活,我不想多问。只是有点儿好奇,她知道你喜欢她吗?可以不说啊。"

"她不知道。"胡世生爽快回答道,"将来也可能只是一厢情愿吧,但我真的想和她结婚。"

"结婚?你认识她时间很长吗?"晓米更惊奇了。

"不长。可我一看到她,就知道她是我这辈子要找的。"

"男人都这样吗?想都不想,一见钟情?"

"别人不知道,但我就是这样。"

"不是说要多了解一些才会爱得更深吗?"

"谁说的?才不是呢!"胡世生马上反驳道,"如果你想多了解,无非是家庭、学历什么的,可爱情却不是谈得越多才越深啊。"

"继续说,我听着很新鲜呢。"

"我就是觉得,现在人们谈恋爱,其实很多时间都花在了解对方的物质世界,家庭有没有什么背景啊、是不是很会花钱?可脾气性格呢?那可不是谈出来的,是感觉。"

晓米点了点头,说:"好吧,那我就预祝你追求成功。"

"那我就提前谢谢啦。"胡世生不好意思地笑了笑,才又说,"还有件事,请不要告诉她我的家庭、和卢大成的关系。我只是想让她觉得,我就是个普通的麻醉医生。"

"别人不会说吗?"

"其实,我的事医院知道的并不多。我以为你也不知道呢。"

"是啊。"晓米马上说,"其实我也是才听说。"

"现在物质女太多了。"胡世生简单解释说,"如果顺利的话,我想速战速决。但希望你保密。"

晓米突然羡慕起来,但究竟羡慕什么却并不是很清楚,只是立刻保证:"放心吧,我对任何人都不会说的。"

就在他们离开酒店时,晓米收到钟悦发来的短信:"家属已经同意再审,律师表示会尽快申请尸检。详情见面聊。"

## 第九章

钟悦用最原始也是最简单的办法很快就说服了那个门卫。

"你的5万元一分不少。"酒过三巡,钟悦冷不丁说起正题,"将来官司打赢了,多出来的都归你。万一输了,还是那5万。你觉得如何?"

门卫正咬着一条烧鸭的腿,听到这话,就停下来,抹了抹油嘴,看着傅志刚问:"你说呢?"

"那好啊。"傅志刚立刻表白道,"可这律师费谁出呢?"

"和原告一样,赢了从赔偿款里扣。输了,我出。"钟悦说着就拿出一份打印好的协议放在门卫面前,又掏出一支笔,"口说无凭,签个字,刚才说的就生效。"

门卫擦了擦手就要写名字,却被律师拦了下来。

"这条件我们无法不接受。"傅志刚说,"但钟医生为什么这么大方?这官司和您一丁点儿关系都没有啊?"

"是啊,你图什么呢?"那门卫立刻也怀疑起来。

"这个啊。"钟悦边想边说,"不是跟你们说了,我要写一本医疗纠纷方面的书嘛。你们不把官司打到底,我写什么啊?"

"写书也就拿个百分之十的版税,恐怕赚不了这么多吧?"傅志刚对行情显然很了解。

"可要是改编成电视剧呢?"钟悦灵机一动,"那可就是上百万啊。"

"这么多啊?"门卫立刻眼馋起来,"那给我5万是不是太少了?"

"你们可给我听好了。"钟悦这时放下脸,毫不客气道,"写本书,我得采访上百个病例呢。你们要是不想干,决不勉强。还有你。"钟悦看着傅志刚说,"现在律师多的是,找你是因为你对病例很熟悉。换个人,我说不定还能省点儿钱呢。"

儿科历来是医患矛盾的重灾区。经常是一个宝贝看病六个大人陪同,人多嘴杂,一不满意就拿医生护士说事。虽说真要闹到法院的并不多,但动不动就找个律师来威胁一下的可大有人在。钟悦是副主任,免不了要出面,所以这两年也练就了一套应对的本事,像傅志刚这样的对手,已经不在话下。

不过,要冒自掏腰包的风险,而且还不是个小数,这对钟悦来说还是头一回。律师问的那个问题,他自己还真的没怎么想过。为什么要关心这个官司?不就是为了晓米吗?既然晓米想打,那就义不容辞、鼎力相助,说是讨好也差不多。反正,晓米的事就是他的事,这个时候不表现,还等什么啊!

至于晓米为什么要打这个官司,他和安萍也曾私下讨论过。最后得出的结论是:她是在和卢大成叫板。不管怎么说,是卢大成把晓米甩了,耽搁了这些年最宝贵的青春,罪不容赦啊!当然,这个理由上不了台面,所以就说是手术规范,在钟悦看来,也只是一个策略。

当初遇到她们俩,钟悦的感觉实际上还是偏重于晓米。可安萍下手早,而他也没想很多,再说这种事对男人来说还真的很难拒绝。不料后来发现,一旦有了这层关系,想要改辕换辙就不那么容易了。安萍就像个人精似的,把他看得可严了,一有什么风吹草动,都能被她看得清清楚楚。钟悦试图挣扎了几个月,后来看到晓米一本正经和卢大成相起亲来,这才服服帖帖变得老实了。

安萍和晓米亲如姐妹,不分彼此。他们三个经常在一起喝酒聊天,倒也是口无遮拦、百无禁忌。什么搂在一起照张相啦,逢场作戏亲个嘴啦,除了上床还真的没有什么不能做的,这倒让钟悦欣慰不少。可贼心就是贼心,男人一惦记就很难再放下,特别是现在安萍在婚姻的路上向他亮起红灯,钟悦自然就不会再让机会错过。为了晓米,别说是贴几个钱,就是赴汤蹈火,也不会有半点犹豫啊。

但有一点钟悦是没有想到的,就是晓米与他的感觉不对等。虽然她以前在考虑卢大成的时候,没指望有什么轰轰烈烈的爱情,但并不是说内心深处那种大爱一场的企盼已经影灭迹绝。相反,长时间的平静与压抑,倒让她变得对爱更加饥渴。

钟悦所做的事,在晓米看来,都只在闺密的老公效力的范围之内。过去她也帮过他,所以现在也就受之无愧了。实际上,她接到钟悦的短信后,马上就从安萍的来电中知晓了一切。所以,就在"D79"出发前,见钟悦匆匆赶来说了和家属、律师谈判的经过,晓米一点儿也没受感动,只是礼节性地说了声"谢谢"。

"明天下班后,我来和你说说诉讼上的事。"钟悦想约会,又不想太明显,"我想,有许多问题要讨论呢,正好我有点空。"

"你也不要老请假,误了你的大好前程,我可不负责任啊。"晓米也半真半假地笑着拒绝。

钟悦有点儿急了,干脆说:"听你的意思,是不想见我吗?"

"哪儿的话?"晓米连忙安慰说,"我只是想睡觉。你不做夜班,那种难受体会不到啊。"

"那就等你醒来?"钟悦还不死心。

"好吧,到时候我call你。"说完,晓米丢下他就走了。

晓米不是不想聊聊这个官司,而是不想单独和钟悦在一起。而其中的原因却有些说不清道不明,就在几天前,她还想和他越轨呢,至少是脑里闪过这种念头的,可现在却一点兴趣都没了。

"是太累了吗?还是因为安萍?"晓米最后认为是后者,"是啊,别看钟悦平时很文静,这方面可一点儿也不老实。万一做出什么来,怎么和安萍交代?还是小心为妙吧。"

这天接到的第一个任务是个恶作剧。一对夫妻在路边吵架,怀孕七个月的妻子假装晕倒,老公立刻打了120,并夸大病情。结果看到救护车真的来时,那妻子连忙拉着老公逃走了。这种情况并不少见,市急救总站甚至还有专人处理这类问题。而对出诊医生来说,倒会得到一个额外的休息机会。就在他们返回的路上,晓米坐到驾驶室,和韩飞说起话来。

"如果再审,又要做尸检,被告方难道会束手待毙吗?"晓米有些担心地问。

108

"当然不会。"韩飞这时不在任务状态,救护车也不开警灯,所以语气很轻松,"换了你,会吗?"

"那他们会做些什么呢?"

韩飞没有马上回答,看着前方,似乎在想着什么。

"会不会阻止尸检呢?"晓米又问。

"这是肯定的。如果没了尸检,就没了新的证据,那官司也就打不成了。"

"怎么才能阻止尸检呢?"

韩飞却问:"如果是你,怎么阻止?"

"嗯……"晓米想了想才回答,"我会去找她的父母。虽然老公是第一亲属,但女儿毕竟是父母养大的,要开膛剖肚,父母的意见也很重要啊。"

"你说得对。我也和他们说到这个,但没说通。"

晓米有些意外:"你找过她父母了?"

"在留下尸体的时候就谈过了。她父亲还有些开明,可母亲却很固执。"

"那你是怎么留下来的?"

"尸体吗?"

"是啊。"

"我根本就没说做尸检。"

"那你怎么说?"

"我只是告诉他们,运送尸体要有医院证明,否则被查出来不仅要罚款,更主要是就地处理,那会发生什么事就很难说了。"

"这个倒是实情。"晓米突然想起以前曾开过"非传染性疾病死亡"的证明,大概也是为了尸体运送。便由衷赞了一声:"你还真的聪明。"

"小事一桩啊。"韩飞又得意起来。

晓米还想往下说,却接到总站的呼叫。这回是个才上初中的妙龄少女,怀了孕自行吃药打胎,结果吃完药就人事不省了。

官司要再审,这可非同小可,傅志刚第一时间就打电话告诉了卢大成。卢大成似乎并不意外,要傅志刚立刻到郊区的一个别墅里说话。这别墅是岳父送的结婚礼物,但因为离医院较远,他宁可住在原先买的公寓,而这儿除了偶尔和老婆过来度假,就只是用来谈些不想让外人知道的事情了。当傅志刚开着一辆手动挡的二手车赶过来的时候,卢大成已经等了一会儿了。

"你要想办法阻止再审。"卢大成坐在客厅的大沙发上,没等傅志刚坐下就用命令的口气说。

"这个……"傅志刚故意迟疑了一会儿才说,"恐怕难度有点大吧?"

其实傅志刚在路上就想到卢大成会提出这个要求,任何一起诉讼,被告都会这么想。

"不就是钱吗?"卢大成笑了笑,指了指身边的沙发。

"如果家属狮子大开口呢?"傅志刚坐下说。

"这就是你的事了。"

"那你准备给多少?"

"再给家属5万。"

"是不是太少了?他这回的胃口可大着呢!"傅志刚见没提到自己,心里有些不快,于是说,"这回要作尸检,如果你要他撤诉,会以为你害怕了,要价当然就高了。"

卢大成却满不在乎地说:"其实我并不是怕打官司。现在就可以告诉你,原告是不可能胜诉的。知道为什么吗?"

"是啊,为什么呢?"

"是因为原告在挑战不可能解决的难题。"卢大成说着,用力挥了挥手,"不信,你可以查查国内外的资料,看看羊水栓塞到底是怎么回事。"

"这个我已经查过了。"傅志刚马上点着头说,"确实如此,原告是赢不了的。"

"那就把这个道理好好跟家属说清楚,还要告诉他,再闹下去我会很不高兴的。"

傅志刚又点起头来,装着想了一会儿才问:"既然是这样,为什么还要给他钱呢?"

"这个嘛,你也清楚。"卢大成绷着脸说,"现在要打官司的不是家属,是另有其人。"

对此,傅志刚其实早有所闻,但这时却故意问:"谁啊?"

卢大成有些怀疑地问："你真的不知道？"

"真的不知道啊。"

"有个叫雷晓米的医生，你知道吗？她是这个手术的助手。"

"这个当然知道了。"

"就是她。"

"那，为什么呢？"

"这个嘛，就有点复杂了。"

傅志刚连忙说："噢，这个我听说了。她是你以前的女朋友？"

"一个被男人甩掉的女人，可不好惹啊。"卢大成叹了口气说，"这世界上，报复心最强的就是女人了。"

"是，你说得一点也不错。"傅志刚装出一副十分理解的样子，"确实如此，确实如此啊。"

卢大成想了想又说："再说了，她身边还有人在煽风点火。"

这回，傅志刚决定要表现得机灵一点儿了，马上说："你是说新生儿科的钟主任？"

"这个钟悦喜欢雷晓米，当然就要使劲儿表现一番了。"卢大成说到这里，突然想起什么，问，"对了，病人的尸体存放在什么地方，你查清楚了？"

"已经查到了，就在大学解剖室的冷库里。"

卢大成不解道："谁有这么大的能耐，那儿可不是什么人都接受啊？"

"听说是D79的司机找的关系。"

"司机？"

"是啊，我也觉得奇怪。"傅志刚想想说，"要不还是雷晓米的指使。"

"雷晓米也不太可能啊？"卢大成想想说，"你把那司机也调查一下。上次尸体火化，拦下来的听说也是他。"

"这个好说。"傅志刚见卢大成站起来，连忙说，"家属的钱……是不是再考虑一下？"

"这个就这么定了，而且也是最后一次。"卢大成斜着眼说，"一会儿我还有事。如果办得漂亮，我是不会亏待你的。"

"我不要钱。"傅志刚连忙给卢大成递上外衣。

卢大成一边往外走,一边问:"那你要什么?"

"我想在你这儿当几天医生。"傅志刚紧跟在卢大成身边说,"你大概也知道,我以前也是做妇产科,迫不得已才做了律师。如果能帮我回到医院,你要我干什么都成啊。"

卢大成不屑地问:"是被除名的吧?"

"不不不,是我辞职的。你可以调查,就为了一点小事故。"

"这个可不容易。"卢大成拉开他那辆奥迪车门时才说,"不过,你好好努力,也许能成。"

"一定。一定。"傅志刚连连点着头说,一直看到奥迪开远了,这才上了车,并立即给刘一君打了电话。

虽然傅志刚向卢大成保证过,会严守他们私下接触的秘密,但还是背地里和刘一君建立了联系。当然,这么做会有一定风险,刘一君很可能将他出卖,那样的话,卢大成自然就会认为他不守信用,不忠诚。但后来一想,毕竟他们是在相互利用,如果闹翻了,谁的脸上都不好看。信用、忠诚顶个屁用!

看看时间不早了,傅志刚就约刘一君去了一间足疗房。这是个很适合人们私下交谈的场所,还能让美女的纤手握捏你的臭脚。

"既然能稳操胜券,为什么还要花钱撤诉呢?"傅志刚把双脚浸泡在不知搁了什么药材的热水里,龇牙咧嘴地享受了一会儿才问,"这不是脱裤子放屁,多此一举吗?"

刘一君就编了个理由说:"这个你就不知道了。现在医患关系紧张,上面要求减少诉讼的数量,这可是考核干部的硬性条件。可不是放屁这么简单,你们说呢?"

最后一句是问按摩小姐的,只听一个年龄稍大的美女乐着说:"脱裤子放屁可不是多此一举,不仅讲卫生,还方便有害气体扩散,有利身心健康呢。"

这一说,大家都笑了起来。傅志刚马上说:"那你放屁的时候,一定要通知我啊。"

美女立刻说:"你等着就是了。"

乐了一会儿,傅志刚才侧过身子,小声对刘一君道:"我看是他害怕尸检。"

其实,刘一君这时也想到这一点,眨巴了几下眼睛才说:"也有这种可能,但是……"话没说完,刘一君就听到手机在响,一看是卢大成,忙示意大家安静,听了一会儿就说:"好,我马上到。"

傅志刚见刘一君匆匆穿衣服,忙嘱咐道:"千万别说我们见面啊。"

"你就放心吧,谁也不是傻子。"说完,还冲美女笑着说,"气体扩散的时候,也要给我电话啊。"

"那可轮不到你,得有个先来后到。"傅志刚大声说,又是一阵笑。

刘一君离开足疗房,直奔卢大成的办公室,一见面,就毫不犹豫地把傅志刚约他洗脚的事说了:"那律师在怀疑咱们撤诉的动机呢。"

"这有什么,就说是倡导和谐不就行了?"

"是啊,我就是这么说的,医院打官司有指标。"

"不要说得这么死嘛。"卢大成批评道,"让媒体知道了,又要被动。"

刘一君马上点着头说:"其实,我也说得比较含糊。"

"好吧,你先说说,能不能撤销再审?"

"无非就是多给几个钱吧?"刘一君不太有把握地说,"那个门卫,想在死去的老婆身上多捞点钱,也够恶心的。"

"实在撤销不了也无所谓。"卢大成说到这儿用鼻子哼了一下道,"其实我是醉翁之意不在酒。"

这下刘一君可糊涂了:"卢院长,您这是……"

卢大成笑了笑说:"我是想看看雷晓米究竟想干什么?"

刘一君还是没明白,便问:"她想干什么呢?"

"你看啊。"卢大成随手在纸上写了一个"A",这才说,"如果她只是在同情病人,为家属多挣几个赔款,那她就不会再煽动什么再审了。这种案子赔多少钱,她不知道,钟悦也会帮着打听,差不多也就行了。可要不是这个目的呢?"卢大成又写了一个"B":"那你给多少钱也没用。"

"那这个B又是什么目的呢?"

"那就是冲着我来的。"卢大成便把刚才和傅志刚说的什么女人报复心最强的话又说了一遍,最后把笔一扔,"报复,想要我的好看,这就是雷晓米的目的。"

"没那么严重吧?"刘一君笑笑说,"也许还有第三种情况呢?"

卢大成摆了摆手,说:"不管什么情况,我都不想和本院的医生对簿公堂。我们要办一个和谐的团结的医院,可自己却和自己在干仗,影响多不好啊。"

"那……怎么解决呢?"刘一君揣摸着对方的真实意图,试探着问,"是不是要把雷晓米弄走啊?"

卢大成好半天没说话。

"那就找个事把她开了。"刘一君马上明白了卢大成的意思,想想又说,"不过上次早剥的事顶多算个误诊,况且也不适合再调查。要开一个像她这样的医生,至少得有个医疗事故。可现在她警惕性这么高,怕是一时半会儿出不了什么大事啊。"

卢大成却说:"现在不行,还有过去呢。"

"过去?"刘一君不解地问。

"是啊,如果过去出过事故,但隐瞒了,现在查出来,也一样要承担责任啊。"

"可没听说她出过事啊?"

"有件事可以查一查。"卢大成一边说,一边从抽屉里拿出一张纸,放在刘一君面前。

刘一君看到纸上只有一行字:"错把子宫增生当成癌变,把子宫做了全切除,"于是很吃惊地问:"雷晓米误切过子宫?"

卢大成点点头:"我记不清是前年还是大前年,有次她喝多了,亲口告诉我的。还说这个病人很年轻。为这事,她一直很后悔。"

刘一君还是有点不相信:"那病人没闹?"

"具体情况我不是太清楚。"卢大成叹了口气接着说,"我本不想把这事说出来,所以一直也就没调查,就是现在也不想。但如果她把我逼急了,那也没办法。"

"是啊,就看她过分不过分了。"

卢大成点点头,叮嘱道:"这事你千万别跟任何人说,因为可能会牵扯到另外一些人。我们只是作一个准备,明白吗?"

"明白。"刘一君重复道,"我不会让任何人知道。"

刘一君说完就想告辞,却听卢大成又说,"那个律师傅志刚你也查一下,到底是什么原因改的行。"

"这个已经查到了。"刘一君立刻回答,"他对女病人耍流氓,被开除公职,是个人渣。"

卢大成听了一笑:"果然不出所料。"

"我倒是可以让原告换个律师。"

"不。"卢大成马上说,"这种人渣对我们有好处,换了别人,就不会这么听话了。懂吗?"

那个初中女生在晓米他们赶到之前就恢复了意识,尽管面色苍白,还是在絮絮叨叨地埋怨那个打了120的小伙伴。

"你就是个叛徒,害人精。等你下次有了事,看我怎么收拾你!"

挨骂的女生哭着说:"你要死了怎么办?我爸妈回来还不打死我啊?"

"不是说过了,打死也不能说吗?"

晓米听了又好气又好笑,连吓带哄让那个"叛徒"说出了实情。原来出事的女孩与同班帅哥学做大人事,一个多月没"倒霉",自己尿测阳性,也不告诉父母,上网百度查到"药流术",便买了米非司酮还自作主张加了一倍的量吃下去,开始两天见有些血出来,以为逃过一劫,正高兴,不料当天中午开始下腹剧痛,想想不好,这才找了个借口住到好朋友家中。

晓米立刻让万玲儿建立静脉通道、输液查血,同时给病人做了检查,发现右附件增粗,压痛明显,心里马上有了诊断,却故意不说,让苏姗姗和孙小巧都照样查了一遍,等做完B超,才问:"你们说说看,什么病?"

苏姗姗嘴角咧了咧,做出一副不屑回答的样子。

"停经、腹痛、阴道出血是输卵管妊娠破裂的典型症状。"孙小巧见苏姗姗不说话,便背书一样说起来,"B超显示子宫大小正常,宫腔未见孕囊……"

"废话。"苏姗姗打断孙小巧,嘲笑道,"都已经说是宫外孕了,宫腔当然就不会再有妊娠囊啦。"

"以后别人说话的时候别打断。"晓米朝苏姗姗皱皱眉,"再说了,输卵管和宫腔同时着床的情况虽然罕见,但也不是没有可能。继续说吧。"

孙小巧这才又说:"在子宫一侧有轮廓不清液体。"

站在一边的胡世生补充说:"血压也偏低。"

晓米点点头,转身问女孩:"大便的地方有什么不舒服吗?"

"太不舒服啦。"那女孩张口就说。"肛门就像坠下来,他妈的到底是什么病啊?"

晓米冲那孩子温和地笑笑道:"咱们说话不带脏字,行吗?"

"我看病又不是不给钱,你管得着吗?"那女孩忍住疼,不高兴地别过脸,以后晓米无论再问什么,都不吭声了。

"小姑娘,现在可不是闹别扭的时候,你得告诉我,肚子疼了多长时间了?"晓米耐着性子问,"还有一个,多长时间不来例假了?有3个月了吗?"

见病人不回答,晓米急得没办法,只好求助似的看着苏姗姗。

苏姗姗冷冷一笑,走到那女孩面前,瞪着眼睛说:"别以为就你会说粗话玩酷,知道为什么这么问你吗?肛门坠胀、血压偏低,证明有内出血,随时会再休克。现在血源一时解决不了,只能靠你自身的血液回输。但得有个条件,停经不能超过3个月,腹痛要在24小时之内,否则这血就不能输,你的小命就给你玩完了。听到没有?"

那女孩这才害怕起来,嘟哝道:"都没这么长时间。这事可千万别跟外人说啊。"

晓米见病人暂时没有生命危险,便欲带回医院开腹探查。不料这时孩子的家长匆匆赶来,坚持要去认识院长的一家小医院就诊。晓米只好同意,让韩飞把救护车直接开到那家医院的手术室楼下,看规模不大,便对苏姗姗说:"这个病人交给你,行吗?"

"为什么,这儿没医生吗?"苏姗姗明显不乐意。

"八成是输卵管妊娠,要做切除术。"晓米犹豫了一下才说,"万一他们的值班医生资历不够,你可以帮个忙。"

"那你为什么不留下?"苏姗姗叫起板来,"还有内出血呢。"

"那好吧,我留下。一会儿有任务,你来带队。"

晓米不想较劲。其实她这么安排,完全是想让苏姗姗多个手术的机会,因为这个病人很可能要切除附件。而这个手术在权限规定上有微妙的区别:如果在妇科,这算是二级手术,那像苏姗姗这样的低年资主治医师就可以担任主刀了。可要在产科,则算作三级手术,苏姗姗就不能主持。当然,在特殊情况下,比如没有高年资的医生在场而病人却需要马上手术时,手术权限对医生级别的要求还是可以通融的。

可苏姗姗显然没理解她的良苦用心,晓米也只好作罢。

116

正如晓米所料，这家医院的妇产科只有一个住院医师值班，科主任是院长兼的，住的地方不近，赶过来要半个多小时。女生的父亲一直在给院长打电话，并黑着脸向晓米声明，院长不来不准做手术。遇到这样的家属，晓米虽然心里不高兴，但也绝对不敢走了。

等到院长跑来，见是省妇幼保健院"D79"的出诊医生，连忙说，这是请也请不来的。那家属也就变了口气，忙叫老婆去买夜宵。

晓米不再理会家属，便让苏姗姗洗手当院长的助手。人家是科主任，还是副主任医师，当然要主持手术了。不料那院长却说这种手术做的不多，又是熟人的孩子，万一有个闪失不好说话，意思让晓米上台。晓米也不多话，洗了手就站在助手的位置上，让苏姗姗不无意外。

"怎么，想讨我的好儿吗？"苏姗姗举着双手，摆出一副倔强倨傲的架势，站在台下问。

"你给我听好了。"为了不让正在穿手术衣的院长听见，晓米放低了声音，却用命令的口气说，"这是给你机会，别摆架子给我看。现在我数到三，你要不想上台，就给我滚蛋！"

苏姗姗昂着头，斜着眼，死不认输。

于是晓米开始数数："一、二、三！"

苏姗姗就在话音落下的当儿，走上了主刀台位，并生硬地对器械护士下令："20号手术刀！"

探查的结果令人非常吃惊。女孩的右侧输卵管暴胀得像个小鸡蛋，一处裂口有活动性出血，腹腔的游离血竟有2000多毫升，输卵管肯定是保不住了。

那院长凑过来看了一眼便连连叹气道："耽误了！耽误了！"说着就出去找家属告知病情，拿手术单签字。女孩父亲却不信，硬是戴了个口罩，穿了件手术衣跑进来。看了女儿腹腔被打开，鲜血在引流，才蹲在地上哭了起来。因为麻醉打的是硬膜外，女孩意识很清醒，竟若无其事安慰父亲说："哭什么哭，右侧输卵管没了，还有左边呢，将来照样可以怀孕。我都在网上查过了。"

听到这种似是而非的外行话，晓米不想再说什么，教育这样的孩子已经不是她的职责范围了，再说手术还在继续呢。

因为血液要回输，晓米尽量照看着引流出来的血不受污染。看看积血基本上被吸尽，就示意苏姗姗将腹膜切口扩大，以便对破裂口进行处理。

这时候,需要主刀和助手密切配合。苏姗姗把手伸入盆腹腔,分离粘连后,便把输卵管牵拉出来。晓米立刻用卵圆钳夹住裂口两侧,切断出血源。接下来,就到了手术最关键的一步:是只切除部分输卵管,还是拿掉整个右侧附件?这可关系到病人未来的一生!

输卵管异位妊娠是最常见的宫外孕,如果能及时就诊,通常只要切开管道把胚胎清除或挤出来就可以了。但如果病情拖的时间长,病变范围和破裂口也就随之加大,要保住输卵管就很困难了。

这时候在台上是分秒必争,要作出决定则是既难也不难。所谓不难,是因为已经有了切除附件的指征,家属签字的手术单上也写得非常明确,况且随时可能再休克,所以很多医生根本不会犹豫。而眼下这个女孩却让晓米很难下决心,因为她已经注意到女孩左侧输卵管情况也不好,如果右侧附件切除,那往后怀孕的概率就很小了。

这时,晶体液静滴已停掉,从腹腔吸流出来的血液,在经过6层纱布的过滤、加入一定比例的抗凝剂后开始回输,血压也随之恢复正常。晓米趁这个机会检查了一下输卵管与卵巢的粘连程度,看有没有分离的可能,由此判断是否可以保住卵巢。

"要不,咱们换一下?"晓米听到苏姗姗轻声说。这个意思只有上台的医生才明白,她们要调换主刀和助手的位置。

晓米却站着没动,问:"以前做过吗?"她指的是粘连的分离。

"当然做过。"苏姗姗点点头,看着晓米说,"不过,这例还是你来吧。这样把握更大一些。"

这话让晓米感到很意外。因为这等于在表示:"我的技术不如你。"这对好胜心这么强的苏姗姗来说可真的不容易啊。但现在为了病人的利益,她竟然愿意放下架子,虽说这也是医生最起码的职业素养,但晓米还是有些感动呢。谁都知道,医生们在手术台上的暗自较量从来就不少见啊!

晓米正准备替代主刀,却听那院长在一旁说:"算了吧,我看粘连太严重了,就算能分离出来,将来还可能出现持续性妊娠,现在能保住子宫已经很不错了。"

这话也并非言过其实。事实上,晓米已经注意到子宫已经有了一些损伤,如果病情再拖延下去,损伤面广,就得做次全子宫切除了。可这病人才是个初中生啊。

　　既然作出决定,下面的手术也就很顺利了。等姗姗缝好皮肤切口,血库的车也到了,术后的补液、抗感染都由院长亲自指导。病人毕竟年轻,性格要强,说起话来一点也没有刚刚做过大手术的模样,这也让晓米她们放心不少。大家一致谢绝了患者家属买来的夜宵,只留下胡世生看着病人,就去了一家24小时营业的大排档填肚子。

　　"你跟韩飞都说了些什么呢?"

　　晓米正在喝水,听到苏姗姗冷不丁地问,差点儿把水喷出来,随后想起在救护车上和司机说话时一定被人家注意了,便马上说:"我们在谈诉讼的事。"

　　"我劝你这官司还是别打了。"苏姗姗咬了一口烤鱼排说,"你打不赢的。"

　　"为什么?"晓米眯着眼看着对方,揣测着她真实的含意。

# 第十章

要查到卢大成说的那个子宫误切并不容易。子宫切除是妇产科最常见的手术之一,全世界每年有500万例呢,像他们这种省重点妇幼专科医院,每年少说也得在1000例以上。刘一君初步查了查,发现晓米在本院以及此前在大学附院第一产科的六七年里,一共做了4200多台手术,大多与子宫疾病有关,而切除术却并未单独列表。即使把时间缩短一半,把2000本病历细细翻过,也未必就能发现蛛丝马迹。所以,刘一君都有些大海捞针的感觉了。

但这可是个重要任务,不仅对制止这个官司的再审至关重要,也是显示他刘一君能耐的大好机会。想来想去,他决定从熟悉晓米的人身上下手。在他看来,既然晓米已经跟卢大成说了这件事,那为什么不会对其他人诉说一下心中的烦恼呢?当然,调查这种事和晓米关系好的人不会说,只能找老同事碰碰运气。结果一问,老同事目前能找到的只有一个,就是院长苏红。

要从苏红那里打听这种事,刘一君还是有些犹豫。虽然院领导对诉讼这事肯定反感,但苏院长与晓米却并无个人恩怨,而且又是出了名的爱惜人才,不然,卢大成要把晓米弄走也不会费这么大的劲儿了。

就在刘一君左右为难之时,苏红却主动给他打电话了。

"听说晓米在你那儿干得很不错啊。"苏院长坐在办公桌前,一见

120

刘一君就说起晓米，"今天一早，就有人打电话表示感谢呢。"

"病人家属吗？"

"不，是一家医院的院长，也是我的一个老熟人，对晓米的手术赞不绝口啊。"

"那是，那是。"刘一君马上迎合道，"不然的话，怎么会让她挑这副重担呢？D79可不是人人都能干的活儿啊。"

"主要是团队的头儿要选好。"苏红显然是想在表扬里撇开自己的女儿，"晓米搞的手术模拟也不错，你让她写个材料，总结一下，将来向总院推荐推荐，你说呢？"

刘一君想，领导一上班就找他，决不会是因为这件小事，便说："这个好说。院长是不是有事要吩咐？"

苏红点了点头道："坐吧。"

刘一君知道谈话的时间不会短，就在办公桌前的椅子上坐了下来。

苏红拿起一个文件夹，翻了翻说："上次的诉讼不是完了吗，怎么又要再审呢？"

"这个嘛……"刘一君心里打起鼓来。看样子，卢大成一定是跟院长汇报过了，否则她怎么会这么快就知道？如果和卢大成说的不一样，那就麻烦了。

"你不要有顾虑，有什么就说什么。"苏红似乎看穿了刘一君的心思，笑了笑说，"卢院长说，是晓米在背后怂恿，目的是报复，真是这样吗？"

刘一君心里想："这个女人还是太单纯了，明摆着不信卢大成的话呢，还让我再说什么？"便说："我想也不一定。"

"不一定是什么意思？"

"这个嘛……"刘一君一时还想不出合适的词儿来。

"你呀，都担心什么呢？"苏红叹了口气，不满道，"我都让你不要有顾虑，就是说，我们的谈话不会告诉卢院长。我就是想知道究竟是怎么回事？据我对晓米的了解，她不是那种会报复的人啊？要不是我看错了人？还是我的思维太陈旧，对现在的人际关系理解不了？"

"不不不，都不是。"刘一君马上说，"就您说的，晓米确实不是想借这事对卢院长做什么。"

"那她为什么死咬着这个官司不放呢？"

"我想，晓米医生就是想为那一刀讨个说法。"刘一君决定把自己的真实想法说出来，"其实大家都知道，切开子宫肌层的时候不能让羊水流出来，可卢院长却直接破了羊膜囊。"

"你是说，她想讨个说法？"苏红盯着刘一君又问，"为病人，还是为她自己？"

"这个……我倒没有细想。"刘一君想了想才说，"也许是因为她的境界比较高吧。"

"原来你也是这么想。"苏红赞许道，"说明你的境界也不低啊！"

"不过，晓米的感情生活不顺利，是不是也会有这方面的因素？"刘一君又装傻道，"但我得先声明一下，现在的女人太复杂了，我了解不了呢。"

苏红笑了笑说："别说是你，我也一样啊。"

刘一君庆幸自己的想法能和领导保持一致，便试探问："这么说，您支持再审了？"

"这是两回事。"苏红这时却拿出领导的架势说："虽然晓米没私心，但这个官司绝不允许再打下去。我可以告诉你，上次虽然我们胜诉，但总院领导很不满意。与患方的矛盾一定要和解，决不能闹到法院，这就是我们要做的事，你明白吗？"

"明白。"

"好吧，你现在说说，怎么才能阻止再审呢？"

问题转了一圈又回到老地方，刘一君也就放下心来，说："有个办法，就是给晓米加压力。但不知道领导同意不同意。"

"说得具体点儿。"

"最近听别人说，晓米曾经误切过一个病人的子宫。"刘一君故意不提卢大成，"如果她有官司缠身，是不是就无暇顾及其他了？"

"有这种事？"苏红怀疑道。

"据说是晓米医生自己说的。"

苏红想了想："你这么一说，我倒是想了起来。"

刘一君忙问："您想到什么了？"

"我好像听她说过……对了，她是对我说过，把一个好子宫给拿了，有一阵子不能原谅自己呢。"

122

"那是什么时候呢?"

"真要这么做吗?"苏红似乎有点拿不定主意。

"有备无患嘛。"刘一君立刻发挥起特长,口若悬河起来,"其实我也不太同意用这种办法,但您不是老在说,做事一定要顾全大局嘛。有的时候,人会犯糊涂,不清醒。这就需要敲打一下。晓米医生现在也许就是这样,所以,作为领导,该说的一定要说,该敲打的一定要敲打,最终也是为了她好,是不是?否则,这起诉讼的再审真的很难阻止啊。"

苏红思忖了一会儿才说:"虽然不太厚道,但如果她一意孤行,也不失为一个办法。但这可不是小事,一定要查实了,一定要实事求是。"

"可晓米医生做的手术太多了,无从查起啊。"

苏红便说:"这样吧,你去附院第一产科查一下,时间应该是在咱们医院成立的前一年,是个夏天。对,那会儿,我刚从非洲回来,还和她一起值过夜班呢。"

真是踏破铁鞋无觅处,得来全不费功夫。刘一君没想到这么快就解决了难题,立刻去了总院的病历库,翻到那年六、七、八三个月的产科病历,子宫切除有十几例,但晓米主刀的只有一例。只是有一点,病历上写的是大出血,而不是卢大成所说的内膜增生。

虽然有疑虑,刘一君还是毫不犹豫地复印了病历,并立即向卢大成作了汇报,当然也说了苏院长找他并提供线索的事。

卢大成没有急着看病历,问:"关于再审,苏院长是怎么说的?"

"苏院长说,无论什么动机,一定要阻止再审。"

"别的呢?还说什么了?没问晓米热衷这起官司的原因?"

"问倒是问了。"

"你怎么说?"

"我就说,晓米个人生活不太顺利,所以看周围比她过得好的人都有些怨气吧。我还说,我对女人不太了解,纯粹是瞎说啊。"

卢大成笑笑道:"你倒是挺会搪塞。"

刘一君故作无奈地笑笑:"反正苏院长态度很明确,这个官司一定要阻止。既然如此,我也就顺便提起误切子宫……"

卢大成打断道:"没说是我吧?"

"当然了,怎么会说是您呢。"刘一君继续说,"苏院长也没问,只是有些拿不定主意,说是不太厚道什么的。"

卢大成不屑道："院长嘛,当然会想得多一些。"

"还有一个大好的情况。"刘一君说着翻开那叠复印的病历,指着一个签名,兴奋地说,"这个手术是苏院长做的剖宫产,是不是也太巧了?"

卢大成便把病历仔细看了一遍,连连点着头说:"太好了!苏院长做的剖宫产,一切皆顺利,可六小时后,雷晓米却以大出血的名义切除了人家的子宫。你想想,这不是等于说,苏院长的手术没有处理好?院长知道了,能高兴吗?"

"可您上次说,晓米说的可是内膜增生啊?"

"这个你就不懂了。"卢大成冷笑道,"她这么说,无非是怕引起院长的怀疑。换了我,也会弄个别的诊断,你说呢?"

刘一君立刻说:"是,聪明人都这样。"

"既然这样。"卢大成想了想才说,"这个任务还是交给你,而且要快,尽量不要直接交锋,把信息传递过去就行了,最好是让她知难而退。"

刘一君想想说:"晓米的个性您是了解的,我只比她大半级,能乖乖地听我的话吗?"

下了班,晓米回到家中,正准备写病历,却见安萍风风火火地跑了过来。

"怎么了,钟悦跟人家私奔了?"晓米难得看见安萍这么焦急,忍不住开起玩笑来。

"巴不得呢。"安萍自己倒了点酒,喝了一口才说,"我要结婚了。"

"好啊。"晓米不知为什么,听了竟有些失落,"找我当伴娘吗?"

"好什么好,不是跟钟悦。"安萍心事重重道,"是跟一个老头儿。"

这可让晓米非常意外,便问:"到底是怎么回事啊?"

"还记得我跟你说过我们董事长?"

"是啊,你说他骚扰你。"

"以前,我也就以为他跟别人一样,吃吃豆腐,玩玩潜规则。可昨天居然向我求婚了。"

"你想嫁给他?"这可不是小事,晓米认真起来。

"我不就是来找你商量嘛。"安萍坐在沙发上,双手抱胸,想了想才说，"先说好的一面吧。他有钱，身体不错，长相还可以；这些年对我很关照，有时候会开开玩笑，但也没耍过大流氓。当然，更主要的一点，是他不想再要孩子。"

"那坏的一面呢？"

"第一，他是离过婚的。"

"废话，你还指望这种人是童子身啊？"

安萍哼了一声说："他要是童子身，我还不干呢。我的意思是说，他有孩子，还在和前妻来往。"

"这难道不正常吗？"晓米也哼了一声说。

"你是不知道，他前妻家的灯泡坏了都是他去修。"

"这有什么，他前妻毕竟是孩子的娘啊。"

"那和我结了婚，不等于他有两个老婆了？"

晓米笑了起来："想不到你的心胸这么狭隘。我问你，他还和前妻上床吗？"

"那倒不会。"

"这不就是了？不上床，能是老婆吗？"晓米继续开导说，"我看，这倒是件好事，至少说明他有责任感。还有一个，他和前妻至多只是亲情关系，就像是兄妹，你要再吃醋，就是你的问题了。"

"好吧，听你这么说，似乎也有些道理。"

"第二是什么？"

"第二就是年龄了，差18岁呢。"

"他50？"

"严格地说，快51了。"

晓米笑笑问："那你是觉得他老了，那事干不动了？"

"那可不是，这家伙的劲儿可大着呢。"

"哈哈！"晓米突然笑着叫起来，"你们上床啦？"

"不上床，能考虑结婚吗？"安萍一本正经道，"别跟钟悦说啊。"

"一会儿我就打电话。"晓米故意逗她。

"你敢！"

"钟悦太可怜了。"晓米装着同情道，"你这叫劈腿。"

"我们又没结婚，劈他哪门子的腿啊。"

"反正，我是挺同情钟悦的。"

125

"哟，你现在是不是后悔啦？"安萍怪声怪气道，"是不是在想，早知道这样，你也就不拒绝啦？"

"你还别说，至少犯罪的感觉是要轻一点。"晓米说着叹了口气道，"他一点儿也不知道吗？"

"如果决定下来，当然要告诉他啦。"

"看样子，你八成是决定了？"

"是啊，关键是我不能生孩子。"安萍把杯里的酒一口喝完，"我们女人老得快，再过几年，年龄上也看不出有什么差距啦。"

晓米沉默起来，想起自己的事，便有些不快。这时又听安萍问："好啦，现在该轮到你。我们一块儿结婚好不好？"

"我跟谁结婚啊？"晓米故意问。

"当然是跟钟悦啦！"安萍冷笑一声说，"现在可以跟你说了，这家伙有次昏了头，上我的时候都叫你名字呢。"

"那是他。"晓米耸耸肩，一点儿也不高兴。

"怎么？可别跟我说，你对他不是那种感觉啊？"安萍有些急了，"过去是因为我在，你们才装模作样。现在这道障碍没有了，你们还不赶紧把这事定下来。我可告诉你，我们医院的那些小美女，早就把他盯上啦。"

"那你就介绍吧。"晓米满不在乎地说。

"你是真的假的？"安萍怀疑地问，"是不是喜欢上别的男人了？"

"没有啊。我身边的人，你又不是不知道。"

"那你怎么舍得放弃？钟悦真的很完美啊。"

"可我就是没感觉啊。"晓米认真地说，"说实话，如果有感觉，我才不会那么老实呢。真的不是。"

"那我就有点儿对不起他了。"安萍有些内疚起来，"耽搁了他这些年，现在让我怎么说啊？"

"耽搁也是他愿意。"

"说的也是，我早就暗示过他了。"安萍说着又苦笑笑，"本以为，你们一成，我就心安理得了。可现在……"

"别这么想嘛。"晓米安慰起来，"他可是正当年，手一招，美女还不排成长龙啊！"

"这倒也是。现在男人结婚都很晚，没跟他要青春损失费，已经很大方了。"安萍又开心起来,"你说呢?"

"是啊。"晓米马上应和,"男人根本谈不上耽搁不耽搁。"

"听你这样说,我也就平衡啦。"安萍不自然地笑了笑,看着晓米说,"接下来的一件事,就是怎么去告诉他啦。"

晓米看透了安萍的心思,连忙摇着手说:"别。这是你们的事,我不管啊!"

"嘿。"安萍干笑一声,"这个伟大的任务,还真的要落在你肩上,谁让我们是好朋友呢!"

晓米想刺激她一下:"是不是觉得心亏,不敢开口?"

"有什么不敢?"安萍诚恳道,"但是,总觉得是在杀人,把刀尖戳在他的心窝上,也太残忍了。没办法,我们女人的心就是软嘛。"

晓米没再说什么,试着去体谅安萍的一片苦心。但她却知道,对钟悦来说,真正拿着刀去戳他心窝的,不是安萍,而是自己。

她准备把安萍和自己的拒绝都放在一块儿说了, 如果他是真爱,那戳一刀还是两刀又有什么区别呢?"不过,别太着急,还是再想一想吧。"晓米在入睡前这么对自己说。


傅志刚洗完脚就去了一个相好家,折腾了大半夜,清晨回到自己家,一直睡到中午才醒。吃完了外卖,便张开四肢半躺在一张半新的古典式沙发上苦思冥想。仔细回忆着昨晚和卢大成的每一句谈话,最后得出一个结论:他在求我办事,却不想付出应有的代价。于是他想,在这种情况下,如果真的替他把事儿办成了,那人家根本不会感激,只会把你当成傻子,更不会理你了。

在他看来,世界上人与人之间只存在利益上的关系,而且只有在实力相当的时候,利益才会互换。可现在实力对等吗?人家一吆喝,你就颠儿颠儿地像孙子似的赶过去,还要低声下气看人家脸色,卢大成说话的口气就像是自己的顶头上司。可这个副院长和我半毛钱关系都没有啊!上次的10万元是因为帮他们打赢了官司,完全是应该拿的,这次就不能只是这个数了,必须让他付出更大的代价。

想到这里,他不由得捏紧了拳头,在空中一击,然后从沙发上跳了起来,就像卢大成站在对面,指着厚厚的窗帘狠狠咒骂道:"你给我听着,卢大成,你这小兔崽子,我一定要再审!不仅不阻止,还要火上加油,把事情闹大!奶奶的,这回一定要给你点儿颜色看看,让你知道我傅志刚是谁!"

等骂舒服了,拿定了大主意,接下来,就是如何去实行了。这可得好好想一想。

现在最重要的无非是要让原告有信心。那个家属没问题,已经在再审申请上签了字,等着拿钱呢。但这个案例有些特殊,因为真正要打官司的,显然是另有其人。那么是谁呢?显然不是那个儿科的钟主任。别看他又是安排吃饭又拿钱,说得头头是道,什么写医疗纠纷拍电视剧等等,鬼才会相信呢。他不过是雷晓米一个好朋友的准老公,热心人而已,这个傅志刚已经查得清清楚楚了。想来想去,要打官司的只有雷晓米。但她为什么要这么执着,却让傅志刚十分不解。因为他在调查中发现,这个女人和卢大成的关系并不像原来想的那样是一对情侣,先是爱得死去活来,后再翻脸不认,因此反目成仇。他们只是经人介绍觉得还合适,彼此在考虑婚姻而已,八成儿连床都没有上过。这种关系怎么会让女方耿耿于怀、伺机报复呢?当然,说是为了手术规范,这个也不是太能理解。难道现在还有人会为了什么规范和自己的领导、自己的医院作对吗?

傅志刚知道,要做成一件事,必须知己知彼。就眼下这个官司来说,一定要搞清楚雷晓米的真实意图。否则,她一退缩,或者被对方瓦解,那他就成炮灰了。

他知道雷晓米上的是夜班,白天在休息,打电话不方便,于是立刻在手机上拟了条短信。"我是原告律师傅志刚,现有要事求见,时间、地点您定。"他在发送前想了想,觉得"求见"两字不太妥,有失平等,于是换成了"望晤商",显得公事公办。十分钟后,他收到回复,就一行字:"4点医院对面咖啡厅"。

这件事敲定下来,傅志刚有些高兴。看看时间还早,就去了车队。既然卢大成想知道那个司机韩飞的来历,那就得给一个答复,再说,也是显示实力的一个方面啊。省保健院急救中心有十几辆救护车,司机二十余名,大多都认识,也有几个经常由他做东的酒肉朋友。给那个门卫介绍的女人,就是从这些司机的关系网里"淘"来的。当然,傅志刚最关心的,还是司机间传说的新闻,如韩飞和钟悦干仗的事,他在当天晚上就知道了。

"这个韩师傅不合群啊。"一个司机想了想才对傅志刚说,"一下班就回家,是租的房子,就一间。听说走的是院长女儿的路子,以前是做什么的,就不清楚了。"

这个信息很重要,不仅说明了来路和生活状态,还点出了他谨慎小心的性格特征。于是傅志刚接着问。"大家都是开救护车的,你们没有聊过吗?"

"聊倒是聊过,但都是工作上的事。"

"那也说说,是怎么聊的?"

"比如说,病人下楼,司机要不要上去搭把手。"

"这么说,他是个新手?"傅志刚又确定了一点,"其他方面呢,不聊女人吗?"

"我听他说过一句,说女人是新的不如旧的好。"另一个司机说,"不过我可不信,他长得这么帅,能不泡妞?"

"那就是泡的妞不让你知道呗。"傅志刚笑着说,又得出一个结论:此人在男女问题上胃口比较高。

寥寥数语,已经能让傅志刚勾勒出一个人物故事的大致轮廓,应付卢大成绰绰有余。他走出车库的电梯时,偶然间碰到刘一君,便把他拉到一边,神秘兮兮道:"你去告诉卢院长,D79司机韩飞的情况,我已经摸清了。"

"噢,这么快?"显然刘一君也很想知道。

"他原来是部队一家医院领导的司机,后来这个领导调走了,他也就转了业。认识不少人,当然是打着原来领导的旗号了。对了,他离了婚,原因是他出轨,所以裸身净出。现在为人比较低调,但时不时还是要露出大司机的脾气。这个你懂的。"

傅志刚有鼻子有眼地编造着韩飞的故事,心里还是有些底气的。说他在部队待过,等于竖起一道屏障,人家那可是机密单位,信息不透明就可以理解了。离婚是从年龄来判断的,快四张的人了,又这么帅,怎么会不结婚呢?既然结过婚,却自己单独租房住,还不是离了被赶出来了吗?被赶出来,当然肯定是他的错,肯定是在外面有了女人了。当然,最重要的还是他有本事把尸体存放在大学解剖室的冰库里,如果没有一定的上层关系,谁能办到啊。

刘一君听了连连点着头,还说:"怪不得身材那么好,原来是当兵出身。"不过他又接着问,"这些事,你是怎么知道的呢?"

"这个啊。"傅志刚哈哈一笑说,"小鸡不撒尿,各有各的道嘛。"

"但愿如此吧。"刘一君冷冷一笑走开了。

傅志刚见刘一君的表情不善,不由得暗暗告诫自己:"万事一定要小心,这些医生都不好糊弄啊。"


晓米准备了好多安慰的话,可一坐到钟悦对面,却一句也说不出来了。

"你今天是怎么了?"钟悦一接到电话就赶到医院内的咖啡室,见晓米在一个角落里坐着,就把和傅志刚他们谈的事从头到尾说了一遍,满以为晓米会高兴,却见她愁眉不展,心里就打起鼓来,"我们这种关系,还有什么话不能说的吗?"

"好吧。"晓米定了定神,镇静道,"第一,你说的那钱一定由我来出。"

"为什么啊?"钟悦马上反对说,"我们之间要分得这么清吗?"

"当然要分清了。"晓米看着对方说,"我们是什么关系?不是恋人,更不是夫妻。亲兄弟还要明算账呢。"

"好吧,好吧。"钟悦苦笑笑,"就依着你。那第二呢?"

"第二,我最近不想谈恋爱。"晓米说着,就把眼睛盯在面前的咖啡杯上,继续道,"对不起,知道你对我有好感,可我没那种感觉。"

钟悦忙问:"是不是因为安萍?"

"不是。"晓米很果断地回答,"就是她不跟你好了,我也不想。你明白我的意思吗?"

"说实话,不是太明白。"钟悦低下头,泄气道,"能问一下为什么吗?"

"其实我也不知道,真的,不骗你,就是没这种感觉。"晓米实话实说。

"你是不是有了什么……中意的对象?"钟悦说着,就抬头看着她。

"不是,真的不是。"晓米对这个问题早有准备,很冷静地说,"到目前为止,我没爱上任何人。也许我这辈子就注定要单身。如果是这样,我也会接受命运的安排。真的,我不想勉强自己,希望你能理解,好吗?"

"不，我不会放弃的。"钟悦却固执道，"说起来，我不该这么说，安萍还是我的女朋友，这样会让你看不起我。但我和她最终还是要散的，而我不能对你说假话。"

"要这么说，第三个问题就很简单了。"晓米突然觉得松了口气。

"第三个问题？"钟悦听了却不解，问，"你还想说什么？"

"安萍和我说了，她会很快和另外一个男人结婚。"

"她疯了！"钟悦一下叫了起来，并不顾有人在看，大声说，"这是绝对不可能的！"

"看来，这家伙对安萍真的爱得很深呢。"晓米心里酸楚起来，示意要小声，"别太激动嘛。"

"她是怎么对你说的？"钟悦过了会儿才小声问。

于是，晓米把安萍的话简单复述了一遍，最后安慰道，"你年龄不大，又是男人，也许会痛苦一阵子，但很快就会过去的。对了，你刚才不是说不会放弃我吗？"

"算了，你们都不了解我。"钟悦一副沮丧的模样，喃喃道，"这个世界上，真正负心的都是女人。"

"这话我可不爱听啊。"晓米知道对方在说气话，却像是逮着个报复的机会，装着生气的样子说，"谁让你朝三暮四？那天我们要是做成了，你还敢说负心的不是你们男人？"

钟悦没再说一句话就走了。晓米如释重负，看了看表，就去了医院对面的咖啡厅。

傅志刚正在笔记本电脑上写东西，见到晓米，就推荐了一款最贵的咖啡，并让服务员记在他账上。

"我刚喝过，可以要瓶矿泉水吗？"晓米坐下便说，"我时间紧，赶快说正事好吗？"

"好好好，大家都忙。"傅志刚忙应道，"再审的事我想向您请教呢。"

"我想先问件事。"晓米直截了当说，"上次开庭，为什么只提缩宫素，不提主刀医生在切开子宫肌层时破了膜？"

傅志刚听了一愣，过了会儿才回答："那没有证据啊！"

"为什么不提出尸检呢？"晓米毫不客气地又问，"你不是妇产科医生吗？从切口的形状也可以判断出来啊。我记得上次就已经提醒过，以为你会在这个问题上向被告提出质疑。可回来一问,原告律师却一个字都没提到,到底是为什么?"

"请不要误会。"傅志刚忙摆手道,"我也查了不少资料,大凡涉及羊水栓塞死亡的病例,患方都是从缩宫素的用量入手,从来没有人提过子宫的切口问题。我之所以在缩宫素上做文章,也是咨询了不少产科专家。当然了,我也想向您请教,可您不在啊。"

晓米听了便叹了口气,心想,不是产科医生,还真的很难了解切开子宫的那一刀是多么重要。于是说:"这次再审,希望从这个方向入手。好吗?"

"那是当然了。"傅志刚见服务员拿来一瓶矿泉水,连忙开了盖,倒了一杯放在晓米面前,说,"这次做尸检,就是为了证明同时破膜的事。被告方再也不能为自己狡辩了。"

"这样就好。"晓米说着就喝了一口水,随即问,"还有什么事吗?"

"其实只有一个问题。"傅志刚连忙说,"听说这次再审,是您的提议,对吗?"

晓米想了一会才回答:"也可以这么说吧。"

"那能不能问一下,是为了什么呢?"傅志刚说完就一直盯着晓米,似乎能从她任何瞬间的表情上找到答案。

"没什么。"晓米很平淡地说,"就是想为这次手术讨个说法。"

"可您和这个死亡的病人,和她的家属非亲非故啊。再说了,他们也从来没有提出过这样的要求。所以请您原谅,我作为原告的律师,真的想知道。"

"那你以为是什么呢?"晓米其实也知道外界对这事的一些议论,故意问。

"我说了,也许会让您生气。"傅志刚继续看着晓米问,"是不是因为和卢院长的个人恩怨?"

听到又是这个问题,晓米不由得激动起来:"这个问题很重要吗?如果只是为了手术的规范,就不该打这个官司吗?难道只有个人恩怨才是诉讼的根本动力吗?如果你得不到满意的回答,就不再担任原告的律师,对吗?"

"不不不,您是误会了,完全误会了。"傅志刚一脸真诚道,"我是心里害怕呀。"

晓米不解："你怕什么?"

"我怕你只是为了报复卢院长,只是借这个机会修理一下昔日的恋人。如果是这样,我只能说一声,对不起了,我不会再当原告的律师。"傅志刚说完,就把由病人家属签字的再审申请书放在晓米面前,"请你另请高明。"

晓米一下愣住,搞不清楚对方是真是假。

"你知道是为了什么吗?"傅志刚问。

"不知道。为了什么呢?"

"因为个人恩怨随时能够化解,这种事我可是看得多了。今天恨得你死我活,明天却爱得如胶似漆。人的感情是会随时转变的,一句话,一个动作,就能把白脸变成红脸,或者把红脸换成白脸。到时候你们冰释前嫌,一笑泯了恩仇,倒霉的却是我啊。这种官司我宁可不打,也打不起,请您见谅。"

这番话让晓米不知如何回答。心里想,"不管如何,这律师说的也不无道理,换了我当律师,也要弄弄清楚,到底是为了什么要打这个官司啊。"于是说:"你放心吧,我绝对不是为了要和卢院长过不去,也不只是为了手术的规范,我有一个别人不知道的特殊原因。"

"特殊原因?什么特殊原因啊?"傅志刚紧张地瞪大了眼睛问。

"是为了我的母亲。她也是得了羊水栓塞去世的。"

"那又怎么?"

"尸检报告中有个结论,大量羊水进入了子宫肌层的血窦,是并发羊水栓塞的主要原因。"

"那你母亲的家属为什么不打官司状告主刀医生呢?"

"这个手术是我父亲做的。"晓米说着,眼泪就流了下来。

# 第十一章

　　晓米没想到,一直让她纠结不清的一件事,却在与这个律师的短兵相接中豁然明朗。

　　为什么要打这个官司?应该说,不是为了家属。当然,她很同情这个突然去世的产妇。但作为一个经常与死神打交道的医生,这也不可能成为这起诉讼的主因啊!那么是不是为了完善手术规范呢?是的,这确实是她的强烈愿望。但如同人们天天喊着要改善医患关系一样,她有义务,但不是她的职责。至于要对卢大成实施报复,就更不是理由了。她对卢大成没有什么好感,特别是在这个手术上,明明做过的事却赖得一干二净,让她很气愤,这种人确实需要吸取教训。可这是她的目的吗?一个根本就没让她爱过的人,会让她这么耿耿于怀吗?

　　那么,究竟是为了什么呢?当那个律师咄咄逼人的问话让她不得不审视自己灵魂深处的时候,她能找到的唯一答案就是母亲了。

　　她记得医大心理学课的一位教授说过,人们的行为受到两套系统的控制。一个是理智的,有明确的利益冲突和因果关系,表面上看是占了主导地位。另一种是潜意识,这是一种被感情和本能掩盖起来的欲望,很不清晰甚至相互矛盾,但往往起到决定性的作用。

　　晓米在五六岁的时候,就知道母亲是在生她的时候去世的。后来有几次听大人说起"羊水栓塞"这个病名,但一直到在医院实习的时

134

候,才真正知道这种病的凶险。而让她受到巨大打击的,是医大毕业时与父亲的一次谈话。父亲告诉她,母亲的死完全是他的责任,因为当时羊水三度污染,他担心胎儿窒息死亡,就着了急,在切开子宫肌层的时候就破了膜。他明明知道这样做会让羊水进入血窦,从而并发恶疾,但以为只是6千或6万分之一的可能,就决定碰碰运气,结果导致悲剧发生。

那次谈话后不久,父亲就去了一个很贫穷的国家,听说一直是在抢救孕产妇中的重症患者,再也没有回来。

晓米从来没有见过母亲,成人后又失去了父爱,这种深藏在内心的痛楚是别人很难体会到的。而这一切的根源,就是切开子宫肌层时的那一刀啊!

她无法憎恨父亲,因为父亲这么做的目的是为了救她。但她也不能原谅父亲,作为一名产科医生,她深深知道"产妇第一,胎儿第二"这一抢救原则中的道德意义。想来父亲的自我救赎也是因为不能原谅自己。在这个自相矛盾,而且永远不可能找到慰藉自己的理由的精神世界里,晓米唯一能做的事,就是杜绝同样医疗事故的发生了。

晓米从医院对面那家咖啡厅走出来的时候,思路清晰,意志坚定,心情不仅没有沉重,反倒轻松了许多。她来到车库,看到韩飞正在教万玲儿和孙小巧滑旱冰,就主动要了鞋学了起来,但没滑几步,就见苏姗姗走过来说:"卢院长叫你去开会,今天不出诊了。"

晓米来到副院长办公室。除了卢大成,苏院长和刘一君也在,他们表情都很严肃,便问:"什么事啊,为什么不让我出诊啊?"

卢大成指着中间的一张折叠椅说:"你先坐下。"

等晓米坐下,刘一君就把一份病历递到她手上,说:"你先看看这份病历。"

晓米心里奇怪,便打开夹子翻阅起来。这是一份多年前的旧病历,是个再普通不过的剖宫产,病人叫陈丹,29岁,中学教师,没有基础病,也没什么特别的并发症。手术指征一栏写着"疑似巨大儿",而新生儿的实际体重也就3600克。这种情况很常见,病人主动要求剖宫产,却没有相应的指征,医生往往会在胎儿的重量上做文章,因为超过4000克就能剖了,而预测体重又不可能很精确。晓米看到医生的签名是苏红,便看着她问:"有什么问题吗?"

苏院长没回答,却问:"这份病历,还有印象吗?"

晓米想了想,摇了摇头说:"记不清楚了。"

卢大成"呵呵"干笑了两声说:"你把这个病人的子宫切了,怎么会记不清楚呢?"

晓米大吃一惊,又把病历看了一遍,瞪大了眼睛问:"上面没说切除啊?"

卢大成一示意,刘一君便又拿出两张纸交给晓米,说:"上面写得很清楚,你看看。"

晓米先看那张单页病历,见上面只有一句话:"该病人产后4小时大出血,经本人及家属同意,实施全子宫切除术。主刀医生雷晓米。"另一张是手术知情通知书,上面有病人和配偶的签名。

晓米指着那张病历说:"这不是我的字。"

"我们知道不是你的字。"苏红这时说,"可能是进修医生写的。"

晓米疑惑道:"如果是我的手术,至少应该有病程记录,病历也不能写得这么简单啊?"

卢大成冷笑一声说:"这个问题应该是我们来问你啊!"

"我不明白。"晓米摇摇头,不解道,"这到底是怎么回事?是不是有什么误会?"

"我回忆了一下,这个病人的剖宫产确实是我做的。"苏红看着晓米说,"我记得,做完手术后,看一切情况正常,就下班回家了。第二天,我出差,回来的时候,这个病人已经出院了。"

晓米迟疑了一下问:"病人方面没什么反应吗?"

苏红说:"如果真的是大出血,切除子宫很正常,病人当然不会有什么反应了。但是,病人不追究,不等于我们就可以心安理得。我们查了一下手术记录,就在这上面写的时间内,你确实做过一个全子宫切除手术,病人就是这个陈丹,但诊断却是子宫内膜癌。刘主任,你把手术室的登记表给晓米看看。"

刘一君又拿了一张已经有些发黄的纸交给晓米。

晓米看了一声不吭。

"怎么不说话呢?"苏红问,"是不是想起什么来了?"

"是的。这个病人的子宫是我拿的。"晓米说到这里,看了看卢大成,便低下头,小声说,"应该说,是我的一个失误。"

136

"失误?什么失误?"苏红毫不客气地问,"请你说得具体点儿。"

"那天已经下班了,我正换衣服,当时我们科的曲主任问我能不能做个全子宫切除。那会儿我来科里不久,当然希望多些临床经验,就答应下来。但开腹后,发现子宫是好的,只是内膜有些增生。"

苏红生气道:"既然如此,为什么还要切除呢?"

"是主任坚持的。"晓米小声回答。

"你这故事编得也太离奇了吧?"苏红有些激动起来,"当时的曲主任也就是后来当过院长的曲晋明教授,他可是围产学科的专家啊,怎么会连个子宫内膜癌都看不准呢?"

"我怎么知道?"晓米委屈万分,不满道,"你们可以去问曲教授本人啊!"

卢大成又冷笑说:"你大概已经知道,曲教授目前在国外讲学,半年回不来呢。"

"什么?不在国内吗?"晓米想了想才说,"那可以问问当时别的科主任啊,也许他们商量过呢?"

"这个工作已经做过了。"刘一君说完站起来,倒了杯水放在晓米面前,才说,"晓米医生啊,领导找你谈话,当然是作过调查研究的。你说的这件事,还真的没有人知道啊。"

"那,那你说是怎么回事?"晓米一下站起来,把水杯也碰倒掉在地上。

卢大成便提高了声音道:"你别慌嘛,有话坐下说!"

晓米却不动:"我又不是犯人,为什么要坐下?"

"晓米啊,你先别太激动。"苏红拿了几张抽纸让晓米擦衣服,缓和了些口气说,"也许是这样,你们刚到科里,都想多做些手术,当时产科和妇科的手术室也混在一起,是不是弄错了?"

"完全不可能!"晓米看着苏院长,斩钉截铁道,"这么大的事,如果没有主任的话,我敢上台拿人家的子宫吗?吃了豹子胆我也不敢啊!何况曲主任也在台上,他是助手。"

"什么?曲教授当你的助手?"苏红迟疑地问。

"是啊。开始我以为是当他的助手,可上了台,却让我换了位置。"

"越说越邪门了。"卢大成黑着脸说,"你这么说,有谁信啊?"

"可事实就是这样!"晓米拿起办公桌上的电话,提高了声音说,

"如果你们不信,就给曲教授打电话!"

苏红想了想,拿过话筒放好,过了会儿才说:"晓米啊,这件事虽然很蹊跷,但时间也很久了,病人方面也没有什么不良反应。你不要有顾虑,领导想了解一下情况,也是为了更好地保护我们的医生,你说呢?"

晓米见苏院长这么说,也就软了下来,道:"其实这件事我一直很内疚。不管是谁下的命令,如果发现和诊断不符,就应该坚持自己的意见。"

"你能这么认识就好嘛。"苏红说着,就拍拍晓米的肩膀说,"我们都是人,都会犯错误。关键是吸取教训,改正错误,才能更好地为病人服务,而不是追究什么责任。你说呢?"

"是。"晓米点点头,小声道。

"对自己这样,那么对别人是不是也应该如此呢?"苏红拉着晓米在沙发上坐下问。

"什么意思?"晓米突然警惕起来。

"你看啊,上次那个羊水栓塞,你和卢院长有些认识上的不一样。我们暂且不说谁对谁错,就算是卢院长那一刀不该那么切,但现在事情已经过去了, 你的工作又这么紧张, 是不是就别再掺和什么再审了?"苏红接着几乎是用恳求的口气说,"如果又闹出什么官司,我这个院长真的很难当啊!你是不是能体谅我一些呢?"

刘一君马上走过来说:"是啊,你是个人才,苏院长一直很喜欢你呢。万一有个什么,对你对医院都是损失啊。所以,今天才把你找来,就像家里人一样谈一谈,你可千万别误会。"

卢大成却依旧紧绷着脸,很不客气道:"不过,如果你执意要和大家唱对台戏,就别后悔!"

当晚傅志刚又被召到卢大成的别墅,因为他在电话里没有答应撤销再审,惹得卢大成大发脾气,下了最后通牒:"来不来随你,后果自负!"

说实话,傅志刚还是有点怕卢大成的。尽管他也做好最坏的打算,大不了还当我的律师,誓死与医院作对到底,也能排解心头的怨恨。但每当看到医生们穿着白大褂,挂着听诊筒,像救世主一样接受病人的询问,宣布诊断结果的时候,他还是有种很难消除的失落感,并认为唯有重新回到医生的队伍中去,才能真正抚慰那颗受伤的心灵。再说了,也只有这样,那个曾经深深爱过的妻子,以及他们的孩子才能回到自己身边啊。

导致他被开除公职的事件,当然不是像他编造的什么因为子宫破裂的病例与病人家属打架,但也不是要流氓,无缘无故去摸病人的下体。他在查看年轻女病人的敏感部位时,会有一种亢奋感甚至瞬间的冲动,但就像所有在妇产科工作的男医生一样,还是可以掩饰得非常自然,并坦然宣称:他们看的只是病人,而不是女人。

傅志刚其实是被陷害的。一天门诊下班后,一个匆匆而来的年轻女人求他做个检查,以确定下面流出来的污物是否与自然流产有关。当时同事和护士已经走光,在空无一人的诊室里,A片中的狗血情节在脑中挥之不去,他终于不能自持,越过了医生的底线……事后,那个女人向他勒索80万元,否则告他强奸。无奈之下,他选择了报警。那个女人交代了用类似手段敲诈其他医生的犯罪行为,但并不能挽回傅志刚被开除公职的命运。

在尝够了一失足成千古恨的滋味后,傅志刚做事再也不会凭借一时的冲动了。就当下的这个官司而言,他必须慎重而行。于是,他按时与卢大成见面,并低声下气地说出不能撤诉的苦衷。

卢大成听完后鄙视地一笑:"不就是钱嘛。你告诉那家属,别人给的,我也能给。"

"可家属觉得,打赢了官司会得到更多呢。"

"这是谁说的?不就是钟悦和晓米他们说的吗?"卢大成生气道,"你就说这官司肯定打不赢,不就得了?"

"可那家属被钟医生洗了脑,不会信啊。"

"好吧,我现在把底牌亮给你,你自己好好斟酌一下。"

"底牌?什么底牌啊?"

"我可以很负责任地告诉你,雷晓米如果不听话,很可能会被开除。"

傅志刚不解地问:"为什么?就因为她支持家属打官司吗?"

卢大成斜眼一笑道:"她隐瞒了一起重大医疗事故,虽然是几年前的事,但性质很严重,把一个完全正常的子宫给切除了。刚才院长已经找她谈过话了。"

"这是真的吗?"傅志刚有些不信。

"当然是真的,刚才她自己也承认了。"

这可是傅志刚绝对没有想到的,想想才说:"您的意思,她觉得自保不住,就不会再掺和这起诉讼了?"

"嘿嘿,换了你呢?"

"可我觉得,雷晓米不是这种人啊!"傅志刚嘟嘟囔囔地反驳道,"也许,她还会不顾一切呢。"

"也许吧。"卢大成并不在意道,"这个我自有办法,你不必操心,先把再审提议拦下来,家属那儿随便编个什么理由,也可以说法院认为缺乏新的证据不受理。对,就这么说,再把钱一给,不就完啦?"

"那……我的事情呢?"傅志刚觉得已经到了关键时刻,不能不提了。

"你的什么事情啊?"卢大成不太明白地看着他。

"您瞧您,真是贵人多忘事。"傅志刚心中不快,却还是努力地挤出笑容,道,"上次不是说好了,这事办完了,您把我聘到医院当医生哩。"

"我这样说过吗?"卢大成一副想不起来的模样。

"卢院长,这样可不太好吧?"傅志刚认为不能老是软下去,便挺了挺胸道,"现在是市场经济,公平买卖。我替您办事,也不能只是义务劳动啊!"

卢大成想了想,哼了一声道:"傅律师,我这样称呼你,是不是很受用啊!"

傅志刚不知对方想说什么,便答道:"就像我称您为卢院长一样,客观事实嘛。"

"可我明天就能把你的律师资格取消,信吗?"

"卢院长,我的律师资格可是合法的。"傅志刚觉得自尊受到严重伤害,忍不住反抗起来,"我又没做什么违规的事,要取消也不会这么简单吧?"

"一个原告律师背地里和被告做交易,这还不违规?"卢大成冷笑道,"还有,你是怎么被单位开除的,你心里有数。像你这样的人,怎么可以代表正义在法庭上说话呢?"

"好吧,既然这样,那我们也没什么可说的,法庭上见吧。"傅志刚怒不可遏,说完就站了起来,向门口走去。

"你给我站住!"卢大成坐着没动,继续说,"其实,我还是挺欣赏你的。"

听到后面一句话,傅志刚就停下脚步,问:"像我这样的人,还能让你欣赏?"

"当然。"卢大成说完,就站了起来,走到傅志刚身边,用胳膊挽住他的肩膀,走回原来坐的地方说,"你很聪明,诡计多端。你很执着,办事严谨。你还有点脾气,说明还有点自尊。这都是我喜欢你的地方。但你要当医生可不行。虽然我这儿也有计生科,但都是清一色的女医生,突然派你去,万一旧病复发怎么办?所以我有一个好主意。"

"什么好主意?"傅志刚马上问。

"聘你当我们医院的法律顾问。"

"法律顾问?"傅志刚疑道,"就是那种挂挂名的虚职吗?"

"那可不是。"卢大成笑了笑说,"将来有事,你代表医院出庭。空余时间,你爱做什么就做什么,我们不干涉。工资和奖金,均享受科主任一级的待遇。这条件怎么样?"

这可是傅志刚从来没有想到的,对刚才的冒失立刻后悔起来,说:"卢院长,您不会开玩笑吧?"

"我像是开玩笑的人吗?"卢大成哈哈一笑,随后又严肃起来,道,"我们医院一直没有专职的法律顾问,现在什么都讲法制,这样怎么行呢?所以,我就看上了你。如果愿意的话,把这再审的事赶紧了结,随后就来正式上班。但有一点,别跟我要心眼儿,如果做出什么对院方不利的事,我会让你死得很难看!"


从卢大成办公室出来,晓米的脑袋就像塞了一团棉花,昏昏沉沉,怎么也理不出个头绪来。她去了酒吧,想约安萍,可这家伙居然一直关机,犹豫了半天,才给钟悦打了电话。尽管已经跟人家说了那些绝情的话,但现在想另外找个人说说这种事,还真的没有啊。

钟悦过了差不多一个小时才到,见面就说有个坏消息。

"是不是原告出了问题?"晓米紧张地问。

"你也知道啦?"

"猜的。"晓米也不替钟悦叫酒,就接着说,"我知道这事不会顺利。你说吧,坏消息是什么?"

"那律师带着家属来找我，说是不同意尸检。"钟悦叹了一口气，"当然也就不能再审了。"

"那家属……钱也不要啦？"

"当然不是。不过肯定是另外有人给了呗。"

晓米听了不知该说什么才好，过了会才对钟悦说："想喝什么，自己叫吧。"

"我现在不能喝酒，一会儿还要回去开会呢。"

"现在？"晓米看看表，都10点多了，"会诊吗？"

"不是。"钟悦躲开晓米的视线，说，"医院要我出国考察，可能明后天就动身。"

晓米眯眼看着："这个，可没听你说过啊？"

"我也是刚刚知道。"钟悦无可奈何道，"原来是附院儿科主任带队，因为另有安排，就换了我。这次考察3个国家的7家医院，都和我的专业有关。真的没办法。"

"这么好的事，还说没办法，装给我看吧？"晓米充满了怀疑。

"考察对我来说当然是好事。可现在，你的事正在节骨眼儿上，我一走，不就帮不上忙了？真的很抱歉啊。"

"行了，别得了便宜又卖乖，我可不领你的情。"晓米故意刻薄道，"怕是听我说了不想跟你好，故意的吧？"

"怎么会故意呢？"钟悦一下着了急，"这么大的事，我能说带队就带队吗？"

"跟你开玩笑呢。"晓米见他认了真，也就苦笑了一声说，"但他们是故意的。"

"你是说……苏院长他们？"

"应该是卢大成的主意。不过，现在他和苏院长的利益一致，当然会想尽一切办法阻止再审。"接着，晓米就把切除子宫的事说了一遍。

"这也太恶毒了吧？"钟悦听了很惊讶，"这不是在威胁吗？敲诈啊！"

"就是这个意思。"

钟悦想了想才说："要不……你跟曲教授谈一下，问问究竟是怎么回事？电话我能打听到。"

"问什么？怎么问？"晓米无奈地笑笑说，"说你误诊了，还要让我来切子宫?问他这么做居心何在?"

"可这事至少有两个疑点。"钟悦想了想说,"第一,既然告诉病人的诊断是大出血,但为什么要用子宫内膜癌的名义做手术?这可是两回事啊?第二,如果真的是误诊,那产妇和家属难道一点儿也没察觉吗?"

"是啊,我也想不通。"

"恐怕只有一种情况。"钟悦看着晓米解释说,"就是家属向病人隐瞒了病情。这种事并不罕见,癌细胞会转移,怕病人有负担,就说是大出血。"

晓米却不认同,说:"可这事怎么能瞒过苏院长呢?就算家属和曲教授串通好了,可剖宫产要清洗子宫,是不是癌症,闭着眼也能知道啊?"

"那就不知道是怎么回事了。"钟悦为难道,"只有问曲教授或是病人家属。"

"还是问家属吧。"晓米最后决定说,"但不管怎么说,我也有责任,明明是个好子宫,也不问问清楚就切除了。"

"你那会儿刚来医院,没有经验嘛。"钟悦安慰说,"况且又是教授的指令,谁敢违抗啊?我刚上台的时候也一样。"

钟悦又坐了一会儿才离开,临走时才告诉晓米说,安萍和那董事长去国外度蜜月了。登了机才给他发短信,同时发了张婚纱照。

"她是让你彻底死心呢。"晓米说,突然间可怜起钟悦来。

"说的也是。"钟悦苦笑了一声,"不过这样也好,我就可以堂堂正正来追求你了。"

"可我已经说过了。"晓米连忙声明。

"除非你也找个人结婚。否则,我不会放过你,明白吗?"钟悦说完就走了。

晓米到车库转了转,D79早已经不见踪影,于是想回家好好睡一觉,不料刚走到医院大门就接到韩飞的电话。

"能不能来一下?有个病人可能会误诊。"韩飞接着就说了救护车所在的位置。

"你别挂,我马上就到。"晓米立刻招手叫了出租车,跟司机说了地

143

点,又对韩飞说,"你把情况说一遍。"

"有个急诊下腹痛,说是阑尾炎,可我怀疑是宫外孕呢。"

"你怎么知道?"晓米奇怪道,"苏医生看过了吗?"

"就是苏医生看的。我说了一下,她没听,这才给你打电话。"

晓米听了有些奇怪,便问:"你是怎么说的呢?"

"我看症状有点像昨天那个初中生。如果是阑尾炎,应该有转移性腹痛,可病人说没有。"

"现在是怎么处理的?"

"病人已经送到社区卫生所,采取保守治疗,静脉补液,对症抗炎。"

晓米听了不由得想:"真不愧是开救护车的,耳濡目染,说话的口气也像是医生呢。"

到了社区卫生所,看到除了团队的人,还有病人女朋友的老公,是个二级医院的外科医生。

"没错,苏医生的诊断是正确的。"那个外科医生听说晓米也是产科的,便卖弄道,"刚才我也检查了,右下腹麦克伯尼点——也就是通常说的麦氏点有压痛,这是急性阑尾炎的典型症状。"

晓米听了没说话,戴了手套开始做检查。一看病人不由得大吃一惊,原来竟是那个人间蒸发了的手术室器械护士小丁。

"开始的时候上腹痛吗?"晓米问。

小丁痛苦地摇摇头。

"脐周呢?"

小丁又摇了摇头。

站在一边的苏姗姗就说:"不是所有的阑尾炎都有转移性腹痛。"

"可正确的临床思维必须首先考虑常见症状。"晓米看了看那个外科医生才对苏姗姗说,"B超呢?"

苏姗姗却冷冷一笑道:"头儿,如果没有化脓,阑尾炎可是B超检查看不到的啊。"

"我说的是产科检查。"晓米加重了口气道。

"产科没问题啊。"苏姗姗扬了扬手中的B超报告说,"宫内单胎,胎心良好。两侧卵巢基本正常。"

"基本正常?"晓米拿过B超图看了看,对孙小巧吩咐,"再做一次。"

"有这个必要吗?"苏姗姗不满地看着晓米说,"今天可是我带队。"

晓米却指着B超图给苏姗姗看:"你看看,右侧卵巢形态不规整,边缘也不清晰啊。"

"什么?你不会怀疑宫外孕吧?"苏姗姗故意提高了声音,也指着B超图说,"你也看看,明明是宫内单胎嘛。"

"可卵巢直径大于6厘米,万一是输卵管复合妊娠呢?"

苏姗姗讥讽道:"可你刚才还在教导我们说,要首先考虑常见症状。"

看到病人痛苦的样子,晓米这个时候可不想和苏姗姗较劲,便要孙小巧准备腹部穿刺,看看能不能抽出不凝血。

小丁的女友一直没说话,这时连忙阻止道:"别啊,她好不容易才怀上的,万一碰伤了宝宝可就完了。"

晓米听了一愣,忙问:"好不容易才怀上,什么意思啊?"

小丁女友便把晓米拉到一边,小声道:"两个月前,她做过促排卵治疗,肌注1万单位绒促性素。"

"你怎么知道?"

"我也是护士,就是在我们医院做的啊。"

听到这里,晓米心里大致知道是什么病了。于是决定放弃穿刺,又做了一次B超,这回看到了大量的腹腔积液。苏姗姗不再说话,孙小巧却急得哭了起来。

"这个不能怪你。"晓米安慰孙小巧说,"你不知道病人用过辅助生育技术,看到宫内胎儿正常,又见麦氏点压痛,就忽略了输卵管。以后注意就好了。"

胡世生在一边听了点点头,也对孙小巧小声道:"你还是缺乏生殖内分泌有关促排卵的基础知识。"

孙小巧连忙说:"谢谢晓米医生,谢谢胡医生。"

胡世生却说:"谢我做什么,你要虚心向晓米医生学习才是。"

"现在下结论还早些吧?"苏姗姗却不服气道,"急性阑尾炎也有伴血性腹腔积液,还是等开腹探查后再说吧。"

晓米想想也对,立刻把小丁送回医院,并让苏姗姗主刀。结果不出所料,右侧卵巢见到妊娠物,不仅大于正常体积,还与子宫侧壁广泛粘连,而阑尾却一切正常。

下班后,晓米没着急回家,而是约了韩飞一起吃早饭。虽然这个决定让晓米自己也觉得有些突兀,但她还是想表示一下感谢。如果真的听信了苏姗姗和那个二把刀外科医生的话,小丁不仅会白白挨上一刀,还可能因为卵巢破裂出现生命危险。

　　"感谢的话我就不想多说了。"晓米在医院餐厅买了两份豆浆油条,坐在韩飞对面说,"妊娠卵巢过度刺激引发的腹痛,和急性阑尾炎很相似,你怎么就看出来了呢?"

　　"这个啊。"韩飞也不客气,喝了一口豆浆,才装出一副不太明白的样子,说,"是啊,我是怎么看出来的呢?嗯,也许是觉得和昨天那个初中女生一样吧。"

　　"小丁的这个症状,和那个女生并不完全一样啊。"晓米觉得对方没有说实话,看着他又说。

　　"噢,是吗?"韩飞避开晓米的目光说,"那就是我瞎猜的。"

　　"你要是不想说就算了。"晓米苦笑笑,"我想请教你件事。"

　　韩飞立刻做出一副谦虚的模样,说:"请教不敢当,但愿不会让你误入歧途。说吧!"

　　"如果我受了什么处分,比如说记大过、甚至被开除,那我在诉讼中坚持自己的意见,是不是就没人相信了?"

　　韩飞没回答,却问:"你是说切除子宫的事吧?"

　　晓米一愣:"你是怎么知道的?"

　　"听苏医生说的。"

　　"她倒是什么都告诉你啊。"

　　"朋友嘛。"韩飞笑笑说,"当然要在一起说说话啦。"

　　"她是你的女朋友?"晓米没加思索就脱口问。

　　"准确地说,应该是女性朋友吧。"

　　"难道不一样吗?"

　　"当然不一样了。"韩飞认真道,"现在说的女朋友,其实是恋爱中的女友。可我们不是啊。"

　　晓米心里想:苏姗姗这种人,大概不会看上一个救护车的司机吧。但现在不是八卦的时候,于是说:"你还没回答我的问题呢。"

　　"这个……应该不会吧?"韩飞想了想才说,"假如真是你的错。对不起,我说的是'假如'啊,你真的犯下那样的错误,也不会等于你以后做的事都错了,对吗?"

"当然。"晓米有些沮丧道,"可给人的印象会大打折扣啊?"

"那也不一定啊。"韩飞立刻回答,"有的人大胆承认自己的错误,反而会赢得人们更多的信任,这种事也不少啊。"

"可这件事我很难说清楚。"晓米不太有把握地说。

"那就只说自己清楚的事。"韩飞说,"哪些是自己的责任,哪些不是,一定要想清楚。"

"如果这么说,发现子宫是完好的,可我还是把它切除了,这是我的错。"晓米一边想着一边说,"可诊断不是我做的,我只是在执行教授的指令,而且当时在手术台上,我也没有拒绝的权利啊。"

"那就不能怪你了。"韩飞毫不犹豫道,"如果有上级医生在场,手术中出现问题应该追究上级医生的责任。这是一个基本原则。"

"可我真的很自责。"

"这是你个人的事,情感的事。"韩飞说到这里,又想了想说,"从前看过一部电影,名字记不清了,但有个情节很难忘。我方的一个女战士开枪打死了不少敌人,后来打扫战场,发现在敌人的尸体中有一个是被迫带路的孩子,是她的弟弟。"

"后来呢?"晓米紧张地问。

"后来的情节都忘了,就记得那个女战士很痛苦。你想想,这能是她的错吗?"

"可那是战场啊。"

"手术室难道不是战场吗?"韩飞反问。

"可还是不一样。"

"也许吧。"韩飞接着说,"但是我想,教授决不会把切除子宫的事当儿戏,一定有什么原因。"

晓米想起钟悦的话,于是点了点头,说:"听你这么一说,我心里也轻松一些了。你还真会开导人,怎么会当司机呢?"

韩飞立刻问:"司机怎么了?地位不如你们医生,对吗?"

晓米觉得这个话题会伤害对方的自尊心,便说:"算了,我们不谈这个吧。"

"不,既然说了,我倒很想和你说说这件事呢。"韩飞坚持道,"不然,你对那个门卫有偏见,这官司就打不成了。"

"门卫?"晓米奇怪道,"我怎么就对他有偏见?"

"嘀,你们俩聊得可真起劲啊。"不等韩飞答话,晓米就见苏姗姗端了一份早餐走过来,一屁股坐在韩飞的旁边,看着他问,"可以说给我听听吗?"

"我们在说那个复合妊娠呢。"晓米不想让别人知道她和韩师傅谈的事,于是抢在前面说,并给了韩飞一个眼神。

"是在说我误诊吗?"苏姗姗看着韩飞问。

"这倒没有。"韩飞没理会晓米的暗示,对姗姗说,"晓米医生好像对我的职业有点看法,奇怪我为什么会当司机呢。"

"是啊,我也很好奇,你知道的事还真不少啊!"苏姗姗说着就凑近了韩飞的耳根,小声道,"是不是乱泡妞,被医院给开除啦?"

韩飞就笑了起来:"你说是,就是吧。"

"真的吗?"苏姗姗大笑,"是不是头儿的老婆啊?"

晓米可不想看他们调情,于是马上站起来走了出去。但没走多远,就见韩飞追了出来。

"话还没说完呢。"韩飞认真说,"你找我,是不是想说说那个官司的事啊?"

"现在不想了。"

"为什么?就因为苏医生和我说话比较随便吗?"

晓米径直往前走,一边说:"你们的事,我不感兴趣。"

"不要这样好不好?"韩飞说着抓住晓米的衣服袖子,迫使她站住说,"我知道,你是想找个人商量。"

"可我不一定要找你啊?"晓米说着,就看了看衣服袖。

韩飞便松开手说:"可钟医生要出国了,你的好朋友又去国外度蜜月了,你还能找谁啊?"

"你还真的什么都知道啊?"晓米奇怪极了,"你在跟踪我吗?"

韩飞却说:"我们司机平时很无聊,不说说你们医生的事,这日子也没办法打发啊。"

"好吧,那你说,我该怎么办?"

"首先,你不能对那个家属有偏见——我是说那个门卫。"韩飞看到有人走过来,就说,"我们找个地方,出去说吧。"

"我对他的职业不是有什么偏见,我是看不惯他。"晓米跟着韩飞走到外面一个没人的走廊,说,"妻子死了还没几天,就搞上别的女人。打官司也是为了钱。你说这种人我该怎么看?"

　　"那你认为,他要等到什么时候搞女人才合适呢?"韩飞笑了笑问。

　　"至少要等亡妻安葬以后吧?"

　　"要是一直不安葬呢?"

　　"你这不是故意抬杠吗?"晓米说着生起气来。

　　"还有钱的事。"韩飞却并不理会晓米心情的变化,继续说,"一个活生生的人死了,好不容易讨来的老婆突然没了,不该要些赔偿吗?我倒是觉得他开的价太低了,对犯下医疗事故的医院和医生,应该重罚才是啊!"

　　晓米没有搭腔,但认为对方说的话不无道理。

　　韩飞继续说:"至于院领导找你谈话,说那子宫切除的事,无非就是一个目的,让你知难而退,别再插手这个官司。"

　　"是,我想就是这个意思。"晓米这时点了点头说。

　　"另一方面,他们会让病人家属撤回再审的申请。那个律师很可能已经和被告沆瀣一气了。"

　　"确实是这样。"晓米有些着急了,问,"那你说,我该怎么办?"

　　"那就别打官司了。你还当你的产科医生,至于羊水栓塞,下次吸取教训,也只能如此了。"韩飞说完,就把双手摊开,做出一副无可奈何的样子,转身走开了。

# 第十二章

晓米在回家的路上一直在想韩飞这个人,连地铁过了站都没察觉。

这家伙现在好像不那么令人讨厌了,居然看出了误诊,还知道手术由上级医生负责的原则,他到底是什么人呢?就算他经常与医生和病人接触,但人家都说是麦氏点了,你一个司机竟然敢给带队医生打电话,如果不是怎么办?另外,说的词儿也很文化,什么"沆瀣一气",这可不是人人都念得出来的啊!当然,最让晓米意外、甚至很佩服的,还是他说的那些道理。是啊,一个活生生的人死了,不该要求更多的赔偿?不该对犯下错误的医生进行惩罚吗?至于最后说的那句话,看起来很市侩,但看他的神情,说是"激将法"也许更合适呢。反正,和他说话还挺有意思,有挑战性,不像钟悦老是一味地讨好,也难怪苏姗姗会找他交朋友了。

晓米是个谨慎行事的人,大凡重要的决定,都会找人商量,就如一些重要病情的诊断,虽然早就拿定了主意,但还是会做个会诊。现在她碰到一个难题,就是如何说服那个家属再审。卢大成他们显然已经做了工作,律师也站到了对立面,那家属还能再改变主意吗?听韩飞的意思,是要从钱上做文章,可要给多少?怎么给?这对晓米来说,还真的有些不知所措呢。

俗话说,朋友用时方恨少。晓米平时能够信任并谈得来的,也只有

150

安萍和钟悦。但现在一个是新婚蜜月,一个要带队考察,打扰谁都不合适。晓米心里想,实在不行,也只好厚着脸皮去找韩飞了。但这个人凭什么要帮你呢?再说刚才已经谈过一次了,老去找人家好吗?

晓米从地铁口出来,小跑着进入小区。十二月的气温虽然还不是太低,但北风吹到脸上已经有了刺一样的感觉。她没坐电梯,直接走到14层,这是她健身的一个办法,虽然有些气喘,但身上却暖和多了。开了公寓的门,她把包随便扔到茶几上,然后脱了外衣,就像口袋一样倒在柔软的沙发上。她准备休息一会儿再写昨晚的病历,然后睡上一觉,等精力充沛了,再去想那个官司的事。

"人在太累的时候是想不出什么好主意的。"这是她从小就听爸爸说的,后来好多事都证明这话说得一点也不错,这次也希望如此吧。晓米这么想着,就欠起身,从茶几的抽屉里拿出一个小相框,里面夹着父母亲的一张照片,是他们在谈恋爱的时候拍的。上面的母亲比现在的自己还年轻,天真无邪的大眼睛很认真地看着镜头,而父亲则搂着她的肩在大笑。

多少年来,她都是看着这张照片想象着一家人的幸福生活。如果母亲没有死,她会让妈妈讲故事哄着入睡吗?星期天,会跟着妈妈一起去游乐园骑叮当作响的电动木马吗?妈妈会不会像其他家长一样,站在学校大门前等着她出来,然后带她去吃麦当劳吗?所有从电影里或是同学那儿看到的情景,都在晓米脑子里闪现过,但却从来没有实现过一次。中学时寄宿,父亲有时会开车过来接她,但很快就被她拒绝了。因为那时她已经知道妈妈去世的原因,她做不到让父亲拉着自己的手走向停车场,尽管只是一小段距离,她也觉得很害怕。尽管她不知道害怕什么。

等她上了大学,父亲就走了,而且不常联系。随着年龄的增长,她有时候会想起父亲,想他在做什么,会不会笑。事实上,自从她出生以来,还从来没有看到父亲像照片上那样开心地笑过呢。

在这个世界上,对绝大多数的孩子来说,有父母的生活是多么的寻常,甚至有人会觉得寻常令人厌烦,于是就出现了争吵,甚至离家出走,要将一个完整的家抛弃。可对晓米来说,她一天也没有在父母面前生活过啊!而这一切,都是因为那个该死的羊水栓塞,因为父亲所做的那个不规范的切口……

一阵轻轻的敲门声,打断了晓米的思绪。她开门一看,原来是钟悦。他背着包,拖了个较大的行李箱,一副要出远门的装束。

"我是下午3点的飞机,一会儿从你这儿直接去机场。"钟悦说着,就走了进来。又说:"我有重要的事情和你说。"

"可我……"晓米本来想说要睡觉了,可见他已经进来,只好说,"你想说什么?不能等你回来吗?"

"不会影响你休息的。"钟悦拿起茶几上的照片,看了一眼,放回原处才说,"昨天一夜没有睡,要是在家里,怕闹钟不能起作用,误机就麻烦了。"

晓米给他倒了杯热开水,问:"怎么会一夜没睡呢?"

"开完会,我就在那家属门口等。"钟悦坐下说,"可他不知去哪儿玩牌,一直到天亮才回来。"

"你去找那家属了?"晓米有些意外。

"不去找他谈,怎么会再审呢?"

"他同意了?"晓米抱着一线希望问。

"没有。"钟悦沮丧道,"怎么劝也不听,想想还是觉得要跟你说一声,就去了医院。结果听苏医生说你跟司机出去了,这才来你这儿。"

晓米苦笑笑,觉得钟悦出国前还在忙着她的事,就有些感动,说:"昨天不是已经说过了,那家属肯定被洗了脑,再劝也没用。"

"我看关键还是那个律师,他要不捣乱,家属还是会同意再审的。"

这都在预料之中,于是晓米心里想:这些话也用不着专门跑一趟啊。于是说:"我刚回家,一会儿还得写病历。昨天遇到个病人,竟是原来手术室的小丁。但现在我不想说这些了,我至少得睡4小时。"

钟悦听出是在赶他走,连忙说:"我说完就在沙发上躺一会儿,你该干嘛还干嘛。我真的一会儿就走。"

晓米怀疑道:"你还有什么话要说吗?"

"是啊,真的很重要啊。"

"那你快说吧。"

"昨天开会,我遇到一个熟人,他说了孙小巧的事,让我很吃惊。"

"孙小巧?"晓米不解地问,"她有什么事啊?"

"他和孙小巧原来是情侣,都已经谈婚论嫁了,可现在却理也不理。"

"那又怎么样？"晓米对这种事一点兴趣都没有，"今天如胶似漆，明天就分道扬镳。这种事现在还少吗？"

"我那熟人说，孙小巧在车祸前可不是这样的。"

"车祸？"晓米奇怪道，"什么车祸啊？"

"去年春天，孙小巧拿到毕业文凭后，应聘实习，她姐姐陪她去报到，结果路上出了车祸，她只受了点轻伤，但姐姐却去世了。"

"你是说，她受到强烈刺激？"晓米想起孙小巧考核时不可思议的记忆能力，看着钟悦说，"就像电影一样，不知是哪些脑神经被撞了一下，能过目不忘？"

"不是这样。"钟悦摇摇头，道，"我那熟人说，车祸以后的孙小巧，他根本不认识。"

"什么？"晓米大吃一惊，"破了相吗？"

"他们在一起好几年了，即使破了相，还能不认识吗？"

"那是怎么回事呢？"

钟悦过了会儿才说："可能是调了包。"

"调包？"晓米一下糊涂了，"谁跟谁调包啊？"

"姐姐跟妹妹啊！"

"你是说……"晓米瞪大了眼睛想了想，"你是说，死的不是孙小巧的姐姐？是她本人？"

"孙小巧和她姐姐只相差一岁，长得也很像。听说家在农村，条件不好，只能供一个人上大学。现在好不容易毕了业，却出了车祸不在了，你让她姐姐怎么想？"

晓米愣了一会儿才问："真的会有这种事？"

"开始我也不相信，后来越想越像。"钟悦很有把握地说，"你看，自那次车祸后，孙小巧休息了一年多才上班。我估计是在家恶补教科书，把一些知识答题，包括一些临床常识背得滚瓜烂熟，却没有任何实践经验。"

晓米点点头："那她得背多少书啊？"

"农村的孩子能考上大学的，一般记忆力都很强，我前年参加高考阅卷听医大的人说过。说不定，孙小巧的姐姐还真的是这方面的天才呢。"

"听你这么一说，还真的有这个可能。"晓米看着钟悦问，"你是想揭发她吗？"

"揭发？"钟悦反问道。

"是啊，明明不是医大的毕业生，将来却要从事医疗工作，会不会草菅人命啊？"

"我还没想到这一层呢。"钟悦说着，就在沙发上躺下来，道，"你做你的事，我就在这儿睡一会儿。"不过，他一会儿又坐起来问："要不，我们利用她一下？"

"利用？"晓米不明白钟悦的意思。

"她不是卢大成派来的吗，说不定就是来监视你的。现在我们知道了她的秘密，可以让她把卢大成那边的事也一点儿不漏地告诉我们，你说怎么样？"

"不行不行！"晓米马上说，"这不是敲诈吗？我觉得孙小巧还是很单纯，怎么能逼她当间谍？亏你想得出来。"

钟悦叹了口气说："那就算了。当我什么也没说。"

"可是，如果真的像你刚才说的，我们团队还能继续用孙小巧吗？"

"这还用说吗？如果出了事，负责任的是你啊。"钟悦见晓米不吭声，想了想才问，"晓米，是不是有人喜欢上你了？"

晓米听了很不高兴道："钟悦，你也不看看我现在是什么情况，还有工夫想那些乱七八糟的事吗？"

"这样当然最好了。"钟悦说了一句，就在沙发上躺了下来。

晓米没再说什么，就进了房间。她先把昨晚的病历写了，然后就上床想孙小巧的事。如果钟悦说的是真的，那这种人肯定是不能用了。但如果这样，她的一辈子不就给毁了吗？以前可听说过不少农村孩子上不起大学的事，孙小巧的姐姐会不会也是这样呢？家里只能供养一个大学生，所以只好牺牲自己。现在妹妹没了，不仅要承受失去亲人的悲痛，而且多年来家里要出一个医生的梦想也顿时化为乌有。在这种情况下，她才不得已作出如此选择，难道不值得同情吗？但是，医生可不是一般的职业，病人们可是把命交到你的手中啊！也许正因为如此，医科大学的学习时间才会更长，考试也更为严格，怎么可以冒充呢？

想着想着，她开始迷糊起来。不知过了多久，她听到外面有了一些响动，便披了件衣服走了出去。一看，钟悦和他的行李箱已经不在了。

154

茶几上有把钥匙,压着一张字条,上面只写了一行字:"安萍让我把钥匙还给你,以后我也不会再来了。"

晓米感到一阵心酸,揣测着钟悦在写这张字条时的心情。就在被她无情地拒绝之后,就在出国前,他还在为自己的事操心,甚至整夜不眠,这样的男人你还能在哪里再找到呢?她突然有了一种冲动,想到机场去为钟悦送行。对,这样肯定会给他一个惊喜!但就在晓米准备穿衣服的时候,突然收到韩飞的一条短信,说他愿意一起去见那个家属。

看到韩飞去追雷晓米,苏姗姗本想跟出去,可就在那会儿,看到钟悦在餐厅里四处找人,被问的人还一口一个"钟主任"地叫着,突然心血来潮想作弄他一下,便又重新坐下,喝起豆浆来了。

"苏医生,您知道晓米医生去哪儿了吗?"果然不出苏姗姗所料,钟悦不一会儿就走到自己身边,很客气地问。

"您是……"苏姗姗抬起头,装着很意外的样子打量着对方。

"我是新生儿科的,叫钟悦。"

苏姗姗不冷不热道:"我们认识吗?"

钟悦迟疑了一下才说:"好像……没有说过话。但我认识您。"

"我也听说过您。"苏姗姗笑了笑说,"上次你为了我们头儿,跟司机打架来着。是吗?"

钟悦尴尬地咧了咧嘴:"不好意思,让您见笑了。"

"别啊,我倒觉得挺有骑士风度。"苏姗姗用讽刺的口吻道,"现在这样的男人可不多了。"

"这个……"钟悦含含糊糊地嘟哝一声,又问,"您真的不知道她去哪儿了?"

"知道。她现在正跟一个男人谈话呢。"苏姗姗说,"最好别去打扰。"

"那就谢谢了。"

钟悦说完就要走,却听苏姗姗说:"为什么不坐下聊一会儿呢?"

钟悦想了想才在对面坐下,说:"你们团队挺辛苦的。"

苏姗姗笑了起来:"这种开场白也太老套了。"

"那你想聊什么呢?"钟悦不太高兴地说。

"我们年龄都不大,直截了当些,你不反对吧?"

"好吧，我洗耳恭听。"钟悦不软不硬地说。

"你是在追晓米医生吗?"苏姗姗看着钟悦问。

"这可属于隐私啊。"钟悦本能地看看四周，虽然没人注意，却还是压低了声音不满道。

"不是隐私我还不感兴趣呢。"

"要是我不想回答呢?"钟悦显然很反感。

"要是不回答，将来一定会后悔。"苏姗姗接着说，"我是在帮你呢。"

"帮我?"钟悦不解地问。

"这个秘密，只有我知道。"

钟悦看着苏姗姗，犹豫了一下才说:"好吧，我是有点那意思。现在你说吧，什么秘密?"

"有人已经在喜欢她了，而且她似乎也不反对。"苏姗姗拿腔拿调道。

"谁?"

"你猜不出来吗?她身边的男人不多啊?"

"你不会说，是那个司机吧?"

苏姗姗笑了起来:"这么说，你也觉察到了?"

钟悦也笑了笑说:"这不可能。"

"为什么不可能?"苏姗姗反问道，"韩飞长得不帅吗?"

"帅算什么?"钟悦正经道，"像晓米这样的人，她考虑得最多的，还是要有共同语言。"

"你怎么知道他们没有共同语言呢?"苏姗姗轻蔑地哼了一声道，"我们的这位韩师傅可不一般，他懂得可不少呢。人又那么潇洒，风度翩翩，对一个大龄剩女来说，可太有杀伤力啦。"

钟悦暗自思忖:这话也不是全无道理。但他实在受不了苏姗姗说话的口气，每句话都可能含着一根刺，说不定什么时候就在你心上来一下。再说了，他们关系不熟，谈这个话题也显得很别扭。于是就不大客气地说:"听苏医生的意思，您是在吃晓米的醋吧?"

"什么?我吃醋?"苏姗姗装模作样扭动了一下身子，自夸起来，"实话跟你说吧，韩飞就是我介绍过来的。这种男人对我来说，只是招之即来、挥之则去。你懂吗?"

"我懂。您是院长的千金,当然大家都要另眼相看啦。"钟悦说完,也不道别,站起来就走了。

这倒是苏姗姗没有想到的。这些天来,她心里一直不痛快。本以为韩飞在录用后会顺杆子爬过来跟她套近乎,她再看具体情况来点儿刺激性的游戏,比如躲在哪儿亲个嘴,甚至再过分一些也不会拒绝。没想到这家伙不是那块料,一点主动性都没有。而她却已经坐在他床上聊天了,这种暗示还不明显吗?当然,要一本正经跟这种人谈恋爱她也做不到。就像许多女人一样,喜欢归喜欢,要结婚就是另外一回事了。

钟悦这个名字对苏姗姗来说并不陌生。母亲说过几次,特别是打起官司以后,也常听别人提起,知道他是雷晓米的得力帮手,和母亲不是一派人。苏姗姗虽然对官司的事不太关心,但站在母亲一边的立场却很坚定。所以,对原告一方的人至少不会有什么好感。这也是今天想拿他来开开心的一个原因。不料心没开成,还被逼着吹了牛,结果却被嘲讽了一下,真是糟糕透了。

从餐厅出来,苏姗姗看到刘一君,便问:"小儿科那个姓钟的主任你熟吗?"

"熟啊。"刘一君奇怪地看着她,"怎么了?"

"他是不是跟雷晓米有一腿啊?"

刘一君愣了愣,忙把姗姗拉到一边,问:"你跟他吵架啦?"

"没有啊。刚才他来餐厅找人,我好心劝了一句,结果很不懂道理。这个人,是不是有毛病啊?"

刘一君揣测着苏姗姗的真实想法,盯着她看了一会儿才说:"怎么,你对他有兴趣?"

"谁对他有兴趣啊?"苏姗姗拖长了声调说,"这个人,简直是讨厌极啦!"

"这就对了。"刘一君笑了笑说。

"什么对了?对什么呀?"苏姗姗着急道。

"就是说,你喜欢他呢。"刘一君说,"很多良缘都是这么开始的。"

"真是胡说八道。"

"你嘴上不承认,可心里就是这么想的呢。"刘一君宽容地笑了笑,摆出一副心理大师的派头说,"如果你真的不喜欢,那就根本想都不会想。这在心理学上,叫记忆的抗拒。相反,你要是喜欢上一个人,就会反复出现他的信号,会关注他、打听他,想知道他更多的事。而对女性而言,为了保护自己的感情不受伤害,往往把爱说成恨,把喜欢说成讨厌。生活就是这样……"

"得了得了!"苏姗姗打断道,"这一套只能骗骗小女生,你以为我没学过心理学啊?"

"好好好,我是班门弄斧,你自己明白就好。"刘一君连连点着头,又耍着心眼儿说,"其实他只是晓米一个好朋友的准老公。"

"准老公?"姗姗差点儿叫了起来。

刘一君看着姗姗惊讶的表情,偷偷乐了一把。不过,对院长的女儿可不敢过分,应适可而止,便凑近小声道:"不过呀,听说他那个准老婆已经嫁人了,嫁给她那家医院的董事长,大她十来岁呢。"

"真的?"姗姗眼睛又亮了起来,"怪不得这么明目张胆去追别人了。"

"你是说晓米吗?"

"不是她,还有谁呢?"

"这倒没看出来呢。"刘一君认真想想说,"他就是想帮着晓米摆弄那官司吧?"

"看来,你对情场上的事儿还真是一窍不通。"苏姗姗嘲笑道,"男人想帮女人,只是为了哥们儿关系吗?"

"是是是,表面现象,表面现象。"刘一君哈着腰连声道,又狡猾地看了苏姗姗一眼说,"钟主任今天要出差,你要是真想修理他,等他回来,我想办法给你安排。"

姗姗却冷笑着说:"我会稀罕这种人吗?"

回到家,苏姗姗放了一浴缸热水,舒舒服服地躺了进去,一边享受血脉张开的快感,一边闭着眼睛想:"这个钟悦长得不如韩飞,还有点儿小脾气,却也不讨人嫌。细皮嫩肉的,看来家庭背景不会差。另外能当上主任,说明学历也不会太低。如果拿来当老公,应该是个不错的人选,为什么不考虑一下呢?"

"一个司机怎么能让她回去上班?你怎么不及时通知我呢?"卢大成板着脸,看着孙小巧问。

"如果不叫晓米医生来上班,那个病人可能就误诊了。"孙小巧怯生生地小声辩解着。

几分钟前,孙小巧按时来到卢大成的办公室,把一晚上的出车和急救情况都作了汇报。卢大成一听说晓米又回到D79就发起火来。

"后来呢,后来他们都说什么了?"

"后来……"孙小巧想了想说。"他们谈的都是诊断上的事。"

"没谈别的?"

孙小巧连忙说:"对了,下班后,晓米医生约了韩师傅去吃早饭。"

"噢?谈了些什么?"

"我没跟了去。"

"为什么不跟着呢?吃早饭,你完全可以坐在另一张桌子上。这些事,难道还要我一件件地教你不成吗?"卢大成不满地瞪着眼道,"早知道这么没用,也就不要你了。"

"卢院长,千万别赶我走啊。我求求您了。"孙小巧说着就哭了起来。

"不是我要赶你走,是你根本就没有资格来这儿做事!"卢大成恶狠狠地说,"好吧,就再给你一天的机会,如果还是什么也打探不到,也只好公事公办了。"

从卢大成办公室出来,孙小巧看到了胡世生。显然,他已经等了一会儿了。

"你怎么了?"胡世生关切地问,"怎么哭了?"

"没有啊。"孙小巧掩饰道,"风吹到眼睛里。"

"风?"

"是刚才在外面。"

"要是不太困,我们去吃点东西吧。"胡世生邀请道。

"可我……"孙小巧有些迟疑。

"走吧走吧,我有话要跟你说呢。"

胡世生不容孙小巧拒绝,就拉着她走了出来,并上了一辆出租车。

"我们去哪儿啊?"

胡世生对司机说了个地点,才笑着说。"怎么,怕我把你卖了?"

"不是啊。"孙小巧可一点儿也笑不出来,"我还有事呢。"

"是不是卢院长让你做什么?"胡世生小心翼翼地问。

"不是。"孙小巧忙摇着头说,"是我自己的事。"

胡世生热情道："那就说说看，也许我能帮你呢。"

"这事谁也帮不了。"孙小巧苦笑着道，"胡医生，你千万别误会。"

"误会什么？"

"误会卢院长，其实他对我挺好的。"

"他可是我们的领导，怎么会误会他呢？"

出租车在一个叫"百合茅屋"的酒楼前停下，孙小巧跟着胡世生走进大门，却见一个笨重的水车在缓缓转动，哗哗作响的水柱顺着木槽从高处冲下，溅起无数的水花，却一点也不会沾湿客人的脚。

现在离午餐的时候还早，大厅只有几个老年人在靠窗的雅座上喝茶。中央的一张方桌铺着洁白的台布，旁边是一间装饰用的小屋，低矮的屋檐上还放着几捆散发着清香的稻草，还真有几分乡村的情趣呢。

服务员把他们领到那方桌前就走开了，只剩下他们两人，孙小巧不由得拘谨起来。

"胡医生，把我带到这儿来干什么啊？"

"你先说说，这儿像不像你的老家？"胡世生笑了笑问。

"我老家可穷了。"孙小巧不好意思地说，"哪能和这儿比啊。"

"有人说，越是穷的地方，生出的女孩就越漂亮。"胡世生看着孙小巧说。

"胡医生太会说笑了。"孙小巧躲开对方的目光说。

"我老家也是农村，可穷了。"胡世生认真道，"长什么都不成，只能长草。不过后来才发现，那些草都能入药。"

"后来呢？"孙小巧挺感兴趣地问。

"后来，我爹就开始卖这种药草，做起了小本买卖，我才能上了大学。"

"大家都不容易啊。"孙小巧同情道，"说起来，我们家还可能好一些呢。我爹除了种地，还包了一个鱼塘，能多两三千元的收入呢。"

"是吗？"胡世生点点头，过了会儿才说，"今天请你来，是想问几个问题。你可以不回答，但一定不要骗我，行吗？"

"你想知道什么呀？"孙小巧有些不安地问。

"先说说，我这个人怎么样？"

孙小巧天真地看着，说："你是医生啊。"

"医生怎么了？"

160

"我觉得,能当医生的人都是好人。"

胡世生追问道:"为什么呢?"

"因为医生做的事就是救死扶伤。"

胡世生笑了笑说:"可人和人还是不一样啊,我是问你对我个人的印象,比如说,我能不能当你的哥哥?"

"我可没这福气。"孙小巧也笑了笑说,"我还真想有个你这样的哥哥呢。"

"那太好了。"胡世生说,"前几天,我打听过你的一些情况。"

孙小巧立刻紧张起来,问:"你,你打听到什么呀?"

"我知道你父母都有病,最疼你的姐姐也出车祸不在了。对吗?"

"是。"孙小巧轻声回答。

"虽说你刚毕业,才25岁,但从农村的习俗来看,也不小了。对吗?"

"可不是嘛,在老家,20岁就嫁人了。"

"那你想不想嫁人呢?"

"我?"孙小巧看了看胡世生,没再说话。

"就是说,也想嫁。对吗?"

孙小巧过了会儿才说:"如果胡医生想给我介绍对象,就请别说了。"

"为什么呢?"

"我不想让别人介绍。"

"想自己找,对吗?"

孙小巧低着头说:"是……是这个意思吧。"

"那你能不能嫁给我呢?"胡世生说完,就坦然地看着对方。

孙小巧一下涨红了脸,忙说:"胡医生开玩笑吧?我不过是来实习的。"

"实习生就不能成家啦?"

"可您是个医生呢。"

"用不了多久,你也会成为医生啊。"

"可是……"孙小巧为难地咬了咬嘴唇才说,"我的事,你还不了解。"

"那就说出来,让我了解一下啊!"

"这个……这个我不能说。"

"很严重吗?"

"是的,很严重,但我不能说。"

"可你能干出什么来呢?"胡世生不依不饶地说,"不瞒你说,你的事,我基本上都知道。"

"可还是有你不知道的。"

"那是什么呢?"胡世生想想说,"是不是生理上有缺陷,不能生孩子?"

"那倒不是。"孙小巧马上说,"我身体好着呢。"

"那……"胡世生突然想起什么,选择着字眼说,"是不是……有什么违法犯法的事?"

孙小巧过了一会儿才说:"可能……是吧。"

胡世生一狠心,紧张地问:"你杀过人?"

"没有啊!"孙小巧吓了一大跳,慌张起来,"你怎么……这么想呢?"

"那就没什么大不了的事了。"胡世生听她这么说,像是一块石头落了地,轻松起来。"今天请你来,就是向你求婚的。"说完这句话,胡世生就站起来,走到小巧身边,单腿跪下道,"我胡世生区区一个麻醉医生,没什么才华,长相一般,但第一眼就爱上了你,知道会和你白头到老。你要愿意,我们今天就去登记,永不后悔。"

孙小巧一时不知如何是好,眼泪却一下奔涌出来,过了会儿才拉着胡世生的手说:"这是做什么啊?我又不是城里那些姑娘,用不着这样呢。有什么话,快起来说吧。"

"你不答应,我不会起来。"胡世生像是下定了决心,一动不动道。

"要我答应什么啊?"

"说你愿意嫁给我。"

"这么大的事……"孙小巧慌乱道,"你问过你的父母,他们会同意吗?"

"这些都不是问题,我只想听你一句话,到底是愿意,还是不愿意?"

"我怎么会不愿意呢。"孙小巧呜咽着说,"可你根本就不了解我,娶了我,你会后悔啊!"

"那就看看,到底谁后悔。"

胡世生说着就站了起来,拉着孙小巧走了出去。不远处有座豪华大酒店,胡世生要了一个房间,把不知是因为高兴还是害怕的孙小巧匆匆带了进去,拉实了窗帘,就把她的衣服脱了……

　　孙小巧顺从地听他摆弄,只是在最后一刻才抓住胡世生的手说:"你可要想好,我长到今天,还是个清白的女人,现在做了这种事,我就一辈子赖上你了。"

　　"赖吧。我还怕你不想赖呢!"胡世生一本正经地说。

　　"那就……那就……"孙小巧说着就抱紧了胡世生,闭上眼,再也不说话了。

　　事后,孙小巧依偎在胡世生的怀中,喃喃道:"刚才我说的话不作数的,你放心吧,如果你觉得我不好,我就走开,决不会赖上你的。"

　　胡世生默默地掉下泪来。"老天啊,我怎么会有这么好的运气,能遇到这样好的女孩,这是为了什么啊……"他说到这儿,擦了擦眼睛说,"都到什么时候了,我们出去吃饭,怎么样?"

　　孙小巧却突然跳起来,穿着衣服说:"坏了坏了!我得赶紧走了!"

　　"去干什么?"胡世生却不想起来,懒懒地问。

　　"以后再告诉你。"孙小巧说完,就匆匆走了出去。

## 第十三章

　　晓米没有去送钟悦,而是和韩飞会成一路,直奔那家属住的地方。

　　路上韩飞说:"一会儿你什么也别说,我自有安排。"

　　晓米有些好奇:"不能透露一点吗?"

　　韩飞笑笑说:"到时候就知道了。"

　　不知为什么,有个男人在身边,她不由自主地感到一阵轻松,虽然不知道用什么办法才能说服家属提请再审,但从韩飞的表情来看,还真的有点志在必得呢。

　　看到韩飞熟门熟路的样子,晓米又忍不住问:"你怎么知道他住的地方啊?"

　　"只要想知道,就能知道。"韩飞还是不正面回答。

　　没多久,他们来到那门卫住的地方,敲开门。那门卫看到晓米,就斩钉截铁道:"你们哪来哪去,这个官司我不会再打了。再打我是你孙子。"

　　屋里女人也帮着道:"你们老来做什么,我们还要做饭呢。"

　　晓米一筹莫展,韩飞却带着笑说:"马路对面有家很不错的饭馆,你们想吃什么自己点,我埋单。"

　　这话还真有杀伤力。那两口子商量了一阵,才装着老不情愿的样子跟了出来。一路上尽嘀咕："请也是白请,官司的事谈也甭谈。我可是把话先撂这儿,别到时候后悔我可不认账。"

那家饭馆规模不小,靠窗的一排雅座打着隔断,都是沙发座。韩飞拉着晓米先在一边坐了,门卫和他的女人就坐在对面。服务员上来送菜谱,他们也不客气,翻了翻就点了起来,还说:"吃不了的我可要带走啊。"

"带吧,带吧,挑贵的点。"韩飞还是笑着说。

门卫有些不放心,说:"你付钱啊。"

韩飞便掏出一张银行卡交给服务员,说:"我的客人胆儿小,你先查下余额。"

服务员操作完连声说:"够了,足够了。"

门卫听到服务员这么说,一口气就要了十几道大菜。

女人踢了他一脚,小声说:"吃人家的嘴短,你可要想好了。"

那门卫却故意大声说:"反正我是有言在先了,不吃白不吃。"

晓米一声不吭,看着韩飞想:这家伙还真有一套,能抓住对方占便宜的弱点。不然,肯定叫不出来。不过,人家可是都把话说死了,要再提请再审,可能吗?

菜很快就被端上来,都是些大鱼大肉。那两位也不谦让,每样都挑着精华下手,然后就让服务员打包。等到两个塑料袋都装满了,那门卫才抹了抹嘴问:"你们怎么不吃啊?"

"我们吃过了,今天就是专门来请你的。"韩飞说完,就看着晓米问,"要不也吃一点儿?"

"我喝茶吧。"晓米应了一声便喝起茶来。其实她早上只顾和韩飞说话,点心根本没有动,起床后也没顾上吃东西,肚里正唱空城计呢。不过,她却不想和那门卫一起进餐,只希望这个过场能早些过去。她看了看韩飞,意思是说:怎么还不开始呢?

但韩飞却不着急,用筷子夹了一块肉津津有味地嚼了起来,过了一会儿才说:"大家都认为小里脊最嫩,但好吃的还是前腿肉,就是炒着吃也很香。"

"你说的一点儿也不错。"那门卫饶有兴趣地答话道,"前腿有嚼头,再带点肥肉,那可不是一般的好吃。"

"酱肘子呢?"韩飞像个地道的吃货,咂着嘴说,"那可是下酒的

165

好菜。"

"可不是嘛,要说下酒菜,海鲜吃起来太麻烦,还真的不如猪牛羊肉那么爽快。"

晓米不想听他们胡诌,就四下打量起来。现在不是饭点,客人很少,门卫背面的隔断里坐着一对五十来岁的夫妻,他们默默地喝着茶,看样子是在消磨这个悠闲的下午。此外就没有什么人了。

"我去下卫生间。"

晓米欲站起来,却被韩飞阻止道:"我们跟这位兄弟说几句吧。"

"哈哈,你们说什么都可以,就是别说官司和律师。"那门卫干笑两声,很有防备地说。

"噢?"韩飞装着很好奇的样子问,"你怎么知道我们要说那个律师呢?"

"我又不傻。"那门卫说,"要打官司,要撤诉都是那律师的主意。你们来,当然是问这事了,对不对?"

"我们还真的不是要问那个律师呢。"韩飞说。

"那你们要问什么?"

"就想问两个问题。"

"你问吧。"那门卫摆出一副死猪不怕开水烫的架势说。

韩飞这时从口袋里拿出一张纸,放在门卫面前说:"如果你不想再打官司,不愿当原告,就在上面签个字。以后,我们也就不再来找你了。"

那门卫拿起那纸看了看,问:"就这么一句话吗?"

"是啊,就这一句话。"韩飞说着就递上笔,"你签了字,就没你的事了。想再要几个菜,也可以。"

门卫犹豫一下就要写名字,却被那女人拦下。

"别签名字,怕是他们搞鬼呢。"

"怕什么怕,老子就是不想打,我怕个尿啊。"门卫说着就写了名字。

韩飞把那纸收好,才说:"现在就剩下一个问题了。将来,你准备怎么对你女儿说?"

"女儿?说什么?"那门卫眨眨眼睛问。

"要是你女儿问你,当初为什么不为她妈妈的去世讨一个说法,你

166

怎么回答呢？"

门卫的女人听了这话，就提着打包的塑料袋站了起来说："走吧，走吧，人家在变着法子引着你上当呢。没听出来吗？"

"我能听不出来吗？"那门卫却把女人重新按下去，对韩飞说，"你问的这个问题，我早就想好了。医院出了医疗事故，我们也打了官司，只是我们不懂医生手术的事，没打赢。这么交代，有错吗？"

"你只说对了一半。"韩飞又说，"可后来有医生帮你打官司，你却拿了被告的钱，不想再打了。"

"是啊，就为了几个钱，你就放弃了。"晓米也说，"你敢对女儿说真话吗？"

"孩子还小着呢，我们犯得着为将来的事费口舌吗？"那女人不耐烦地说，"我们走吧，你还要上班呢。"

"可一个从来得不到母爱的孩子，将来一定会把这事问个一清二楚。"晓米这时已经明白了韩飞的用意，提高了声音说。

"除非你不想得到女儿的尊重。"韩飞也大声说，"你好好想一想吧。"

那门卫却冷笑道："你们叫我出来就是想说这些吗？那我可以告诉你，我的女儿不是你们的女儿，我会从小告诉她，她母亲就是这个命，因为生了你，她就得死。这是天注定的，谁也改变不了这个命。"

"孩子的母亲可是你的妻子啊！"晓米激动起来说，"常言说，一日夫妻百日恩，你这么教育孩子，还对得起你的亡妻吗？"

"我没有你们有文化，就这样教育怎么了？"那门卫说着就要往外走，一边嚷嚷道，"真是多管闲事。我老婆死了，是她命不好，还有什么对得起对不起的……"

突然间，一记响亮的耳光把所有的人都镇住了。原来坐在隔壁的那对老夫妻不知在什么时候已经走了过来，男人用发抖的手指着门卫骂道："好一个畜生！我女儿白白跟你夫妻一场，现在人不在了，你还这么埋汰，还是个人吗？"

旁边的老女人却哭着说："怎么能不给个说法啊，我女儿死得冤枉，死不瞑目啊！"

饭馆的服务员都来看热闹，那对老夫妻便把事情的原委说了出来。

这一幕是晓米没有想到的。不用问,这两位一定是那位产妇的父母了。便把韩飞拉到一旁问:"是你把他们请来的?"

韩飞点了点头说:"要打官司,他们才是真正的原告。"

晓米连忙说:"是啊,我怎么没想到呢?"

韩飞说:"因为你用的是产科的临床思维。"

"为什么这么说?"晓米一下没弄明白。

"你看啊,在你们产科,产妇做手术,一般情况下在手术通知书上签名的,除了患者本人,就是她的配偶。"

"是这样啊。"

"所以,你们习惯上把配偶当成家属。"韩飞说,"但在别的科室,除了配偶,嫡系家属都是可以签字的。"

"你别说,还真是这样呢。"晓米佩服地说,"想不到,你懂的还真不少。"

"司机嘛,没事的时候就喜欢扯这些事。"韩飞却谦虚起来,"说得不对,还请您多多指教啊。"

说话间,门卫和他的女人已经灰溜溜地走了。晓米正想去追,却被韩飞拉住说,"算了,让他们去吧。"

晓米想想说:"既然找到了父母,那为什么还要找那个门卫呢?"

"他是死者的丈夫啊,当然要征求他的意见,不然将来法院审查原告的主体资格会有麻烦的。"

这些晓米都不懂,只是觉得韩飞做事很慎重,很有条理,也很有智慧,于是说:"你为这事准备了很久吧?"

"没有啊。"韩飞却有些不在乎地说,"随便想想就这么做了。"

服务员听了老夫妻的话都很同情,不仅免了茶钱,还拿了些点心让他们带走。有人愤愤不平地说:"一定要告倒那个无良医生,否则将来我们生孩子还有什么保障啊!"

等送走那对老夫妻,晓米在回去的路上才问韩飞:"你是怎么找到他们的?"

"根本就没找。"韩飞有些得意道,"还记得我不让他们火化尸体的事吗?从那以后,我们一直有联系呢。"

"可你为什么要这样做呢?和你一点关系都没有啊?"

"这话问的……"韩飞显然有些发窘,但很快就说,"那我也问问

168

你,这官司和你有关系吗?"

"当然有。"晓米点了点头,认真回答道。接着,就把自己父母的事说了一遍。

韩飞听后沉默了半天,后来才说:"我这么做的目的,其实也不只是想帮你。我是觉得切口不规范的事,不只是在你们产科,在别的科的手术中也存在。但这种事,只有医生才知道。"

晓米点点头,感叹道:"不管怎么说,这事我要谢谢您,是您帮了我一个大忙,现在申请再审应该是没有问题了。"

"没有问题了?"韩飞却摇了摇头,看着晓米说,"还有一个更大的难题呢。谁来当原告的律师,你想过了吗?"

原告换人的事很快就被卢大成知道了,因为在那间饭馆里,孙小巧一直在暗中监视着呢。

和胡世生发生的一切,对孙小巧来说,犹如是一场梦。她根本不相信这是真的。当然,她对这位麻醉医生不无好感,虽然认识没几天,但直觉告诉她,这是个好男人。他对病人很认真,是个负责的好医生。这是孙小巧评价一个人最重要的标准,是从妹妹那儿学来的。妹妹从小就活泼懂事,很会说话,也会思考问题。这也是为什么家里决定让她去上大学的原因。后来妹妹读了研究生,小巧就更加听妹妹的话了。除此以外,她还从妹妹那儿学到更重要的一件事,就是不能当老处女。"一定要早点开始性生活。"妹妹上到大三的时候就对她说。"当然,第一次一定要给自己喜欢的好男人。因为对我们女人来说,这事早晚会发生,而且还会做很多次。如果第一次没有遗憾,那以后就不怕了。就算是嫁个不喜欢的男人也都无所谓了。"孙小巧牢牢记着妹妹的话,这些年来一直在等着那个好男人出现。现在这个人终于来到自己面前,怎么可以不接受呢?不过,"第一次"虽然做完,她却并不相信胡医生真的会和她结婚。无论是听周围的人八卦,还是看电视剧、电影,男人在哄着女人上床前,谁不说些好听的话啊?男人目的就是如此,你真要相信就傻了。

因此,当激情过去,孙小巧很快又回到了现实之中。

卢院长对她不满意,不,应该说是很不满意,这让她十分担心。虽然她冒充妹妹身份的事还没有迹象表明已经被人发觉,但临床经验显

169

然与学历不符却是很值得人们怀疑啊,况且妹妹男朋友的出现,随时都可能让她露出马脚。所以,现在她唯一能够做到的,就是好好表现,为卢院长提供最有用的信息,否则就很难在这儿待下去了。

孙小巧就是这么想着,按卢院长提供的地址,找到雷晓米的家,并蹲守在外。后来终于看她出了门,就一直跟踪下去。到了饭馆,却不敢贸然进入,只是在外面不停地徘徊,一直听到里面闹了起来,这才趁乱进去找了个角落坐下。她远远地听着那对老夫妻的诉说,后来又向服务员打探实了,这才匆匆回到医院向卢院长作了汇报。

卢大成听后沉吟了半晌才说:"这事干得不错。你觉得晓米医生这么做,是对呢,还是不对呢?"

孙小巧没想到他会这么问,想了想才回答:"我是不太明白,晓米医生为什么要打这个官司呢?"

"她的动机很明显嘛。"卢大成苦笑了笑说,"她恨我,找个机会报复一下嘛。"

"那就是她的不对了。"孙小巧马上说,"再说了,医院也没有亏待她啊。"

"噢?"卢大成像是很意外,说话的口气也亲切了许多,"没想到,你的觉悟也蛮高嘛。"

"从小就听老师教导,个人的事不能和工作搞在一起。"孙小巧认真说。

"少给我唱这些高调!"突然,卢大成却翻了脸,凑近了孙小巧,并恶狠狠地说,"你是个什么人,自己清楚。你老实交代,你的这份硕士学历是怎么来的?说!"

"我……"孙小巧吓了一跳,但还是努力保持着冷静,"我是考试……考试得来的啊!"

"考试?"卢大成冷笑一声,"我知道你的记忆力好,但作为一名医学硕士,难道只是靠答题就能及格吗?"

"我的临床经验是不够……"

"仅仅是不够吗?"卢大成瞪大了眼睛说,"你根本是一窍不通!你的学历是假的!"

孙小巧心里想:这下完了,事情肯定是败露。但理智却在提醒她:不要慌,一定要冷静。对了,他说的可是学历,没说人,没说我不是

170

孙小巧啊!于是说:"学历证书是真的,我没造假。"

"可这是骗来的!"卢大成继续用威逼的口气说,"是不是导师用了潜规则?发生了不正当的关系?"

孙小巧听到这儿立刻放了心,心里说:"原来他是这么想呢。"却装着一副害怕的样子,道:"我……我也是没办法啊。"

"我猜就是这么回事。"卢大成似乎觉得大功告成,满意地坐到沙发上,过了会才问,"说吧,怎么办?"

"什么……怎么办?"孙小巧不解地问。

卢大成叹了口气说:"我觉得吧,一个从农村来的女孩,如果前途就这么给毁了,也太可惜了。"

"那……您说怎么办?"孙小巧小心翼翼地问。

"要我帮你,也可以。"卢大成看着孙小巧说,"但总得要付出点代价吧。你说呢?"

"好吧,让我做什么都行。"孙小巧说着,就走到卢大成身边,含着眼泪说,"但是有件事,我想说清楚。我是有未婚夫的,求求您,我真的干不出这种事啊。"

卢大成听了呵呵一笑,过了会儿才说:"你把我看成什么人了?我是那种禽兽不如的导师吗?"

"那……那您想做什么呢?"孙小巧这时有些蒙了。

"你得为我做件事。"卢大成说着,眼光又凶狠起来,"但绝对不能说出去,也不要问为什么。否则,我会让你死得很难看!"

"好的,我不说,也不问。"孙小巧顺从地回答。

于是,卢大成凑近孙小巧说了起来……

孙小巧听了别无选择,只好点点头说:"行,我照办就是了。"

卢大成这时温和了许多,拍了拍孙小巧的肩膀说:"如果真有未婚夫,当然更好。不然我可以给你介绍,医院里条件好的男医生有好几个呢。"

"不用了,我真的有对象了。"孙小巧想起胡世生说的话,便毫不犹豫地拒绝了。

等孙小巧一走,卢大成就找到苏红,把晓米换了原告的事说了,同时也捎带提了提韩飞。"呵呵,这位韩飞倒是个很热心的人呢。"

苏红却不无反感道:"这种社会上的混混儿,是不是看上晓米啦?"

171

"不会吧？"卢大成揣测着苏红对韩飞的态度,试探地说,"听说他在部队医院当过领导的司机,有些特殊关系吧？"

"不管以前干过什么,现在不也只是个司机吗？"

卢大成笑着说:"可他是您的千金介绍过来的。"

"这是姗姗太幼稚,没有社会经验,太容易上当。"

"听您这么说,是不同意姗姗跟他来往啦？"

苏红很果断地说:"什么来往,一定要他们一刀两断。"

卢大成听了心里有了底,但还是有些不放心地问:"要是姗姗不同意呢？"

"你要是以前这么问,我还有些不敢说。"苏红笑笑道,"可今天刘主任跟我说了,姗姗她好像对钟主任有兴趣呢。"

"真的？"卢大成想想说,"他不是有个叫安萍的女朋友吗？"

"安萍跟别人结婚啦。我也是刚听说。"

这倒是卢大成没有想到的,不由得高兴道:"好啊,他们俩要是成了,真是天造的一对呢。"

"可不是嘛。"苏红马上说:"钟主任是个典型的高富帅,我已经和刘主任说了,让他从中好好儿撮合一下,你也想想办法。反正不能让他和晓米好,要是他们凑成一对,我的头就更大了。"

"您这么说,我就有数了。反正您放心,钟悦这小子在我的手心里,想跑也跑不掉。"

苏红便笑笑说:"这样敢情好。只是晓米对误切子宫的事好像不太买账呢,你看怎么办？"

"按规定,隐瞒重大医疗事故是可以除名的。"卢大成说,"她要一意孤行,我看也只好这么办了。"

"这个还是要慎重一些。"苏红摇了摇头说,"这里面还涉及曲教授,万一晓米闹起来,影响到曲老的声誉,我们也担当不起啊。"

"是。还是院长考虑得周到。"卢大成也想了想说,"但毕竟手术是晓米做的,可以让曲教授装着不知道嘛。"

"这事以后再说吧。"苏红皱了皱眉,看着卢大成,"还是要想办法撤掉这官司。"

"可原告这回不太可能再用傅志刚做律师,撤诉的主动权不在我们手上啊。"

"那怎么办呢?"苏红看着卢大成,担心道。"尸检会不会出现新的证据啊?"

卢大成却轻松地笑了起来:"那我们就积极配合。"

"积极配合?"苏红有些糊涂了。

"是啊。"卢大成仍然笑着说,"我们医方也有这个责任啊,您说呢?"

晓米没太把误切子宫的事放在心上,她很清楚,卢大成是在威胁、敲诈,想迫使她放弃诉讼。此外,对原告律师的事也没想很多。现在到处都有事务所,听说不少律师连诉讼费都不收,可见这个市场还是供大于求啊。眼下最令她纠结的是孙小巧,如果钟悦说的事是真的,那接下来该怎么办?就算她的记忆力超强,但总不能让一个冒牌儿的医学硕士继续行医吧?

"一定得想个办法把她弄走,这应该没什么商量的余地。"晓米在心里说,"但揭露她的真实身份却不是我的事。等以后有了适当机会,通知一下人力资源部。最好等钟悦回来,让他去说,毕竟是他发现的嘛。对,就这么定了。"

眼看又到了手术模拟时间,想到最近连续两例宫外孕都与卵巢有关,便把病例定在了输卵管妊娠手术上。

"大家都知道,大多数的异位妊娠都发生在输卵管。"晓米扫视了一下前来听讲的人说,"谁能告诉我,这个手术最困难的地方是什么?"

有个实习生回答:"是处理间质部大出血吧?"

另有人说:"我觉得应该是自血回输。"

"这些都容易。"苏姗姗轻蔑地笑了笑说,"最难的应该是严重的盆腹腔粘连,其次还有输卵管切除后的吻合术,血肿化脓的处理也比较困难。"

"是。"晓米冲姗姗点了点头,便看着孙小巧问,"作为一名器械护士,如果遇到粘连成团的情况,你该做些什么呢?"

孙小巧立刻回答:"我会递送钩状玻璃棒,以便让手术医生挑起粘连的部位。"

"分离时用什么器械?"

"弹簧剪刀。"

"回答正确。"晓米说,"关于这个问题,还有谁补充吗?"

大家都没吭声,过了会儿,有个进修医生说:"我觉得,刚才苏医生已经回答很全面了。"

晓米正想说话,却听到孙小巧轻声问:"我可以再说一句吗?"

"说吧。"晓米随意地应了一声。

"如果说得不对,请大家批评。"孙小巧接着就有些紧张地说,"如果好不容易分离出右侧输卵管,可发现并无妊娠,那么就应该考虑到左侧输卵管因炎症所致的右移。这时候,必须很耐心、很仔细地以子宫为标志,找到病变的输卵管。这也是这一手术比较困难的地方。"

这让晓米觉得很意外,甚至很吃惊。因为孙小巧刚才说的一番话,已经越出了一名器械护士的技术范围,而且如果没有丰富的临床经验,也不是所有医生都能想到的。她原来正想就这个问题提醒大家注意呢,却没料到让在场医生中资格最低的一位说了出来。在一瞬间,她觉得孙小巧的去留应该重新想一想了。

大家散去后,她把孙小巧单独留了下来。

"刚才你说得很好。"晓米态度和蔼道,"确实是个难题,比处理粘连重要多了。"

"谢谢。"孙小巧红着脸说。

"你是怎么知道的呢?"晓米又严肃起来,"不会是从手术实践中悟到的吧?"

"不是。"孙小巧老实承认道,"我是从书上看到的。"

晓米点点头,突然问:"听说你有个姐姐?"

"是……是有个姐姐。怎么了?"孙小巧明显地紧张起来。

"对不起。"晓米犹豫了一下才说,"听说你们遭遇过一次车祸,她去世了。"

"是的,是这样。"孙小巧平静地回答,眼睛却始终看着晓米。

"她以前是干什么的?"

"她是我们乡卫生院的护士。"

"噢?"这个晓米倒是没想到,"是护士学校毕业的吗?"

"是护校正式毕业的,还去县医院进修过。"孙小巧说完,迟疑了一下问,"您怎么……会问起这个?"

"我是有点奇怪。你们姐妹俩是不是记忆力都很好啊?"

"她比我好。"孙小巧轻声说,眼睛也红了起来,"可她的命不好。"

晓米突然同情起来,说:"可你已经当上护士了,她一定会为你高兴的,对吗?"

孙小巧低下头,没有再说话。

晓米在心里对自己说:"既然她有护士的学历,现在也是在做护士的工作,就没有违反国家关于从业资格的规定,何况她比一般护士要懂得多。那么,还有必要赶她走吗?"晓米这样想着,顿时觉得轻松起来。

离出诊差不多还有一个小时,晓米就跟大家练习起滑旱冰来。她在这方面显得十分笨拙,因为怕摔跤,就不敢直起腰,而身体弯曲的角度越大,就越是无法控制平衡。韩飞看了一会儿,就上前抓住晓米的手带着一起滑,而晓米则死死抓着韩飞不敢松手,结果没滑多远,就重重地摔倒在地上。韩飞过去拉她起来,不料晓米没站稳,慌乱中扑到韩飞身上,两人便一起躺在地上了。

"韩飞,你要是想抱美女就直接上,不必找借口。"苏姗姗在一边看着,半真半假道,"我看咱们晓米医生一定不会拒绝呢。"

万玲儿连忙跟着起哄:"我们头儿还没老公,不抱白不抱啊。"

晓米听了并不生气,毫不客气回击道:"你们要是看了眼馋,另外找个地方待着去,一会儿难过死了,我可不偿命。"

韩飞也笑道:"谁也不是天生的,万事都有个开始啊。"

苏姗姗连忙说:"你是说滑旱冰,还是说和晓米的关系啊?"

孙小巧在胡世生的帮助下,滑旱冰学得很快,现在已经能够滑上一整圈了。这时停下来,看着苏姗姗说:"我看晓米医生和韩飞很相配啊。"

苏姗姗沉下脸,对孙小巧说:"谁问你了?"

万玲儿滑到孙小巧身边,小声道:"笨蛋,你不知道苏医生在争风吃醋吗?"

孙小巧便不敢再吭声。

晓米好像故意要做给大家看,不再松开韩飞的手,歪歪斜斜地往前滑行,又接连摔了几跤,都是等韩飞过来拉她才起来。

苏姗姗不再说笑,最后终于忍不住了,走到韩飞身边用命令的口气道:"你过来,我有话跟你说。"

韩飞却对她道："等我教会了晓米医生再说吧。"

苏姗姗立刻板起脸,大声说:"你到底走不走?"

韩飞还是不给面子,说:"我说过了,现在不能走。"

"哼!"苏姗姗气急败坏地瞪了韩飞一眼,一扭身,快步走开了。

晓米倒有些尴尬起来,忙对韩飞说:"你去吧。说不定真有事要说呢。"

韩飞却凑近了晓米说:"还有点儿时间,我们得说一下律师的事。"

"在哪儿?"

"去我们休息室吧。"

晓米犹豫了一下才跟韩飞走进了司机的休息室。她知道,这时大家都在看着他们俩,说不定马上就会有风言风语冒出来。但转念一想,她又没做错事,怎么就不能跟韩飞在一起说说话呢?否则,反倒显得心虚了。

不过,晓米进来后,却把门开着。为什么要这么做,她却无法解释,也许是出自女人的本能吧。

"我不想让别人听到。"韩飞说着,就把门死死地关上,然后坐下说,"我问了好几个律师,他们都不肯接这个案子。"

"为什么啊?"晓米不解道。

"原因嘛,无非是这样。"韩飞不紧不慢道,"不懂医的不敢接。虽然医疗诉讼不是谁主张谁举证,但专业性太强,他们在法庭上几乎无计可施。而懂医的更不敢打了。"

"为什么呢?"晓米又问。

"到目前为止,把羊水栓塞定为医疗事故的,除了抢救延误,几乎都集中在缩宫素的使用剂量上,可咱们这个病例不存在这个问题。而你说的子宫切口,还从来没有人提出过。"

晓米立刻说:"正因为没人提出过,我们这个病例才更有意义啊?"

"你这么说,是因为你是个产科医生。"韩飞点了点头,道,"就算能找到产科医生改行的律师,他能同意你的观点,像你这样执着吗?"

"可现在的律师很多啊?"

"可谁会接一个明知打不赢的案子呢?"

"听你的口气,好像也不太有信心啊?"

176

"是的,实话说,我确实信心不大。"

　　"那为什么要帮我呢?"

　　"因为我觉得你说的是对的,而且通过这起诉讼,会让医学进步,就像你说的,防止悲剧的再次发生。"韩飞看着晓米,说,"但这和诉讼的输赢是两个概念。"

　　"那怎么办?"晓米有些着急起来,"难道要放弃吗?"

　　"只有一个办法。"韩飞说到这儿就停了下来,好像还没有考虑成熟。

　　晓米催促道:"什么办法?说呀!"

　　"你来代替律师。"韩飞郑重道,"用专业的词来说,就是当原告的委托代理人。但这事你必须好好儿考虑一下,因为这样,你就直接站在了医院的对立面,要在法庭上与自己的上级领导正面交锋。不仅如此,还要付出很多精力和时间,从各个方面影响到你的工作和事业。总之,这绝对不是一件小事,你必须做出巨大的牺牲,而且还要冒败诉的风险。明白我的话吗?"

第十四章

　　晓米心里乱极了。原以为请律师是个小事,现在看来却是个头号难题。韩飞说得对,打这种官司不仅要懂医,而且还要很专业。像子宫肌层的切口,就算是医生,也不一定就知道这一刀的深浅会给病人带来多大的风险。当然,如果自己来当代理人,对原告绝对有利。但这样,自己就必须完全站在医院的对立面,那以后还能在这儿工作吗?

　　上半夜,几个出诊的病例都不太要紧,一个产后大出血,一个早孕车祸,还有两个妊娠并发症,苏姗姗都抢在前面作了诊断。晓米以前在科里带进修生或实习生时,都是尽量放开手,只是站在旁边看着,否则那些新手就很难有进步了。现在带这个团队,也同样如此,该说的时候要说,但如果处置没问题,就尽量保持沉默。

　　天亮前接到120的紧急呼救,一所小医院出现难产:胎儿过大出不来,随时可能因窒息死在腹中。韩飞拉响警笛开足马力赶到时,竟然看到家属已经推着产妇在门边等候,坚持要转送上级医院。

　　晓米掀开被子看了看,胎头只出来一小部分,两边已经做了大侧切,鲜血淋淋。产妇则痛不欲生。

　　"屈大腿、压前肩我们都试过了。"这家医院的主治医生小声对晓米说,"明明是个巨大儿,可病人怕开刀,一定要顺产。现在要救孩子恐怕已经很难了。"

晓米顾不上答话,立刻指挥大家把产妇送上D79,并让韩飞伸展车体,作好手术准备。

产妇家属发现救护车不打算离开,大发脾气问:"为什么不开走?孩子死了,我要你们负全责!"

晓米耐心说:"这种情况就是去了大医院,不只是孩子救不活,大人也很危险。"

万玲儿则一边推开那家属,一边说:"您要是再说话,我们头儿就没法抢救啦!"

晓米请那位主治医生上了车,一边问着先前的病程,一边洗手戴手套,随即就给产妇做了快速检查。

"后肩已经入盆。"晓米见那主治医生点了点头,就说,"把后肩转到前肩的位置试试看。"

作好手术准备的苏姗姗这时说:"我来吧。"

晓米便说:"好,我来给你当助手。"

苏姗姗便把食指和中指插下去,小心翼翼地将胎儿的一个肩膀向侧上方旋转,晓米则托住胎头,让宝宝的小身体保持同一方向。可苏姗姗试了几次,胎儿却一动不动。

主治医生问:"怎么了?转不过来吗?"

苏姗姗说:"是被盆骨卡住了。"

"是肩吗?"

"不,是胳膊张开的角度太大。"

大家一时犯了傻,因为做产科的都知道,如果只是肩难产,后肩转不过来时,还可以牵引胎头迫使前肩入盆后娩出。可如果是胳膊角度不对,最后这一招也用不上了。

"是不是通知家属,孩子保不住了?"苏姗姗有些泄气地问。

晓米还未回答,就听到韩飞在前面说:"把胳膊折断吧。"原来,他一直透过小窗看着呢。

"折断胳膊?"晓米看着驾驶室方向问,"你是说剪断锁骨吧?"

"不,是胳膊。"韩飞说,"这种情况,就是剪断锁骨也没用,等孩子出来,早就没有呼吸了。"

"那胳膊怎么折断呢?"苏姗姗怀疑地问。

"把胎头推回去,不就腾出地方了?"韩飞像是很随便地说,"胎儿的骨头很好断的,别害怕,就像树木长出的青嫩枝条,折而不断,将来愈合也很快,不会有后遗症。"

晓米想了想问:"你说的,是不是骨科的青枝骨折啊?"

"你说是就是。"韩飞又说,"一会儿等宝宝出来后,注意让受伤的胳膊超过心脏的水平位置,有利于静脉血液回流,促使愈合。"

苏姗姗听了噘着嘴道:"说得倒轻松,真像个医生似的。要不,你自己来?"

"我就一个司机,怎么能上台呢?"韩飞不无自嘲地回答。

"那说这些有什么用啊?"苏姗姗懊恼道,"现在去叫骨科医生,还来得及吗?"

晓米这时便说:"我们自己来。"

"我们?"苏姗姗惊异道,"我们可是产科医生啊!万一出了事,谁负责?"

"我来负责。"晓米这时已经拿定了主意,看着胡世生等人说,"请您准备婴儿的气管插管,小巧和万玲儿进入心肺复苏抢救程序。"又对那位主治医生说,"家属那头儿,就麻烦您去通知了。"

"那我呢?"苏姗姗有些着急了。

"你负责保护好产道,防止重度撕裂,特别要注意不能伤及子宫和膀胱。"

一切准备就绪,晓米就趁着宫缩的劲儿把胎头轻轻地推回一部分,然后用左手从外面固定好胎儿的体位,右手则从下面伸了进去,摸到了胎儿被卡住的胳膊。这时,车厢内的一切似乎都凝固起来,产妇的呻吟声也小了许多,大家都紧张地看着晓米一里一外的两只手,等候着关键的那一刻。

后来晓米发现,折断胎儿的胳膊比原来想象的要容易多了。她只是稍一用力,骨头就断了,胳膊随即与盆骨分离。随后顺应着一个大宫缩,已经没了障碍的胎儿就一下滑了出来。虽然新生儿娩出后十几分钟才有了自主呼吸,但因为抢救及时,缺氧的时间并不长,也就不会造成严重的脑损伤了。

在给孩子抢救的同时,D79也飞快回到医院,新生儿科的值班医生早就在等着了。尽管如此,晓米还是等孩子打上石膏板才离开。她去车库看了看,没找到韩飞,就给他打了电话。

"在哪儿呢?"晓米问。

"和两位老人在一起呢。"韩飞回答。

"出什么事了?"晓米知道他说的是原告,连忙问。

"有点儿事。"韩飞在电话里说,"他们昨晚接到通知,说要做尸检的准备工作,就运回来了。"

"为什么呀?"晓米觉得有点不妙,"他们没跟你商量一下吗?"

"上班我关着机呢。不过,现在已经这样了,也没有办法。"韩飞接着问,"代理人的事,你考虑得怎么样了?"

"已经决定了。"

"噢?"韩飞像是有些意外,"你都想好了?"

"没什么好想的。"晓米说,"我们可以见个面吗?我有事想问你呢。"

"现在吗?"韩飞说,"忙了一个晚上,你不要休息一会儿吗?"

"有件事我不问清楚睡不着啊。"

"那好吧。"韩飞就说,"我来找你。你在哪?"

"在车库。"

"那你先躺下睡一会儿,我马上就到。"

晓米便去了司机休息室,却看到好几个司机在那儿打牌,正想转身走开,就见其中的一位听着电话,抬头看了看,便追出来说:"是雷医生吗?韩师傅让您在这儿休息。"说着,就把屋里的人都赶走了。

"不用说,一定是韩飞关照的。看来,这个人还挺细心的。"晓米一边想,一边就在小床上躺下来。这几天她都没有休息好,特别是这一晚更紧张,于是一碰到枕头就睡着了。

不知什么时候,她被人推醒,一看是韩飞,旁边还有个穿着西装的年轻人。

"对不起,把你叫醒了。"韩飞客气了一句,指着那年轻人说,"这是法院的小王,是我的朋友,申请再审的事,他可以帮着办。"

晓米连忙坐起来, 心里想:"这家伙真是神通广大, 到处都有朋友。"接着,就问那小王:"我要是当代理人,需要做些什么,您说吧。"

小王便拿出一份文件说:"现在要做的, 就是接受原告的委托,您只要在上面签字就行了。其他的事,以后再说。"

晓米看着那份文件，想了想问："好像律师都是让原告签字啊？"

"其实都一样。"小王像念公文一样解释说，"无论是律师还是代理人出具文件请原告签字，还是原告请律师或代理人签字，都具备同样的法律效应。韩先生考虑到您是医院的医生这个具体情况，觉得还是由他们提出要求，你来接受为好。"

晓米心里想，这倒是在为自己考虑呢，就想说句"谢谢"，但最终还是没有说出来，便认真在委托书上写了自己的名字。

小王把文件收好就告辞了。

"你的动作还挺快啊。"晓米看着韩飞问。

"这事儿得抓紧，不能再拖下去了。"韩飞一边说，一边从一个塑料袋中拿出一些早点和豆浆放在桌上，说，"好了，现在可以告诉我，为什么这么快就决定了？不怕医院的领导和同事和你为难吗？"

"为难肯定是免不了的。"晓米吃着早点，苦笑笑说，"但今天这个孩子的出世，让我一下就想通了。"

"噢？"

"您看，人来到世界上有多艰难，有时候就差几分钟，生命就没了。和死亡比起来，遇到一些困难，受到一些打击，又算得了什么呢？"

韩飞点了点头："说的也是。"

晓米又说："再说了，我也没什么好选择的，除非你来当这个代理人？"

"我不合适。"韩飞立刻说，似乎已经考虑过这个问题了。

"师出无名吗？"

"不是。"韩飞摇摇头说，"你是手术助手，在法庭上对原告更有利。"

"是啊。"晓米表示赞同，"接下来，我该做什么呢？"

"下面就是尸检了。"韩飞说，"如果没有新的证据，法院是不会受理再审的。"

说到尸体，晓米就说："医院是被告，尸体怎么可以放在这儿，应该回避才是啊？"

"这事儿有点儿复杂。"韩飞喝了口水，才慢慢说，"我问过了，是急救中心的刘主任找到两位老人，说医院对尸检的事很关心，而医大解剖室是学生学习的地方，经常会把尸体弄得乱七八糟，还是放在医院保险。再说，医院方面也有义务申请尸检。两位老人都太老实，给我的电话打不通，就稀里糊涂签了字，说是今天下午就进行。"

晓米皱着眉头问："尸检是为原告方提供证据，被告着什么急呢？"

"我是担心他们要做手脚。"韩飞也想到这一点，"当然是在正式尸检之前。"

"那怎么办？"晓米一着急就站了起来，"尸体放在太平间还是解剖室？"

"你想干什么？想去看吗？"韩飞摆了摆手道，"如果真的像我们想的那样，该发生的事已经发生了。现在去看，只能落下一个话柄，对我们不利呢。"

"你的意思是说，我们只能听从人家摆布了？"晓米坐下泄气道。

"也不至于。"韩飞却说，"尸检人员是第三方，我觉得还是要信任他们。做不做手脚，他们应该看得出来。"

"我想也是。"晓米点点头，又恢复了信心道，"任何一个医生，看到那个子宫肌层的切口，都会站在我们这一边。"

"但愿如此吧。"韩飞好像对此并不乐观，又说，"你不是说有事要问我吗？"

"对了，我是觉得太奇怪了。"晓米想把话说得轻松一些，不料一出口，却还是很严肃，"韩飞，你得告诉我，你到底是什么人？"

"我是什么人？"韩飞装着不解地问，"我是司机呀。"

"司机？可您这个司机却很特别呢。不仅知道用断骨的方法救那个新生儿，还知道要让静脉血液回流。"晓米直视着对方问，"你怎么会知道这么多啊？"

韩飞却并不发窘，坦然地笑笑说："这个啊，都是平时听司机们聊天说的。"

晓米却追问："可你当司机才几天？以前也是救护车的司机吗？在哪儿？什么单位？可以告诉我吗？"

"你这是干什么呢？我又不是犯人，想审问啊？"

"你有权利不说。"晓米这时真的生气了，"但我也有权利怀疑，你一定隐瞒了什么事，而且事关重大，说不定还真是个犯人，你敢说不是吗？"

顺着一条狭窄的阶梯，孙小巧从病区大楼进入地下通道。这儿一头通向医院的后门，另一头的终点则是医院的太平间。通道较宽，能单向行驶殡仪馆运送尸体的车辆。这样，病亡者离开的时候，就不会出现在众人的视线之中。现在虽然是大白天，可四周却阴森森的，弥散着刺鼻的消毒水气味，很远处有盏节能灯闪烁着微弱的亮光。

　　她按卢大成说的方向，提心吊胆地向太平间那头摸索过去。快到尽头的时候，壁上的灯多了起来，还出现了排风扇的嗡嗡声。这时，她摸了摸白大褂两侧的口袋，一侧放着拆线用的镊子和一把手术刀，还有一副手套；而另一侧是听诊器。现在两样东西都在，便松了一口气。听诊器是卢大成要她一定带的，并教她说，万一遇到人，就说是走迷了路。事实上，来进修或实习的人误入太平间还真的不止一两个呢。

　　通道的顶端很宽敞，大概是便于汽车调头。两侧各有两个门，左侧是通往地面的电梯，一个走人，一个运送尸体；右侧第一个门通向存放尸体的冰库，第二个里面是几间解剖室，一般的病理检查和尸检就在这里进行。孙小巧站在右侧第二个门的外面听了听，确定里面没有动静，这才推门走了进去。这儿的门上虽然装着锁，但从来没人使用，这也是卢大成告诉她的。除此以外，孙小巧还知道，做病理的医生通常上午要到十点以后才会来这儿工作，因为正常情况下，无论是脱落细胞还是活体组织的检查都要等到手术开始以后，而常规手术一般都在上班后一到两小时才能进行。当然，急诊手术不会受上下班的限制，但病理科在病区还设有工作间，那时医生就更不会到这儿来了。所以，孙小巧现在有足够的时间来做卢大成要她做的事。

　　那个即将做检查的尸体是昨天夜里送来的，因为需要解冻，就不再送冰库了。现在，那个女人就静静地躺在过道里的平车上，全身裹着白被单，但上面已经没有冰块，原来像化石一样的躯体，经过七八个小时的常温已经变得非常柔软，就像刚刚去世一样。

　　孙小巧并不缺少与尸体打交道的经验。以前虽然只做过卫生院的护士，但村里有人去世，经常会来找她料理，而她也很乐意从中得到一些额外的收入，用来交纳妹妹读医科大学所需的费用。

　　现在，她戴好手套，很沉着地把平车推到解剖室的聚光灯下，因为不再担心有活血流出，所以只掀开了下半身的被单。这时，位于耻骨联合上方几厘米处的一处横切口就显露出来了。令她惊奇的是，原来备过皮的私处却长出了几毫米的绒毛,而且十分浓密,几乎掩盖了仅有的3针缝合线。孙小巧还是头一次看到这么漂亮的皮肤切口,如果这个病人还活着,根本用不着担心美观的问题了。孙小巧轻轻叹了口气,用手术刀沿着切口把丝线割断,然后用镊子小心地夹出线头,放在事先准备好的一张纸上。接着,她又拆掉前鞘的缝合线,却发现腹膜没有缝合,于是稍许游离,就看到子宫了。

她把子宫从腹腔中拿出,拆掉缝合线仔细地看着,发现切口果然和晓米医生说的一样,是条光滑的直线,这与用手指钝性撕拉的切口有天壤之别。尽管孙小巧此前从来没有对医院发生的这起诉讼表示过关注,但对晓米医生反复强调的子宫切口却是想了很久,并私下认为晓米医生说得很有道理。根据卢大成的授意,她本该用手术刀把切口弄成犬牙交错的模样,然后再马马虎虎缝上几针,就可以关腹了。可不知为什么,她这时却鬼使神差一般把整个子宫割了下来,找了一个病理样本瓶装好,又把尸体恢复到原样,就匆匆离开了。她没有把那个子宫带走,而是把它放在一大堆同样装着各种人体器官的瓶子中间。至于为什么要这么做,她自己也说不清楚。

回到地面,孙小巧打开手机,发现有五个未接来电,都是胡世生的。她想了想,还是先给卢大成打了电话。

“卢院长,事情做完了,但有个意外情况。”

“等一下。”卢大成似乎换了个地方才问,“什么意外情况?”

“没找到子宫。”孙小巧很冷静地说。

“什么?是不是搞错了?”卢大成口气紧张起来,“你确定是那个病人吗?”

“肯定是。”孙小巧小声道,“您不是说,经常有学生把器官弄丢吗?”

“我这样说过吗?”卢大成不满地反问。

“对不起啊,那就是听别人说的。”孙小巧吐了吐舌头,马上更正说,“对了,我只是听您说过,来上解剖课的学生经常把样本弄得乱七八糟,就以为……”

“好了好了。”卢大成不耐烦地打断道,“没被别人看到吧?”

“没有啊。”

“这事对谁也不许说。”卢大成严厉地叮嘱,“赶快回去休息吧,就当什么事也没发生,知道吗?"

"知道了。"孙小巧说完,长长地舒了一口气,这才拨通了胡世生的电话:"是我。"

"你现在打车过来。"胡世生说了一个地址,又说,"别忘了带身份证。"

"带身份证干什么?"孙小巧不解地问。

"你过来就知道了。"

孙小巧本以为要去宾馆开房间,不料到了一看,是婚姻登记处。

"反正迟早要办的。"胡世生深情地看着她,"晚办不如早办。"

孙小巧一时没转过弯儿来,问:"真的想和我结婚啊?"

"我们都那样了,能假得了吗?"

"可是……"孙小巧走到一个没人的角落,对跟在身边的胡世生为难道,"你对我了解吗?"

"还要怎么了解呢?"

"不行。"孙小巧连连摇着头说,"胡医生,把我当作朋友吧,但结婚的事万万不行。"

"为什么?"胡世生有些急了,"你觉得,是我配不上你?"

"不不不,绝对不是。"

"那是为什么?"

"是我配不上你。"

"哪儿配不上?"胡世生更急了,"我不在乎你的学历,不嫌弃你的收入,更不会想到你的家庭出生。我要娶的是你,仅仅是你。"

"可我不是……"

"不是什么?"

"不是我啊!"孙小巧叫了一声就哭了起来,"我不是孙小巧。"

胡世生一下子糊涂了:"什么意思?你不是孙小巧,那你是谁?"

"我……我……不,我不能说!"孙小巧可怜巴巴地看了对方一眼,就跑了起来。

胡世生很快追了过去,拉住孙小巧的胳膊问:"你得给我说清楚,到底是怎么回事啊?"

孙小巧哀求道:"以后再说,行吗?"

"不行!"胡世生固执地叫了起来,"你是不是有家有老公,还有孩子？"

"不是！不是这种事。"

"那是什么？"胡世生想了想,瞪大了眼睛问,"那你是通缉犯？杀过人？"

"差不多吧。"孙小巧说着,就大哭起来。

胡世生一下蹲在地上,过了会儿才站起来,说:"走吧。"

"去哪儿？"

"还能去哪儿？"胡世生一脸的悲哀,"去公安局投案自首。"

"我不能去。"

"那你是要逼着我报警吗？"胡世生说着,就掏出手机。

"不能报警！"孙小巧说着,就死死地抓住胡世生的手,并哭喊着,"求你了,我求求你了。"

"那你得告诉我实话。"胡世生说着,就紧紧抱住了孙小巧,又说,"不过你放心,不管出了什么事,我都会等着你出来。"


尸检定在下午两点进行,执刀的是位有多年刑侦经验的老法医,负责拍照和录像的助手也是位警察。老法医一打开裹尸布就提出了异议,说尸体在24小时内被人动过,几分钟后又宣布在腹腔里没找到子宫,那切口的鉴定当然就无法进行了。老法医在报告上签了字就撤了。

本来,尸检过程与法院无关,但小王还是应原告方的要求到了现场,当然是韩飞的主意。听了老法医的话,小王似乎并不意外,当即以法院联络员的身份召集原、被告开会,并明确表示:虽然医疗诉讼只是民事纠纷,但蓄意毁坏或藏匿尸检器官以致证据无法搜集就是刑事案件了。

苏红与卢大成略一商量,立刻表示会全力配合案件侦破,当然前提是原告报警并被公安机关立案。已经被宣布为原告代理人的晓米脑中一片空白,两位原告老人虽然在场,但根本不知道发生了什么事,更谈不上拿什么主意了。晓米只好表示要商量一下再说。于是会议立刻结束。法院的小王临走时对晓米再三强调:如果没有切实证据,法院不可能受理这起诉讼的再审。

现在唯一能商量的人就是韩飞了。晓米知道他在车库睡觉,就找了过去。

韩飞睡眼惺忪地听完晓米的话,半天没有吭声。

"你倒是说句话呀。"晓米催促道,"你是不是早有预感啊?"

韩飞过了会儿才点点头说:"这事都怪我。"

"怎么能怪你呢?"

"当初我把尸体拦下来,想想只有两个地方可以存放。一个是殡仪馆,但那儿是按小时收费,再用他们的车,要好几千,原告肯定负担不起。这才找了有关系的医大解剖室。但那儿没有单独的冰柜,虽然我一再嘱咐说要保存好,但毕竟只是私人关系。一些学生私下来找样本、做解剖,还有把器官胡乱借走的情况很多见。我那朋友也不能一天24小时守在尸体边上啊。"

"可尸检为什么要在我们医院呢?"晓米又问,"这合法吗?"

"这个就很难说了。"韩飞想想说,"按习惯上的做法,在哪家医院死亡的病人,都是由该院保存尸体,解剖也就在这家医院进行了。如果出现今天的情况,医院方面就要负责任。可现在的问题是,尸体已经由家属运走过一次,医院当然就有借口为自己开脱了。"

"可现在子宫没有了,分明是蓄意破坏,就像小王说的,是刑事案件啊。"晓米愤愤不平地说,"我们还是报警吧。"

"报警?"韩飞反问道,"你以为报了警就能立案?就有警察来侦破?"

"难道不是吗?"

"那是电影,是电视剧。"韩飞苦笑着说,"警方立案的先决条件是违法犯罪,可一个尸体上的器官没了,有N种可能呢。比如学生在做解剖时弄丢了,或者被人借走了,也可能在送到医大前,尸体里就没有子宫。各种情况都可能发生啊。如果这些事都让警察查,他们忙得过来吗?"

"那怎么办?"晓米觉得韩飞说的不无道理,着急道,"难道只能放弃吗?"

"那倒不是。"韩飞摇摇头说,"我们自己也可以调查啊。法医不是说尸体在24小时内被人动过吗?极有可能就是在今天早晨被人做了手脚。"

"为什么是今天早晨呢?"晓米不解。

"因为尸体原来是在冰库里,要放软起码得半天。我已经问过,医大送过来的时间大概是昨晚12点左右,10度以上的常温下,解冻需要6到8个小时,而解剖室上午8点就有人上班了。"

"可能会晚一两个小时。"

"那就是说,在9点或10点之前,6点或8点以后的4个小时内,一定有人去过解剖室。"韩飞分析道,"如果我们能把这个时间通往解剖室路上的监控调出来,就可以找到线索了。"

"是啊,真的可以啊。"晓米像是听侦探故事似的,立刻来了兴趣,"但监控能调得出来吗?卢大成不会想到这一招吗?"

"要我也会想到的。"韩飞又说,"但我们还是可以再想想办法。另外,是不是再找找新的证据,比如证人。"

"证人?"

"是啊,我记得前两天,你不是抢救过一个护士的复合妊娠吗?我好像听谁说过,她是那台手术的器械护士呢,为什么不去找找她呢?"

一句话提醒了晓米,立刻和小丁通了电话,得知她还在做保胎治疗,只是已经转到她朋友的医院。

晓米匆匆找到小丁,对方听她说了来意,犹豫了一下才说:"好吧,如果真的需要,我可以出庭做证,确实是卢主任一刀切开了子宫,根本就没来得及吸出羊水。"

"这么说,你是看见了?"晓米还有些不放心地问。

"是的,我看得清清楚楚。"小丁红着脸,小声说,"可就在那天,卢主任找到我,要我撒谎。"

晓米表示理解地笑了笑,心上的一块石头落了地,顿时轻松起来。

然而,一直守在小丁身边没有说话的老公这时却说:"这个还是等开庭的时候再说吧。我老婆好不容易怀上孩子,我可不想让她再受刺激,如果流了产,就很难再怀上了。"

就在晓米为证据的事感到十分纠结的时候,孙小巧和胡世生也陷入了一片迷茫之中。他们在一个宾馆的房间里静静地坐着,在考虑一个非常棘手的问题:要不要把孙小巧改回孙小英,把医大硕士研究生改成卫生员护士。在过去的几个小时中,孙小巧——不,现在应该叫她孙小英了——把姐妹调包的事毫不隐瞒地说了出来,她说一阵哭一阵,最后胡世生也忍不住呜咽起来。

"我和爹妈辛辛苦苦等了那么多年,妹妹终于要成为一名医生了,可却遇到意外。我不能白白看着这些年来的心血都一下没了啊!"

"你的父母知道吗?"胡世生问。

"知道。爹妈是瞒不住的,他们可以不说。但妹妹的男友就是另外一回事了。前些天,他找到医院,看到我肯定就怀疑了。"

"你和妹妹长得不像吗?"

"像啊,就因为像,我才这么做的。但感觉是装不像的啊。"

"知道我为什么要娶你吗?"胡世生看着她认真地问。

"不知道。"孙小英摇摇头说。

"当然,首先是喜欢。"胡世生苦笑笑,道,"但还有别的。"

"那是什么呢?"

"是你在根本就不了解我的情况下,就和我做了那件事。"

"那是因为我也喜欢你啊。"

"可你不是一个随便的人啊?"

"可我总有一天要成为女人啊!"

"你知道我是什么人吗?"

"知道啊,你是麻醉医生。读过大学、研究生。"

"另外呢?"

"另外有什么呢?"孙小英想了想说,"是不是也有什么难言之隐?你结过婚吗?"

"不,不是那种事。我是想告诉你,我父亲是公司老板,我是家里唯一的男孩,父亲正催着我去接他的班呢。"

"要这样,我们还能长久吗?"孙小英的眼中闪烁着不安,"我是农村来的,爹妈都是农民。"

"我也是农民的后代啊。不只是爷爷奶奶,我父亲以前也是农民啊。"

"可还是不一样。我们家很穷,可你们……不不不,你这样的人怎么会和我结婚呢?"

"你错了。大错特错了。"胡世生拼命摇着头说,"不瞒你说,这些年来,家里一直在给我介绍对象,也有同事和同学在追我。她们都知道我是富二代,只有你不知道。这就是我为什么要和你结婚的原因。"

"我不懂,这是为了什么呢?"

"因为我不希望一个女人因为我有钱才和我结婚。"

"可知道你身份的人,也不一定是为了钱啊?"

"至少我没有遇到这种人,我只想找个灰姑娘。你知道,现在要找个灰姑娘有多难吗?"

"可我也很在乎钱啊!"孙小英流着眼泪说,"为了供我妹妹上学,我们天天都在算着钱呢,我替村里人料理丧事,也是为了多挣一点儿啊。"

"所以,我要让你幸福,让你永远不再为钱而烦恼。"

"可我不能嫁给你。"

"为什么呢?"

"因为有了钱,感情就变味了。你做了大老板,我没有安全感了。"

"不会的,你一辈子都会觉得很安全。"

"这话就现在说说吧,将来会有很多女人在你身边的,现在这种事还少吗?我宁可嫁个没有钱的男人,我们相互厮守一辈子。"

"那我就永远当一个医生,这样总可以了吧?"

"这怎么可以呢?你父亲的公司也需要继承啊?"

"我还有个妹妹呢,她嫁了卢院长。对了,他们可喜欢钱了。我们就当医生。"

"可我只是个护士啊。"

"只要有决心,可以再上学啊,你这么聪明,一定会成为医生。我保证。"

"是吗?那就太好了。我的天,真的会有那一天吗?"

他们就这样有一句没一句地说着,有时候流着泪,有时候又笑了起来。后来,他们紧紧地相拥着、亲吻着,开始做起爱来……孙小英就像到了世界末日一样,拼命使出各种招数来让对方更加满足……

"这是最后一次了,明天我就走,远远地离开。"孙小巧心里不停地对自己说,"他要是知道我今天上午做了什么事, 还能像现在这样爱我吗?"

# 第十五章

苏红对晓米担任原告方的代理人十分意外,然而更让她吃惊的还是尸体里的子宫不翼而飞。等法院的小王一走,她就把卢大成叫到自己办公室,开口就问:"是不是你搞的鬼?"

"怎么会是我呢?"卢大成一脸的冤屈,"我一大早就在办公室写稿子,中午才出来,可以证明的人有好几位呢。"

"那就是你让刘主任干的?"

"他就更不可能了。"卢大成提醒道,"他从昨天下午就去参加外院会诊了,还是您叫他去的呢。"

"你这么聪明,还能让我看出来吗?"苏红说着就笑了笑,"反正我觉得,这事一定和你有关。怪不得你对再审的事一点儿也不担心。"

"我的大院长,您这么说,可让我担当不起呀!"卢大成做出夸张的表情说,"子宫没了,对我们有什么好处?对晓米倒很有利啊!"

"这是怎么说呢?"苏红不解道,"子宫一丢,就没了证据,法院当然就不会受理再审,这是明摆着的事。所以我才这么问你嘛。"

"哎呀我的好院长,您这么说,就太伤我的心了。"

"我说错了?"

"您没说错,但立场搞反了。"卢大成叹息一声,然后振振有词道,"您这么说,还是以为我是一刀切开了子宫。可我说过,我的手术没有一点问题,明明是晓米看错了,对我有情绪,所以借这事来整我,完全是一个女人的报复。您想想,如果尸检发现切口没有任何问题,那她的不轨意图不就完全暴露了?所以说,害怕尸检的是她,是她不能让法医看到真相。这么想,您是不是就很明白啦?"

"照你的说法,是晓米做了手脚?"苏红不太相信地问。

"我已经查过了,今天一早下夜班,她从新生儿ICU出来后,根本没回家,而是去了车库。"

"车库?她去车库做什么?"

"听一些司机说,她在司机的休息室里睡觉呢。"

"她在那儿睡觉?"苏红更奇怪了。

"是啊,不可理解吧?"卢大成得意地笑了笑说,"可说是睡觉,但谁也没看见。而那个地方可以直接通到解剖室,尸体就在那儿放着,原告方是知道的,晓米又是他们的代理人,您想,她会做些什么呢?"

苏红听到这儿愣了愣,就拨通了女儿的电话。

"晓米怎么会在司机休息室睡觉呢?"苏红当着卢大成的面问姗姗。

"这有什么奇怪的,她想跟韩飞好呗。"苏姗姗在电话里说。

"韩飞?"苏红想了想,"就你介绍的那个司机?"

"除了他,还有别人吗?"

"他不是你的……"苏红犹豫了一下才说,"你的朋友吗?"

"什么朋友啊,就是玩玩儿,他长得帅嘛。"苏姗姗倒是敢于说实话。

"怎么能这样呢?"苏红不满道,"你们这代人,我真的有些不懂了,男女间的事,可以这样随便吗?"

"妈,您的事,我可从来没有干涉啊。"说着,苏姗姗就把电话挂了。

卢大成在一旁安慰道:"现在的孩子都这样,是个社会问题。"

苏红却没答话,先去把门反锁了,这才坐下严肃道:"卢大成,我的脑子没你好使,也不如你能说会道。可我做事很讲原则,一是一,二是二,特别是不能忍受被人愚弄。"

卢大成连忙说:"院长,您这话说得让我丈二和尚摸不着头脑啊。"

"实话和你说了吧。这些天我想了很久,觉得晓米医生不是那种人,她说的那一刀肯定是真的。而且,打死我也不会相信她会偷偷摸摸做出拿走子宫的事。我知道,你心里也是这样想的,对吗?"

"这个……可是怎么说的呢?"卢大成没有露出丝毫慌乱,只是含含糊糊地问。

"但是,我虽然这么想,并不等于要让这起官司输在晓米的手里。明白吗?"

"明白,您继续说。"

"我早就说过了,这个事,不仅关系到你的个人声誉,更重要的是医院的影响。我们只能赢,不能输。不管用什么手段,目的一定要达到!"

卢大成心里有了底,立刻表态道:"其实我做的一切,也是和您想的一样啊!"

"可你不能对我撒谎。"苏红盯着卢大成说,"要做什么事,一定要和我商量。"

"我一直都是这样做的啊。"

"未必吧?"苏红冷冷地笑了一声,"细节不必说,子宫失踪,是不是你的主意?"

"不是,绝对不是。"卢大成斩钉截铁道,"当然,是不是晓米,我不敢肯定,但绝对和我没关系。我敢发誓。"

苏红叹了一口气才说:"但愿如此吧。"

从苏红的办公室出来,卢大成很不痛快,心里想:"这老娘们儿是怎么啦?换了别人,装糊涂还来不及呢,你倒好,非得全知道。可知道得越多,担的责任就越大,怎么连这个都不明白呢?再说了,这该死的子宫到底是怎么丢的,我也真的不清楚,能说什么呢?"

到了自己办公室,他立刻给孙小巧打了电话,可接电话的却是胡世生。

"卢院长,您找她有什么事吗?"

卢大成十分意外,立刻搪塞道:"没什么事,就是实习生的手续还有些不全,请她有空的时候来补一下吧。"过了会儿,又小声问:"世生,你怎么和她在一起呢?"

"以后再跟您说吧。"说完,胡世生就把电话挂了。

这个情况倒是卢大成没有想到的。早先,他也曾听老婆说,她哥哥一方面急着解决婚姻问题,一方面又很讨厌那些追他的女人。如果他现在和孙小巧搞在一起,那事情就有些麻烦了。不过,他立刻就安慰自己道:"他们只是玩玩吧。在一个团队,这种事不是很常见吗?"

不过,快下班的时候,他最担心的事却得到了证实。

"我和胡医生去登记了。"孙小英一见到卢大成,虽然有些胆怯,但还是按胡世生的嘱咐说,"我们决定结婚。"

"结婚?"卢大成大吃一惊,"你是说和胡世生医生登记结婚了?"

"是。"孙小英点了一下头,小声回答。

"什么时候?"卢大成还是不愿相信。

"就在刚才。"

"你确定没搞错?真的登记了?"

孙小英这时抬起头来,看着对方说:"卢院长,这是我的终身大事,我不会搞错的。"

卢大成马上换了口气说:"恭喜,恭喜。这下,我们可是亲戚了。"

"胡医生说,暂时不要告诉任何人。"孙小英又说,"包括您的夫人。"

"那么,为什么要告诉我呢?"卢大成当然已经猜到胡世生的用意,还是问了一句。

"那是因为希望得到您的关照,您是我的领导啊。"

"嘿嘿,现在我可很难领导你了。"卢大成不冷不热地哼了一声,才小声问,"怎么子宫不见了呢?"

"我把它切除了。"孙小英已经有所准备,便很冷静地回答。

"为什么要这么做呢?"卢大成没想到她会这样坦白。

"因为我想这样不太好。"孙小英大着胆子道,"我看到子宫切口了,和晓米医生说的一模一样。如果我按您说的做,不是故意毁坏证据吗?"

"这可是为了维护医院的声誉,也是不得已啊。"

"可我还是觉得不太妥当。"

"那你把子宫放在哪儿了?"这可是卢大成现在最关心的事。

"我把它放在一个地方了。"

"什么地方?"

"这个……我不能告诉您。"

"什么?"卢大成一下发作起来,但马上就想到这个人已经不是原

195

来可以任意支配的实习生了,便又换了一副笑脸说,"如果连这个都不能告诉我,是不是也太过分了?"

"您放心吧。"孙小英早就料到对方会生气,继续平静道,"我也不会告诉别的任何人,这事,我连胡医生一个字也没说。"

"你很明智。"卢大成点点头,又说,"好吧,现在你身份变了,我不便再多说什么。但还是要奉劝一句,往后做事,一定要给自己留条后路,这个世界上的许多事,就像你的命运一样,有时候说变就变呢。"

"谢谢您的忠告。"孙小英知道卢大成在威胁自己,却温和地回答说,"我只做对得起自己良心的事,别的就想不到那么多了。"

孙小英说完就走了。卢大成殷勤地替她开了门,还出来送了几步,但一回到屋里,就给胡氏药业集团的董事长打了电话:"爸爸,这么好的事怎么不跟我说一声呢?祝贺世生新婚大喜,早生贵子啊!"

苏姗姗虽然从未想过要和韩飞有什么正经的结果,但现在看到他成天和晓米在一起,还是有种说不出来的难受。除了好胜心或女人天生的妒忌,还有就是他们折腾的那个官司,这可是直接冲着自己老妈去的啊。她真的很后悔把这个男人弄到这儿来当司机,报复一下的念头油然而生,不仅要让他消失,还要让他声名狼藉。

但具体怎么做,她心里可没底。

D79出急诊,虽然按原来的规定,每周有两天的休息,可实际上却从来没有实行过。在120急救系统中,夜班的妇产科医生太少,但这只是一个表面上的原因,其实是刘一君在卢大成的授意下,根本没有准备第二套班子。而从团队方面说,除了万玲儿私下有些嘀咕外,还从来没有一个人提出要换班呢。这天是元旦,晓米上班前请大家去了一家酒楼,借着庆祝节日,对大家在工作上的支持表示感谢。万玲儿是个吃货,逮着机会点了不少喜欢吃的海鲜,还即兴在餐厅的小台上表演了一段舞蹈,秀着真丝紧裹的大腿。不料就在头一个急诊的路上,就开始腹痛,接着就恶心呕吐。晓米一查体,全腹均有压痛及反跳痛,肠音十分微弱,因为不是专科,只能初步断定是机械性肠梗阻一类的疾病,却不敢确诊。等到救护车到达目的地,晓米吩咐孙小巧在一旁监护,让韩飞火速送万玲儿去找消化内科或肠胃外科的医生,自己就带着其他人去看病人了。

这次接诊的病人是个早孕,下面有些出血,其实无须治疗,但老公却怕有意外,并在电话里夸大了病情。这种事很常见,晓米安慰了病人几句,并讲了一些怀孕的常识,苏姗姗却把那个男人狠狠教训了几句。

不多时大家出来,发现D79还停在原地未动,车身还有些摇晃。上来一看大家都愣住了:原来万玲儿用胳膊触地跪卧,韩飞两腿骑跨在她背上,双手合抱着下腹,一紧一松地按捏呢。

苏姗姗一下急了,大声喝道:"韩飞,你耍什么流氓?还不赶紧下来!"

韩飞却理也不理,继续颠了一会儿,就听见一声响屁,万护士肥硕的两股间就涌出一大团污物,顿时臭气四溢,好端端的一条时髦打底裤就彻底报销了。

不过,万玲儿的精神却好了许多,症状也基本消失。孙小巧招呼男人们出去,就替万玲儿擦洗起来。

"这个怎么解释呢?"晓米跟着韩飞走到车头问。

"嘿嘿。"韩飞笑了两声才回答,"万护士得的是乙状结肠扭转,我看是早期,就用了颠簸疗法,可以让患者的肠道迅速复位。不过,我原来是想让孙医生灌肠的。"

"也是听司机们说的吗?"晓米不无讽刺地问。

"你说是就是了。"韩飞做了个鬼脸道,"我知道你不信。"

"换了你会信吗?"晓米冷冷地笑了一下,随即板起脸来说,"你认为说谎很好玩儿,对吗?不过这次对不起了,你没有执照就是非法治疗。也许是做对了,但谁也没有给你这个权利啊。我现在就报警。你到底是什么人,去公安机关说吧。"

看到晓米真的拿出手机,韩飞只好说:"好吧,我承认,我是个外科医生,还是个……教授。"

晓米听了一点儿也不奇怪,哼了一声说:"教授倒是没想到。"

"以后有机会,再跟你细说吧。"

这时,车上的扬声器传来急救总站新的呼叫声,晓米转身上了车,一点儿也没有注意到站在另一侧的苏姗姗。

这天下了班,晓米跟韩飞来到车库,进了休息室,晓米把门带上后就说:"我们不只是在一块儿工作,而且你也在帮助原告提请再审,我必须知道你的真实身份,否则,你今天就得离开。"

"有这么严重吗?"韩飞却笑了笑说。

"对,就这么严重。"晓米在对面坐好,又说,"好了,现在可以说了吧,到底是怎么回事?"

韩飞叹了口气,从上衣的口袋里拿出一样东西说:"都是这个惹的祸。"

晓米一看,是把普通的手术刀,刀头虽然套着透明的塑料封,但仍然让人觉得寒光逼人,锋利无比。

"这是我拿到博士学位时老师送的礼物。"韩飞用两个指头夹住刀柄,正反旋转了几周,又稳稳握在手心里说,"我平时总是把它带在身边。"

"为什么要带在身边呢?"晓米不解地问。

"不反对多个听众吧?"韩飞还没回答,就听到一声门响,苏姗姗走了进来说,"你们在车头说的话,我都听到了。"

晓米没吭声,苏姗姗的出现让她有点儿不高兴,但也想不出什么要她走开的理由。

"听就听吧,反正也不是什么秘密。"韩飞倒很大方道,"只是别给我到处宣传。"

苏姗姗就在韩飞身边坐下,拿过刀看了看说:"7号柄,24号刀片,用起来很给力。我也喜欢。"

韩飞却看着晓米说:"我听说,你们做产科的,也常在包里塞个一次性产包呢。"

"可这不一样啊。"晓米说,"难道你随时会在外面动手术吗?"

"手术一般是做不了的。但只有一个情况例外。"

苏姗姗自作聪明插话道:"有人中弹,用它把子弹挖出来。"

"那可没这么简单。"韩飞笑了笑说,"当一个人没了心跳和呼吸,心肺复苏按压却没有效果,这时还有最后一个办法……"

"开胸!"苏姗姗抢着说,"打开胸腔,直接把手伸进去按摩心脏,对吗?"

"对,最后一招就是开胸心肺复苏了。"韩飞看着苏姗姗,赞许地点了点头说,"这时候可以不进行任何消毒,打开胸腔就可以操作。当然,必须要有手术刀,特别是切开心包,别的用具可代替不了。"

"这和你当司机有什么关系呢?"晓米和苏姗姗几乎同时问。

"这个说来话就长了。"韩飞说着就站了起来,伸了伸腰说,"我们还是去吃点儿东西吧。"

"不能简单说一说吗?"晓米说,"你要不说,我没胃口。"

"那好吧,就简单说一下。"韩飞重新坐下,想了想才说,"4年前,我结了婚。"

"哈,我就知道。"苏姗姗笑了一声问,"老婆一定很漂亮吧?"

"是,长得不错。原以为是我同学的妹妹,后来才知道,是我那个同学的前女友。"

苏姗姗开心道:"你也有上当受骗的时候?"

"也说不上什么受骗,看着漂亮,就不想丢了,这是我们男人的弱点。"韩飞笑了一下,继续说,"我的主攻方向是外科急救。那是个涉及面广、工作很累、又不容易成名的专业。有人戏称我们是'高级护士',主要负责院前初诊、创伤评分、生命支持等等。大手术轮不上,面临的却是患者的生死关头。"

"我们也是啊。"晓米同情道,"真正能出成就的都是住院后的专科治疗。"

"国内这方面也是个弱项,医大新开了'现代外科急救'这门新课,导师就推荐我回来。我一面教书,一面做临床指导,说实话,帮了不少人,许多朋友就是在那个时候认识的,而且关系都很好。"

"原来如此。"晓米会意地点了点头。

"后来呢?"苏姗姗催促道。

"后来,我就出国办离婚手续。"

"为什么要离婚啊?"苏姗姗充满了兴趣问。

"因为我老婆不想回来。"韩飞苦笑笑说,"她是个马术教练,认识不少高端人士,觉得国外才是她的天堂。"

"你长期不在她身边,这可不太妙啊?"苏姗姗笑着说。

韩飞却没理会,继续说:"那天晚上,我们吵了很久,也很凶,把邻居也惊动了。她撕了我的护照就出走了。原以为过一会儿就会回来,结果都快天亮了也不见她的人影,我就去了海边的小树林,那儿是她常去的地方,可见到她的时候,已经躺在地上,既测不到脉搏,也没了呼吸。我知道附近有家小医院,就打电话请求急救,等医生来后接好呼吸机,我就做了开胸心肺复苏。"

晓米焦急问："救过来了吗？"

"没有。"韩飞痛苦地摇摇头，"她是被奸杀的。我发现的时候，应该早就过了抢救的时限。"

"那你为什么还要开胸呢？应该保护好现场啊？"苏姗姗埋怨道，"亏你还是学外科急救的，这点常识都不懂。"

"是啊，后来警察也是这么说的。"韩飞叹了口气道，"可作为一名外科医生，总希望可以出现奇迹。"

"换了我，也会这么做。"晓米附和道。

"真是太愚蠢了。"苏姗姗对晓米的话作出评论道，"我觉得，一个医生在任何情况下，都要保持清醒的头脑。"

"请接着说吧。"晓米宽容地笑了笑，看着韩飞请求道。

"后来，我被判处一级谋杀罪，并决定执行死刑。"

晓米瞪大了眼睛问："为什么呀？"

"警方认为我具备谋杀的动机——想离婚，想回国，但都受到妻子的阻止。还有一个，他们查出我妻子另有情人，而且硬说我是知道的，所以认为我想杀她。此外，我带着手术刀，这就是谋杀的证据。"

晓米立刻问："可奸杀又怎么解释呢？"

"警方没有找到凶手留下的任何证据。相反，我妻子的身上到处是我的指纹。所以，检方认为我是故意伪造了现场。不过，幸运的是，在我即将被执行的时候，真凶被抓到了。"

晓米听完后，心里有种说不出的沉重。过了会儿才说："既然真相大白了，你完全可以回来当你的医生啊，为什么还要当司机呢？"

"我的刑事责任是被免除了，但当地医学协会却认为我缺少对生命体征的正确判断，甚至还有人说我有辱尸行为。我委托律师提出申诉，但在这期间，我不能行医，除非是紧急情况。所以，今天我对万护士的抢救，并没违反规定。晓米医生，你说呢？"

听了韩飞的讲述，晓米不由得一阵难过，虽然说不出什么理由，但也增加了不少好感，至少对他当初表现出来的桀骜不驯或玩世不恭有了更多理解。而苏姗姗却在心里暗自窃喜，觉得这种男人不收入囊中就太笨啦。

万玲儿虽无大碍，已能到处跑着玩儿了，但还是在住院观察。苏姗

200

姗找到她的时候,她正在跟病区护士说韩飞颠簸疗法的妙招儿呢。

"你老实说,韩飞骑你背上那会儿,有没有那种企图啊?"苏姗姗把万玲儿拉到一边问。

"什么企图啊?"万玲儿傻笑着说,"你说清楚点儿嘛。"

"就是占你便宜呗。"苏姗姗干脆点明了,随后警告道,"别跟我装傻啊!"

"那倒没有吧?"万玲儿故意想了想说,"不过,他倒是在那儿什么都摸了。"

"真的吗?到处?"苏姗姗吃惊地问。

"我说的到处,也就是下腹部那个范围嘛。"万玲儿对自己说的话能引起对方这么强烈的反应感到很满意,立刻声明说,"不过,不包括敏感部位啊。"

"谅他也不敢。"

"您是不是讨厌他这么做啊?"万玲儿试探地问。

"实话告诉你吧,韩飞是个外科医生,他来我们这儿当司机,是在体验生活呢。"

"体验生活?"万玲儿这回真的不懂了,"是想写电视剧还是小说啊?"

"反正是暂时的,你知道就行了。"苏姗姗说完,就附在万玲儿耳边小声嘀咕了一阵。

万玲儿听了惊喜道:"真的?你要来真的?"

"我可不能看着他任人摆布,掉进雷晓米的陷阱却见死不救。"

"那我有什么好处吗?"

"有啊,下次你再犯结肠扭转,我亲自给你做灌肠,保证让你痛得嗷嗷叫。"

万玲儿吐了吐舌头,就掏出手机给韩飞打电话:"韩大夫,我请您吃晚饭,可一定要来啊。否则告你图谋不轨,我可是什么话都说得出来啊。哈哈哈。"

D79决定停诊一天。一是万玲儿上不了班,另一个也是因为连续这么多天没有休息,所以刘主任按苏姗姗的意思通知放假。

韩飞其实也想知道万玲儿的恢复情况,因为乙状结肠非手术复位后,可能会复发。但到了医院餐厅一看,却发现苏姗姗也在,便有了些警惕。

"苏医生,是你的主意吧?"

"叫我姗姗吧。"苏姗姗挤了挤眼睛说,"别弄得像上班,一本正经可不利于心理健康啊。"

韩飞坐下又问万玲儿:"你现在可要忌油腻,注意饮食规律。那条裤子很贵吧?"

"您真是哪壶不开提哪壶,我起码还要心疼好几天呢。"万玲儿扮着怪相说,"不过,我可是个知恩图报的人,就是牺牲了,也不能不请您喝点小酒啊。"

苏姗姗便拿出一瓶酒来,还换了大杯,摆出一醉方休的模样。

韩飞先前跟晓米和苏姗姗说了自己的经历,倒是轻松了许多。尽管他是个不爱诉苦的男人,但想发泄一下的愿望还是有的,至少不再让人怀疑,不再误解,特别是那些死里逃生的情节,也不能老这么闷在心里呀!

"干!"韩飞知道自己没有海量,但几杯还是可以应付的,所以也不多想,就和苏姗姗畅饮起来。

不料那可是高度白酒,几杯下肚就有些发晕。再过一会儿,万玲儿是怎么走的都不知道了。他本想打电话让晓米也来凑个热闹,结果苏姗姗打了几次电话,都说无人接听,也就不再坚持。后来他说要回车库睡觉,却被苏姗姗扶上了一辆出租车,接下来的事,就不太知道了。

第二天早晨,韩飞醒来,发现躺在酒店房间在大床上,而且内衣都没了,身边躺着苏姗姗,闭着眼,像在熟睡。

他呆呆地想了一会儿,便轻手轻脚爬起来,想悄悄离开,却听到苏姗姗十分清晰的声音:"你想去哪儿啊?"

韩飞苦笑笑,一边胡乱地套着睡衣,一边问:"昨天万护士请我喝酒,是故意的吧?"

"是,是我计划好的。"苏姗姗老实承认道。

"因为什么呢?"

"因为啊……"苏姗姗想了想,做了个鬼脸,半真半假道,"因为听了你的故事,我很同情,有种说不出来的悲哀和亲近感。"

"你倒是很有个性。"韩飞在窗前的沙发上坐下,"你穿好衣服,我们说会儿话。"

"想说什么呢?"苏姗姗走过来,在韩飞旁边的沙发上坐下说,"你不会生气吧?"

"那倒不会。"韩飞笑笑说,"我们都是成年人,就算是做了点什么也不是什么大错,至少不是刑事犯罪,对吗?"

"那可不一定。"苏姗姗却严肃起来,"就看你的态度了,答应还是不答应。"

"答应?你想让我答应什么呢?"韩飞不解地问。

"和我结婚啊。"苏姗姗直截了当地说。

"结婚?"韩飞苦笑一声说,"要是我不答应呢?"

"那我就报警,罪名你懂的。"看到韩飞有些紧张起来,苏姗姗忍不住扑哧一声笑了起来,"别担心啊,我说着玩儿呢。"

韩飞叹了口气道:"这种事,现在可没少听说啊。"

"可我不会啊!"苏姗姗凑近了继续说,"韩飞,要是你最近不跟晓米走得这么近,我也不会出此下策。当然,我也不是想要挟。你要不愿意,就当什么也没有发生。不过,昨天夜里我真很享受,感觉太好了。"

"你让我说什么才好呢?"韩飞似乎很矛盾,"你说的这些,让我很感动呢。"

"真的吗?"苏姗姗高兴起来,一下扑到韩飞身上,吻着他的嘴唇说,"我就是想让你感动啊,让你满足,让你觉得像个皇帝。"

"但你犯了一个错误。"韩飞说着,就把苏姗姗推开了。

"什么错误?"苏姗姗马上问,"你说出来,我坚决改,不行吗?"

"可能很难了。"韩飞看着苏姗姗,神态认真地说,"我原来的太太——就是害得我差点儿送命的那个女人,就是用这样的办法和我结的婚。"

苏姗姗听了,目不转睛地盯着韩飞,揣测着这话的真假。

韩飞就说:"真的,你们用的手段几乎一模一样。"

"把你灌醉了,弄上床吗?"

"是啊,后来就说怀孕了。"

"怀孕?"突然,苏姗姗放肆地大笑起来,并指着韩飞道,"你……你呀你,把我当三岁孩子吧?你以为是演电视剧呀?亏你还是个医生,这种事男人不主动,女人能做得出来吗?"

"可女人会挑逗啊。"

"是的,这个我相信。"苏姗姗继续笑着说,"但要是我来挑逗你,你能不清醒吗?一定要说实话啊!"

韩飞点了点头表示认可。

"好,既然清醒,那还算是被动吗?这世上还有男人被动一说吗?"苏姗姗得理不饶人,"告诉你,这就叫'一个愿打一个愿挨'。可不是什么手段,而是谈情说爱的一种常见症状。你不会这么老土吧?再说了,这两天,我也不排卵啊。"

韩飞只好说:"就算你说的对,但也太过分了吧?"

"不就是看了一眼你的身体吗?"苏姗姗噘了噘嘴说,"你喝那么多,吐得到处都是,身上尽是股臭味,才把你弄到这儿清洗一下。不信,你去卫生间看看,裤头还扔在那儿呢。这大半夜的,也没法给你买内衣啊。还有,你以为我会这么不自爱?瞧瞧,我什么都穿着呢。"说着,就解开睡衣,果然里面还有一套内衣。

韩飞也就笑着说:"那就权当我什么也没说。"

"那可不行,你得向我道歉。"

"道什么歉啊?我还没查你在酒里放了什么东西呢!"

"就两片安定。"

"那你得向我道歉。"

两人就这么闹着,并把衣服穿好,似乎真的只是开了一场玩笑。

从酒店出来时,苏姗姗亲热地挽起韩飞的胳膊,凑到耳边小声说:"你可给我听好了,本小姐虽然不是黄花闺女,但也是金枝玉叶。你知道我为什么要这么做吗?都是因为我爱你啊!我爱你!我爱你爱死了!这下懂了吧?傻瓜!"

第十六章

　　病人家属诉省妇幼保健医院手术不规范导致并发羊水栓塞抢救无效死亡再审案,将在法院宣布的日期开庭审理。原告两位老人因为女儿尸体已经火化,要回家处理农活已经离开省城,把诉讼的事全部委托给了晓米。这时,安萍虽然已度假回来,但成天被老公支使着筹备新开的医院。钟悦回国后倒是主动过问了几次,但老是看到韩飞不离左右,也就不再来了,顶多在电话里问一下进展。另外,有件事钟悦对谁也没说,就是他已经和苏姗姗在秘密约会了。保密是姗姗先提出来的,钟悦因为心里对晓米还抱着一线希望,所以马上就同意了。

　　卢大成提出要任命傅志刚为医院的法律顾问,并担任这次再审案的被告方律师,曾遭到苏红的强烈反对,她认为此人道德败坏,又是原告聘用过的律师,怎么说也不太合适。但卢大成却认为傅志刚不仅对案情十分了解,更重要的是此人对院方能够忠心耿耿、死心塌地,这样的律师恐怕很难再找到第二个了。刘一君起初和苏红一样,也有不少疑虑,后来建议把这场官司作为对傅志刚的一次考核,赢了就录用,否则走人。这样一说,苏红才点了头。

　　开庭的第一件事是对新的证据进行认定,因为被告方提出了否定的意见。这天,旁听席都坐满了,大多是保健医院的同事,还来了不少媒体。大家都很关注一件事——医院的主治医生竟然要与自己的领导对簿公堂,这在过去还真的少见。而提供新证据的,也是原来手术室的护士。对不少人来说,争辩一个手术是否规范已经不是重点,吸引大家眼球的,是医院里的职场关系。不管认识不认识的,大凡是做临床的医生,都在替晓米捏着一把汗呢。

因为只是对原告提出的新证据进一步认定,双方只有律师和代理人出席。韩飞坐在可以让晓米一眼就能看到的位置上,并说好几个暗号:摸一下耳朵说明可以继续,抓一把头发则表示应该停止,而把手指放在嘴上时,就是要她提出反对。韩飞是个被判过死刑的人,对法庭上的一套很有经验。

小丁因为在保胎,所以允许坐在轮椅上进入法庭,她的老公就坐在最靠近证人席的位置上——也是由法庭特别安排的。

晓米的陈词很简短,认为除了主刀和助手,还有就是器械护士也可以看到术。接下来与证人的对话只用了一分钟,小丁清晰地回答,她确实看到卢大成主任在切开子宫肌层的同时就破了膜。旁听席上出现了一阵嗡嗡声,人们小声地交换着意见,甚至有记者跑出去抢着发消息了。

傅志刚听审判长说了被告律师的询问可以开始后,并没有立刻站起来,而是装着想着什么在沉默,等审判长再次提醒,这才站起来说了声"对不起",而后走到小丁面前时,却并不急着发问,而是盯着对方看着,好像对方脸上有什么东西引起了他的注意。这个早就设计好的动作不仅让旁听席一下安静下来,还让小丁觉得很不自在。这正是傅志刚的用意所在。

"我们应该认识吧?"傅志刚不等审判长催促,微笑着问了起来。

"是。"小丁犹豫一下才回答。

"在我担任原告律师时,你作为一名进修护士,曾经为我提供过医疗事件的情报,对吗?"

"对。"小丁清晰地回答。

"你的记忆力不错啊。"傅志刚点了点头,继续问道,"是你告诉我,死了一个病人,是羊水栓塞。就凭这句话,你要了我5000元,对吗?"

旁听席上的嗡嗡声又响起来,从人们的神态看,好像都认为这个护士太贪心了。

小丁显然没有想到会问到这种事,看着晓米想求助。而晓米已经看到韩飞把手指放在嘴边,就举了举手,对审判长说:"反对。"

审判长立刻对傅志刚说:"请问与本案有关的问题。"

傅志刚立刻表示接受,然后看了看手上的一张纸,才说:"我有电话录音的习惯,所以可以查到你在电话里曾经说过的一句话。你说:'助手雷晓米认为卢主任在切开子宫肌层同时破了膜,不符合手术规范。'这句话你还记得吗?"

小丁这时看了看晓米,见她点了点头,这才回答:"我是这么说过。"

"那我就有一个问题了。"傅志刚转到小丁的一侧,正好站在小丁与晓米中间的位置,才接着问,"如果,你作为上台的器械护士也可以看到手术,为什么不说自己看到,而只是说'雷晓米认为'呢?"

"这个……"小丁顿时慌乱起来,她晃动着身体,想看到晓米,却被傅志刚的身体遮挡着。

"好吧,你不能回答,我表示理解。"傅志刚老练地微笑着,又问道,"可没过多久,你就对苏院长说,当时你正在清点纱布,根本就没有看到手术。对吗?"

晓米不等小丁回答,就站了起来,并大声说:"审判长,事情不是这样的,当时……"

审判长却严厉地对晓米道:"原告代理人,你现在不能发言!"

晓米看到韩飞在抓头发,便坐了下来。

傅志刚得意地看了看晓米,才对小丁说:"其实,你的这两种说法并无矛盾,一个只是客观地传达病例讨论会上的信息,还不是你亲耳听到的,只是听其他护士说的。是这样吗?"

"是,我没参加讨论会。"小丁小声回答。

"而后面一种说法才是你的主观认识。按照常理,我们当然只能认为你后来说的是真实情况。对吗?"

"不对!不是这样!"小丁摇了摇头,看着审判长说,"我对院长说了谎。因为我只是个进修护士,大家知道的,如果不向着领导说话,我就可能被赶走。这也是实际情况啊。"

"丁护士,你这么说就不客观了。"傅志刚看着小丁恶狠狠地说,"你能举出例子吗?哪怕就一个例子,来说明我们医院因为护士说了真话就被赶走的事实呢?"

小丁额上沁出汗珠,绝望地低着头,痛苦不语。她老公立刻对身边的法警说:"我老婆受不了,我们得撤了。"

傅志刚却冷笑着说:"对不起,我还没问完呢。"

一位女法警走到小丁身边问:"你还能坚持作证吗?"

小丁想了想,艰难地点了点头。

审判长便对傅志刚说:"请你尽量把问题集中一些,简短一点。"

"好的。我就剩下最后一个问题了。"傅志刚说完,就对小丁说,"听说你上个月给120急救中心打过电话。是吗?"

小丁点头说:"是。"

"你患的是输卵管复合妊娠,但差点儿被人当成急性阑尾炎。有这事吗?"

小丁说:"是这样。"

傅志刚问:"你能不能给大家说一下,这种病如果得不到及时诊治,会有什么后果呢?"

小丁低声说:"如果输卵管破裂引起腹腔出血,就有生命危险。"

"对胎儿呢?"

小丁的声音更小了:"有可能流产。"

"听不见啊。"傅志刚故意大声说,"你是说,不仅有可能永远怀不上孩子,自己的生命也有危险,对吗?"

小丁点了点头,说:"是的。"

"那么,是谁救了你呢?"傅志刚不等回答又说,"是不是这位雷晓米医生,也就是现在的原告代理人救了你的命,保住了你的孩子?换句话说,她是你的救命恩人,对吗?"

晓米看到韩飞在抓头发,意思是保持沉默。可她却站起身,并大声对傅志刚抗议道:"你的用心太险恶,真是太卑鄙了!"

"请原告代理人注意自己的用语。"审判长敲了一下法槌,对晓米发出严厉的警告,然后才对傅志刚说:"请您询问与本案有关的问题。"

傅志刚却立刻说:"我的问题问完了。谢谢审判长。"

旁听席上再次议论起来,审判长也不阻止,与两边的同事商量了一下,就宣布休庭了。

晓米脑中一片空白,沉重地坐下。尽管这些天来,她听韩飞说了不少法庭上的事:比如要遵守法庭的纪律,不能冲动,特别是不能对被告律师使用不礼貌的词语等等。但听到傅志刚用这种卑鄙的手段询问小丁的时候,她还是不能控制住自己。她没想到这么阴险的目的,居然可以堂而皇之地达到。是啊,他就是要把小丁搞臭,让审判长、让所有的人把证人看成是一个没有事实就信口雌黄的说谎大王,为了区区一句话就狮子大开口要5000元的贪婪之辈。而对这样一种人来说,为了感激救命之恩什么话不能说出来呢?

她在恍惚中看到小丁的老公走过来,并用很不客气的语气对自己说:"你的人情我们已经还了。不管以后再发生什么事,我们是绝对不会再来做这个该死的证人了!"

晓米绝望地愣住,不知该说什么才好。

"没关系,你已经做得很好了。"这时,一个温柔而浑厚的声音又在耳边响起,"有的新律师第一次上庭,连话都不会说了呢。"

晓米转过身,看到韩飞微笑的嘴角和鼓励的眼神,情不自禁地靠在他身上,眼泪大颗大颗地落了下来。

孙小英觉得胡世生正在迅速并强有力地改变她的人生。

那天她在酒店说出自己的真实身份后,本想一走了之,后来却发现根本无路可走。多少年来,她和父母辛辛苦苦把妹妹培养成一名医生,悲剧发生后,她又冒天下之大不韪调换了身份,难道就因为一个男人的出现要使一切付之东流吗?她原想用"孙小巧"的名字登记结婚,却遭到胡世生的坚决反对,并逼她拿出真实的身份证办了手续,只是没有张扬出去。她原来想守住卢大成要她破坏尸检的秘密,可后来想想,既然已经身为人妻,就得对丈夫忠贞不贰,于是就一五一十地坦白出来。

短短的一两天,她已经不可能再回到从前、再当冒名顶替的孙小巧了。虽然除了自己的丈夫还没任何人知道这些秘密,但因为有人分担,内心的压力似乎也就不那么大了。

法院开庭那天,她原来不敢去旁听,可胡世生却认为这事既然已经被牵扯进去,就一定要掌握最新动向,以确定下一步的行动:是继续隐瞒,还是主动坦白,或是采取其他办法。

按胡世生的思路,如果小丁的证言能被法院采信,那子宫丢失的事就不太重要了。因为原告的目的已经达到,谁会再注意那些已经不起作用的物证了呢?但从开庭的情况来看,小丁的可信度显然已经被那个律师弄得大打折扣。这样一来,子宫问题很可能重新成为焦点,这样的话,孙小英所做的事就随时会被揭露,那就很麻烦了。

胡世生这样想着,越来越觉得子宫的事关系重大,从法院出来后,也没和孙小英商量,就直接去了医院的解剖室。但他发现,孙小英说的那个地方根本就没有样本瓶,一个也没有。

那个子宫究竟去了哪儿呢?正当胡世生犯难的时候,有个人正在为那个子宫犯愁,她就是苏红。

装着这个子宫的样本瓶已经在她办公室的保险柜里放了好几天了。说起来,她拿到这个子宫一点儿也不难,因为尸检那天法医既然说了有人在24小时内动过尸体,而尸体就在解剖室,那子宫就可能藏在解剖室的什么地方。当然,也有可能已经被销毁了。不过,还是值得试一试,于是她就给刘一君派了一个任务,叮嘱他一定要在下班后悄悄进行,并且暂时不要告诉卢院长。

卢大成的想法基本上和苏红一致,只是他更为谨慎,特别是在由谁去解剖室的问题上犹豫了很久。他先调看了病区的监控,发现孙小巧出入地下通道时的装束没什么两样,便认为子宫没被带走。但他觉得自己去取很不合适,因为苏院长已经在怀疑,万一被发现不是不打自招吗?但如果让别人去,就等于多了一个人知道秘密,也很危险。就在举棋不定之时,刘一君打来电话,说苏院长已经叫他把解剖室所有的样本瓶都查封了,还不让告诉任何人,想想不能让卢院长蒙在鼓里,所以特地告知一声。卢大成忙问有没有找到那个子宫,刘一君说至少他没有发现。

卢大成虽然怀疑刘一君没说实话,但因为苏红已经插手,也就不便多问。就这个官司本身来说,卢大成并不担心,因为苏红已经明确表态,不管什么情况,决不能输在晓米手上。这方面他们的利益完全一致,至于用什么手段又何必计较呢?不过,卢大成确实不想让苏红看到那个切口。大家都是产科医生,符合不符合手术规范,这个可是一眼就能断定的。

卢大成对当初否认切口有些后悔。因为医院也是社会,也有复杂而微妙的职场关系。不管是为了何种利益而组成的同盟,内部都有一个起码的游戏规则,就是相互间的信任。而这次,他从一开始就向苏红说了谎,而且次次装得那么逼真,如今有了铁证,苏红今后还能再相信自己吗?

事实上也确实如此。苏红自从看到那个子宫后,原来对卢大成的信任感已经不复存在。她从来就是一个很负责任的医生,无论在国外抢救难民,还是在国内上台手术,她都会把病人的利益看得高于一切。几十年来,她做过无数剖宫产,每做一个切口,从来不敢怠慢,尤其是切开子宫肌层,更是注意不能让羊水进入血窦。可现在看到的切口却是这么粗暴,粗暴得不能让人忍受。

不过,有一点是卢大成没有想到的。就是苏红不知为什么老是在寻找卢大成这么做的理由,而且所想到的事还那么荒诞不经。她在想,一定是因为急于参加D79救护车的赠送仪式而走神,或者是晓米突然按了一下宫底正好碰到了卢大成手上的刀锋,也可能是麻醉不到位胎儿动了一下……与此同时,她对晓米倒有了不少同情和理解,心想如果换了自己,是不是也会站到患者一边向主刀医生讨个说法呢?

苏红在一个正直医生和一个对卢大成不无好感的女人之间变换着角色,矛盾不安……

法院休庭后,参加旁听的刘一君一回到医院就兴高采烈地向苏红和卢大成描绘了傅志刚向小丁询问的场面。"一点儿也不夸张,简直就是一部好莱坞大片啊!"

坐在一边的律师却不好意思地笑笑说:"没这么严重吧,只是用了一点儿小技巧而已。"

这天晚上,卢大成带着一瓶酒,走进苏红那个带套间的办公室,把门都反锁了,径直走到她身边,一句话都没说,就揽过腰亲吻起来。

苏红慌乱地抗拒着,躲避着已经久违的欲望,并小声哀求道:"你不能这样啊!不行,这可是办公室啊!"

"我不管。我今天就要死在你的脚下。明天你就见不着我了。"卢大成语无伦次地说着,就要解苏红的衣服。

"不行!绝对不行!"苏红拼命挣扎着说,"请不要这样,我有话要跟你说呢。"

"等我们做完再说吧。你不知道我是多么爱你吗?每次我读着你的诗,闻着那上面的香味,我就不能自制,就想和你这样。你把我都弄疯啦!"卢大成把苏红推倒在沙发上,并将她的双手压住,接着就脱下了她的外衣。

"噢，天呐!"苏红无望地叫着，并没放弃抗拒，气喘吁吁地说，"你……你听我说啊……是不是……是不是怕我对你产生坏印象……用这个封我的嘴，收买我啊?"

"是的，你说是就是。"卢大成没有停下来，并把手从衣领处伸了下去说，"你就是告我非礼，我也认了。我就是要你，要和你变成一个人，现在，你懂吗?"

苏红闭上眼睛，不再动弹。多少年来，她或许一直在盼着这一天呢。

可这时电话响了起来。

卢大成这才停住，看着电话，问:"要接吗?"

苏红马上理了理头发，拿起话筒，用平时的口气问:"哪位?"

"妈，今天开庭怎么说啊?那个丁护士说的能算证据吗?"话筒里传来姗姗的声音。

苏红便说:"现在还不知道呢。"

"你在干什么呀，在开会吗?"

"没有。在和卢院长商量事情呢。你们今天不出诊吗?"

"刘主任担心雷晓米情绪不好，今天让我们休息。"

"那你早些睡吧，这些天肯定累坏了。"

"不累，我一会儿就来接你。"姗姗好像猜到什么，又说，"马上就到啊。"

苏红放下电话，冲着卢大成笑了笑:"人算不如天算，下次吧。"

"下次?"卢大成听了顿时放了心，知道已经没事了，却装着泄气道，"还不知道要等到猴年马月呢?"

"但我们不能这样啊。"苏红这时已经恢复了理智，穿好外衣，坐在办公桌前说，"说吧，你来不只是为了这件事吧?"

"你啊，也真是太聪明了。"卢大成也正经八百地说，"把那个东西销毁了吧，我知道就放在你这儿。"

"那个子宫吗?"苏红尽管有预感，但这时还是不无失望道，"你来勾引我，就是为了想销毁证据?"

"何必说得这么难听呢?"卢大成嬉皮笑脸道，"反正我在你面前也装不了什么，但有一点我们是共同的，就是决不能输，只能赢。对吗?"

"但我想赢得光明正大。"

"我会的,我会让你满足的。"卢大成抓住苏红的手说,"但这个切口可能会引起人们的误解,所以必须让它消失。"

苏红叹了口气,打开保险箱,从里面拿出一个样本瓶,冲着卢大成亮了亮说,"但我必须强调,以后永远不能再做这种切口。同意吗?"

卢大成却没说话,一下把瓶子拿过来,看了看,就进了卫生间,把里面的防腐液倒掉,然后掏出早就准备好的剪刀,把器官弄碎后从便桶里冲走了。

苏红等卢大成走后,就后悔起来。不是因为对卢大成表达了已深藏那么多年的欲望,而是因为几乎是以一个帮凶的身份毁掉了关键证据。

"妈妈,你是怎么了,为什么要掉眼泪?是谁欺负你了?"她听到女儿走进来不安地问她。

"什么也别问。"苏红对女儿说,"妈妈虽然年纪大了,但也是个女人,有时候会寂寞,会难受,但哭一下就好了。"

果然一坐进姗姗的车,她的心情就好起来了。


晓米和韩飞,以及安萍、钟悦,在酒吧的包间各据一方坐定,开起会来。

安萍主张在法院找关系,认定小丁说的就是新证据。她这时已经听晓米说了韩飞的事,就看着他:"大哥不是认识那个小王吗,看看能不能通到审判长那儿,再找个产科方面的权威解释一下,至少要做省级鉴定。"

钟悦却不同意:"法官是很忌讳熟人关系的,还是要相信他们的正义感。"

晓米就看着韩飞说:"韩医生,你说呢?"

"我觉得钟医生说得对。如果法官犹豫不定,你要去找,就等于把他们推向对立面。"

安萍便打量着韩飞,笑着说:"真不愧是教授,说话都很有哲理啊。"

钟悦却认真道:"听说你们的那个胡医生今天去过解剖室。"

"解剖室?"晓米惊讶问,"你怎么会知道?"

"听一个熟人说的。"钟悦说,"说是要找什么样本,做颈部解剖的定位标志。"

安萍说:"麻醉医生经常要在颈部操作,气管插管什么的,很正常啊。"

钟悦却说:"可胡医生不是菜鸟啊,又不带学生,要用什么定位标志啊?我听熟人说,他其实什么也没做,只是到处看了看,好像在找什么东西。"

晓米说:"你想说明什么呢?"

"我可以推测一下。"钟悦说着,就找了张纸画了起来说,"你们看,和这个子宫最有利害关系的其实只有两个人,一个是晓米,一个是卢大成。卢大成当然是希望这个子宫永远消失,但尸体运到解剖室,他不敢冒险去摘除。那么,他会通过谁呢?谁对他百依百顺,又不会引人注意呢?"

"你是说孙小巧吗?"晓米立刻说。

"可我们现在说的是胡医生啊?"安萍不解地问。

"可胡医生和孙小巧又是什么关系呢?"钟悦说着,就看了看晓米。

"他们是……"晓米突然想起胡世生嘱咐的话,马上改口说,"这可是我们团队的事,你怎么会知道呀?"

"这个嘛……"钟悦犹豫了一下说,"我也是听说的。"

"听谁说的呢?"安萍想了想,"晓米的团队,还有哪个女人能勾住你的魂啊?对了,怕不是你和苏大院长的千金好上了吧?"

钟悦一听就急了:"谁跟姗姗好啊?"

"瞧瞧瞧,都'姗姗'了,还想抵赖?"安萍不依不饶地笑着说,"怪不得你最近天庭发亮,原来是在滋阴补阳啊。"

晓米听到这儿想了想,看着韩飞问:"胡医生会不会是在找那个子宫呢?"

韩飞也看着晓米说:"你是说,孙护士并没把子宫销毁,而是藏在什么地方,让胡医生去拿?"

晓米想了想,顺着韩飞的思路说:"也可能是胡医生看了今天开庭的情况,担心人们又要做子宫的文章,所以就……"

钟悦听到这儿问:"可卢大成不会想到这一层吗?"

韩飞就冲钟悦点点头:"我想一定会。"

安萍泄气道:"如果子宫到了卢大成手里,那就永远消失了。"

"那怎么办?"晓米看着韩飞说,"你有什么办法吗?"

韩飞叹了口气说:"我能有什么办法?"

"那官司还能再打下去吗?"晓米看着大家问。

大家都不再说话。

晓米过了会儿问韩飞:"要不,我去问问孙小巧?"

韩飞摇摇头:"我估计她什么也不会说。"

"那就一点儿办法都没有了吗?"晓米不甘心地问韩飞,"还以为你什么事情都能办到呢。"

韩飞却端起酒杯说:"还是喝酒吧。钟医生,我还得向您道个歉呢。"

大家闷闷不乐地喝着酒,不一会儿法院小王来了电话,说法院已经有了决定,护士小丁的新证据不被认可,再审将维持一审的判决,明天就宣布。

"这下你可以死心了。"安萍说着就站了起来,拎着包对晓米说,"什么也别想了,回去好好睡一觉,就当什么也没有发生,你还当你的医生,实在不想在医院待了,就来找我。"

钟悦也跟着说:"你算是尽力了,死者在地下也会感激的。"

韩飞却一声不响,和晓米走出来后才说:"要不,我们再聊聊?"

晓米马上点头表示同意,便跟韩飞回到医院的车库。不知为什么,她总觉得他还有话要说,此外也想知道他的生活情况,因为从来没听他说过要回家什么的,难道一直住在车库的休息室吗?

司机休息室有人在睡觉,韩飞看了看就对晓米说:"要不,去我住的地方?"

"你住哪儿呢?"晓米好奇地问。

"就在这儿。在医院。"

"医院?你在这儿有宿舍?"

韩飞却神秘地笑了笑,带晓米坐了电梯,直达最高一层。这儿是医院预留的病历库和工会活动室,现在静悄悄地空无一人,走廊里也没有灯。从电梯出来后,韩飞领着晓米从安全门上了顶层,这儿是一个非常开阔的空间,足有两个篮球场大,一侧有几个接受卫星信号的"大锅",另一侧是个八角形的建筑物,韩飞就住在里面。

"这儿是直升机的指挥台,不过要等几年才启用呢。"韩飞没等晓米问就解释起来,"我临时住在这儿,是经过后勤部门批准的。"

"你倒是到处都有熟人啊。"晓米用一种多少带着质疑的口气说。

"医生也不能太清高啊。"韩飞装着不经意的样子反驳道。

晓米走进大厅看了看,窗台和地板擦得干干净净,但没有任何家居的迹象,有些不解地问:"你睡在哪儿啊?"

"这儿。"韩飞说着,就用钥匙打开一个门,那是个窄小的房间,有张折叠床和一些简单的生活用品,"我在国外的时候和这差不多。"

"你不是结过婚吗?"晓米问,露出不信的神情。

"她住在城里。我们医院在郊区,平时也不经常回去。"

"我可没问你是不是经常回去啊。"晓米一笑道,"是不是想告诉我,你的婚姻有些形同虚设,对吗?"

"这么理解也可以。"韩飞也笑着说,"事实确实如此。你坐在床上吧,要不,我们出去看看风景?"

"去看风景吧。"晓米尽管对韩飞并不讨厌,但这时也不想和一个男人单独待在这么小的房间里。

"那就多穿点儿。"韩飞说着,就从柜子里拿出一件老款长大衣给晓米披上,这才走了出去。

外面没有风,天气晴朗。虽然已近午夜,但市中心的方向仍然灯火辉煌,附近的高速公路传来汽车疾驶的"嗖嗖"声,偶尔有架飞机闪着红灯从天际处慢慢地移动……

省城一月的气温并不太低,但晓米这时还是裹紧了大衣,她有点喜欢衣服上的那种味道,那种干干的、暖暖的,不像是咖啡、也不是香烟、更不是酒精,那是什么味道呢?

正当她有些走神的时候,听到韩飞说:"我有种预感,那个子宫一定还在。"

晓米一下回到现实中,装作也是一直在想着那个官司,问:"因为什么啊?"

"你没听钟医生说,胡医生今天去了解剖室?"

晓米想了想,点点头说:"你一定是想到了什么办法,但可能还没考虑成熟,或者是不想告诉钟医生,所以刚才就没说。对吗?"

"可能吧。"韩飞笑了一下说,"但还是被你看出来了,所以才跟我来到这儿。"

"也可能吧。"晓米学着韩飞的口气说,"那你觉得,下一步,我们应该怎么走呢?"

"我们要想个办法把子宫逼出来。"

"逼出来?怎么逼啊?"晓米靠近了韩飞问。

"你不是说,法院的小王认为蓄意毁坏或藏匿尸检器官是刑事案件吗?"

"是啊,他是这么说的。"

"那就报警。"韩飞这时看着晓米说,"原告是有权要求查清楚的。"

"可你不是说过,警方不会立案吗?"

"是的,但警方立不立案是一回事,我们报不报警又是另一回事。"

"我不懂。"

"就是说,我们并不指望警方真的把子宫找出来,而是给做这件事的人造成一种精神压力。你想想,孙小巧可是和这起诉讼没有一丁点儿利害冲突啊!如果她以前只是惧怕卢大成,那现在有了胡世生的保护,她有没有可能说出真相呢?"

"有可能吧,但希望不大。"晓米过了会儿才说,"就算她和胡世生好上了,但胡家是卢大成的亲戚,也是利益上的共同体,怎么会反过来支持我们呢?"

"那我问你,你是这个医院的医生,为什么要和自己的领导打官司呢?"

"我不一样啊。"

"怎么不一样?"韩飞追着问。

"我打官司不是为了我自己。"

"那好,孙小巧会不会也有这样的想法?你觉得她是个自私的人吗?"

"可是……"晓米苦笑笑,"她只是个实习生,她需要更大的利益保护啊。"

"也许吧。"韩飞叹了口气说,"但我觉得她还是比较朴实,也很善良。一定要相信,大多数、绝大多数的医生都是好人。我可是这么想的。"

217

"就是说，也包括你喽?"晓米突然想调侃他了。

"你认为，我是坏人?"韩飞也装着疑惑说。

"那可难说了。"晓米看着韩飞笑着问，"当初，你是怎么说我来着?"

"不就是叫了一声美女吗?"韩飞做出委屈的样子，"这也是实话实说啊。老天在上，我可从来没做过什么对不起你的事啊。而且，我一直在帮你，看不出来吗?"

"这倒是真的。"晓米承认道，抬起头，大胆地看着韩飞问，"可这是为什么呢?没有什么企图吗?"

"你说有什么企图呢?"韩飞也直视着她，"就算是有什么企图，不正常吗?"

"这个，我可不知道。"晓米说着就转过身，却和韩飞靠得更近了。

晓米像在等待什么，但却听见韩飞说："时间不早了，我送你回家吧。"

韩飞说着，就把手搭在晓米的肩膀上，向楼梯的方向走了过去。晓米因为在法庭上已经趴在韩飞身上掉过一次泪，现在也就没有觉得很唐突。她乖乖地依在韩飞身边，上了电梯，一直走到医院外面，上了出租车后，才笑着跟韩飞招了招手。

"不管这家伙有什么企图，我还是要谢谢他。"晓米缩在那件散发着男人气息的大衣里想着，一直回到家中，好一会儿也没舍得脱下。

不过，她还是在上床前通过医院的网络发出了一条信息，呼吁知情者找到那个死亡病人突然失踪的子宫。并且明确表示，任何时候说出来都不晚，都不会被追究。

第二天一早，她被手机的来电声吵醒，钟悦大着嗓门儿兴奋道："好消息，天大的好消息!你的信息有了回复，那个子宫自己跑出来啦!"

第十七章

晓米对钟悦的电话还没来得及反应过来,就收到医院内部寻呼机闪着红光的紧急呼叫,要她立即去院长办公室。这种信号通常只有在抢救病人时才使用。

"你搞什么名堂!"苏院长满面怒容,一见到晓米就发起脾气来,"新证据没被认定,我知道你不甘心,不服气,但也不能这么胡来啊!"

"院长,我怎么胡来了?"晓米本能地抗拒道。

"那这是什么?"苏红指着电脑说。

晓米凑近一看,是医院网络的论坛页,在她发的那条信息后面,跟着一个用大号字显示的跟帖:"你说的那个子宫就在解剖室进门第一个柜子的右下角,上面放着一些过期的刊物。"

这个跟帖晓米刚才在家已经看到了,但不知是真是假。论坛上谁都可以发言,而且大多用的是网名。现在发这个帖子的人叫"空穴来风",以前从来没有见过。

"可能有人开玩笑吧?"晓米不太有把握地说。

"那这个玩笑开得也太大了。"苏红哼了一声说,"我已经让人看过了,那儿真的藏着一个样本瓶呢。"

"是那个子宫吗?"晓米连忙问。

"怎么可能呢?"苏红想也不想就说,"那个子宫已经不存在了。"

"那……"晓米犹豫了一会儿问，"这是什么意思啊？"

"我正要问你呢。"苏红板着脸问，"是不是你让人这么做的？只有医院的人才知道，解剖室的门上虽然都有锁，但很少使用，对吗？"

"这个我真的不知道。"晓米争辩道，"我从来没有去过那儿啊。"

苏红再次逼问："你不承认？"

晓米大声叫了起来："苏院长，我从来没做过的事，您让我承认什么啊！"

苏红盯着晓米看了几秒钟，这才走到办公桌那儿，从抽屉里拿出几份报纸放在晓米面前说："你看看这些标题，什么《因为报答救命之恩做假证》，什么《医疗官司后面的黑幕》。现在社会上医患关系这么紧张，那些记者一有风吹草动就大做文章，咱们的这个事继续闹下去，对你、对医院都不利。好不容易平息了，现在又要闹，你到底要干什么呀？"

晓米眼睛看着那些报纸，却没有把苏院长的话听进去。刚才她心里"咯噔"了一下，像是突然发现了什么线索，但因为要急于回答问话，就忽略过去了……对，现在想起来了，就是这一句——苏院长刚才说过的"那个子宫已经不存在了"这一句。她怎么会这么肯定呢？这可是她毫不犹豫说出来的，难道她知道那个子宫的下落？知道已经"处理"了，所以现在听说又有子宫出现，就以为有人在捣乱，自然就很生气了。是啊，苏院长虽然是一院之长，却是个非常单纯的女人，这个晓米还是非常清楚的。

苏红见晓米没吭声，以为是自己的话有了效果，这才叹了口气，换了语气说："晓米啊，我们共事也不是一两天了。我知道，你是个有责任心的好医生，所以，无论是代表患者打官司，还是以前误切了子宫，我都在替你担着呢。现在，你在D79干得很不错，我已经考虑好了，再过一两个月，就别再跟车了，专门坐镇急救中心，把业务全面抓起来。老刘虽然很努力，但他毕竟只是个内科医生，我们可是全省唯一的妇幼专科医院啊。我的话只能说到这儿，你还不明白吗？"

苏院长的话，晓米当然听得很明白，但这会儿她的脑子里只有一件事，就是这个子宫究竟是不是那个大屁股病人的。如果不是，那她可就真是跳进黄河也洗不清了。

"苏院长，我也是个俗人，您的心意我心领了。"晓米真诚地看着对方说,"但是,官司既然打到这一步,我就不可能放弃。"

"真是个女犟驴!"苏红心里想,嘴上却说:"但不是随便找个子宫就可以做证据的。"

晓米却认真道:"子宫是个重要的物证,怎么可以随便丢失呢?希望院方能给原告一个交代。"

"子宫是怎么丢失的,确实是个疑点。"苏红想了想才说,"这样吧,我可以用医院的名义请警方来调查。但有个要求,在新的证据出现前,希望你能把全部精力放在诊疗工作上,不要再给医院造成负面影响,这也是你的医院啊。"

"好吧,我答应。"晓米果断道,"但我也有个要求,希望对解剖室发现的那个子宫做个鉴定。能不能做证据,要凭事实来说话。"

"放心吧,这事已经布置下去了。"苏红十分自信道,"而且会邀请权威做见证。"

　

子宫的出现,最感到意外的还是卢大成。

原来以为,他在苏红那儿亲手把子宫剪碎后冲进下水道,整个事情就结束了。现在突然又冒出一个子宫来,至少有两种可能。一是孙小巧说了谎,她把真子宫藏了起来,却另外找了一个替代。她这么做的动机也好解释,因为毕竟是件不好的事,她为自己准备了一条后路。还有一种情况就是苏红骗了他,或者是刘一君骗了苏红,但他们应该有个理由啊?不,苏红不可能骗自己,她在暗恋自己呢。那么,是不是刘一君在搞鬼呢?可这个官司和他一丁点儿关系都没有啊?要不,就是他也在暗恋着晓米?想讨她的好,暗中帮忙?但这有可能吗?那个早剥的病例,刘一君不是说坑就把晓米坑了吗?那么,就剩下最后一种可能性了,就是刘一君也想上位当院长,把自己搞掉。

卢大成想到这儿不由得倒吸了一口凉气,不寒而栗起来。早在苏红推荐自己当副院长的时候,就听说刘一君也曾被医大的某个领导提过名。他们都是颇有资历的科主任,年龄和经历差不多。这些年,自己在医院的扩建和硬件上贡献不少,但业务上却没有什么建树。而刘一君则从无到有,全权负责建立了全省第一个危重孕产妇急救中心,而且能说会道,没有人不说他好话。要不是苏红这层关系,那副院长的头衔还真有可能会落到这家伙的头上呢。

不过,这些还仅仅是推测。刘一君做事从来就谨小慎微,他如果真的这么做了,难道就不怕露出马脚吗?那时,就不只是得罪自己,还要得罪苏红,他有这个胆量吗?所以,卢大成还是更愿意相信,问题一定是出在孙小巧的身上。

当然,除此以外更大的可能性是这只是一场恶作剧,只是晓米穿了个马甲发泄一下失败的心情而已。这个等鉴定结果一出来就明白了。

卢大成是个做事非常谨慎的人,而且都是从最坏处考虑。所以,在他一条条分析后,还是觉得孙小巧对自己的威胁最大,如果她说出真相,大家得知是他卢大成指使人毁坏证据,那就很麻烦了。

原以为孙小巧是个最好控制的人,现在突然成了胡大老板的儿媳妇,却是做梦也想不到的。那天他跟岳父汇报后,老头子居然没有什么表示,只是说声"知道了"就挂了电话,后来也没听到胡家有什么动静。卢大成原来还想通过老婆起些作用,比如发表些反对意见等等,但现在玉珍正在住院保胎,再有两周就到预产期,这个时候还是要保险一些才好,于是就算了。

但孙小巧的问题一定要解决,最好的办法就是将她从胡家离间出去。如果她不再是胡家的儿媳妇,就算是揭发了自己,也会有办法来摆平。因为他还有一个撒手铜没有用呢。

自打上次孙小巧告诉他已经和胡世生登记结婚,卢大成就私下开始调查,几个电话下来,就知道了她在大学里有个已经同居的男友,虽然已经断了,但什么原因却不得而知。那么,会不会是因为知道了她和导师的"潜规则"?如果是,那这种女人还能当胡氏集团继承人的老婆吗?

要找那个男孩儿很方便,因为他就在本市的一家医院实习,并且正在为找工作大伤脑筋呢。所以,卢大成在电话里刚说明了身份,对方马上就表示可以见面。

他们在一家茶馆坐下,卢大成决定开门见山。

"孙小巧是不是因为功课不好,所以在毕业的时候有意和导师搞好关系啊?"

"没有啊!"那小伙子说,"她是我们这一届成绩最好的,而且大三的时候就开始跟老师做手术了,切口做得很漂亮呢。"

"可事实并不是这样啊！"卢大成奇怪道，"她最大的不足，应该就是缺少临床经验了。"

小伙子笑笑说："现在在你们医院实习的，根本就不是孙小巧，否则我是不会和她断的。"

卢大成大吃一惊，忙问："怎么会呢？"

"我估计她们姐妹调了包。"小伙子说着，就把发生车祸的事说了一遍。

"从来没听她说过啊。"卢大成想了想，有些不放心地问，"怎么能做到让别人也相信呢？"

"很容易啊。"那小伙子说，"她的右耳下面有颗痣。现在虽然也有一颗，但原来的痣是凸起的，上面还有一根毛，我们开过几次玩笑呢。可现在的痣却是平的，一定是做了手术植入的。"

卢大成没想到会有这么大的收获，立刻回到医院，迫不及待地把孙小巧找来，一边问些不着边际的事，一边仔细看着她的右耳下方，发现果然和那小伙子说的一模一样。不过，现在他可不能打草惊蛇，甚至连子宫的事也没提一句。等孙小巧一走，他就来到产科的特护病房，把那小伙子的话一五一十地告诉了老婆胡玉珍。

"这件事非同小可，我不方便和你爸爸说，但如果不说，就是坑了你哥哥，我可吃罪不起啊。"

胡玉珍听了目瞪口呆，过了一会儿才说："你在说笑吧？世上还有这种事吗？"

"我也不相信，所以不敢声张啊。"

"那你就装着什么也不知道。"胡玉珍一点儿也不糊涂，反复叮嘱老公说，"绝对不要再告诉任何人，一切等我回去和老爸商量一下再说。"

晚上，卢大成让司机把老婆送回娘家，就一直盯着手机，满以为用不了多久岳父大人就会召他去参加家庭会议。这时，他会列数种种利弊劝说胡世生放弃孙小巧，或者由岳父下令取消这门婚事。他连最有杀伤力的台词都已经想好了："她连死人都会冒充，将来还有什么事情做不出来呢？"

然而，让卢大成想不到的是，在那个像宫殿一样的胡家别墅里虽然正在进行一场认真严肃的谈话，但参加者却只有胡家父子两人，他们根本没提卢大成希望他们担心的一个字。而玉珍说完孙小巧的情况,就去自己房间睡觉了。

胡家父子谈话的主题是药业集团董事长的更替。老胡把最近在医院检查的各种资料放在儿子面前要他抉择。

"现在我已经做了7个支架,但心绞痛还是经常发生。大家都说我身体好得像运动员,可以活到120岁,但自己的身体只有自己知道,我是快70岁的人了,说不定明天我就不在了,可这么大的一份家业没有人继承,我死不瞑目啊。"

这番话胡世生并不是第一次听到,并对父亲充满了理解和同情,但要他去当一名商人,他却迟迟下不了决心。因为他知道,如果继承了家业就得天天和钱打交道,而他却认为钱多了并不是什么好事,甚至是洪水猛兽。世上美好的一切,只要一沾上钱,就会被玷污。

让他产生这种想法的,正是父亲的经历。

他的爷爷奶奶都是贫苦的农民,父亲十几岁就到一家制药厂打工,后来因为长得机灵,就做了销售。这时,老胡才明白那些小小的药片,利润竟然高得惊人。企业改制那会儿,青霉素车间因为利润低无人承包,厂领导就动员大家集资,可谁也不肯。这种情况下,老胡将家里的田产抵押,凑了钱当了主任。开始几年情况并不好,有时连工资都发不出。但不知从什么时候起,抗生素成了人们心目中的神药,特别是头孢类药频频换代后,几乎是无病不用,价格也一下翻了几百倍。老胡看准了市场,从郊区买了地,盖了厂房就单干起来。投产当年就有盈利,后来市场越做越大,企业也迅速扩展,加上外资和世界顶尖设备的进入,老胡成了制药界第一批暴发户。他为家乡修公路、建学校,设立基金,承诺永久性资助低于全县平均收入的村民。老胡成为当地人人叫好的大善人,村委会还在用他名字命名的公园里给他塑了一座金光闪闪的雕像哩。

可老胡的家庭生活却并不美满。快到不惑之年方才娶妻生子,但太太生下胡世生不久就在试驾一辆进口豪车时发生车祸去世。第二任老婆是个和他相差十几岁的演员,去国外旅游时结识了洋帅哥染上毒瘾,至今不知去向。胡玉珍的母亲是个留学生,跟老胡生活了不到两年就移民国外,在太平洋的一个岛屿上经营度假村,乐不思蜀,偶尔才回来一趟。当然,无牵无挂的老胡并不寂寞,身边总是围着许多妖娆妖媚的女人,她们一个比一个年轻,也一个比一个贪婪。老胡在打工时曾经追过一个同厂的女工,对方虽然并不比他有钱,但还是经常拿他的穷困开玩笑,直到一天,他送上几乎用了一年的积蓄才买到的项链,才得到一次接吻的机会。可接下来发生的事让他终身铭记,因为一时亢奋忍不住有了越线行为,对方竟下狠心差点咬断了他的舌头。许多年后,当他成了富翁,发现要得到一个女人竟然是那样的轻而易举,甚至刚一见面就可以开房上床,而且许多人并不是做肉体买卖的专职小姐。这让年轻时过得像乞丐一样的胡老板不无报复之心,通常在掷出一沓钞票后,就为所欲为,肆意发泄,然后一走了之。久而久之,老胡就把女人看作是想穿就穿、想脱就脱的衣服了。老胡尽管一直在众人面前表示决不忘本,要保持农民的本色。事实上,他也的确节俭朴实并乐善好施,只是在女人的事情上从来不想压抑自己,他喜欢那些纸醉金迷的不眠之夜,毫无节制地享受着奢靡的肉欲和欢愉……

不过,不耻的生活方式,并不影响老胡对儿子的严格管教。胡世生出生不久就被送回老家,到了六七岁,就能跟着爷爷奶奶下地干活儿了,后来上大学,爸爸也只给最低的生活费。胡世生虽然过着与要什么就有什么的同父异母的妹妹截然不同的生活,却对父亲的良苦用心十分理解。事实果然如此,胡世生不仅能吃苦耐劳、学习勤奋,还一直是同学心目中的领军人物。而胡玉珍不仅在男女关系上弄得乱七八糟,而且在高中时就因吸毒坐过班房了。为此,胡老板在秘密遗嘱中,只给了女儿十分之一的财产,并严禁胡玉珍及其配偶参与企业的任何管理。

自从胡老板得知自己患有严重的心脏病后,他就在考虑如何能让儿子尽快接班。在选择儿媳妇的问题上,老胡与儿子的观点惊人的一致。并私下认为正是自己这个反面教材才能让儿子走上一条完全不同的人生道路,由此也欣慰了不少。至于孙小英冒用妹妹身份的事,老胡在孙小英坦白的当天就已经知道,并觉得根本算不上什么。他让手下人去孙小英的原籍了解,发现她妹妹的户口并没有注销,也就是说,从法律的角度讲,孙小英并不存在冒充他人身份的事实。至于用孙小巧的名义来医院实习虽然不对,但具体情况却令人同情,况且医院方面没有认真审查也存在着过错。

所以老胡现在只关心儿子同意不同意上位,别的事根本没兴趣考虑。

"对不起,爸爸。"胡世生在沉默了好一会儿才开了口,"我不想接您的班,我不想做商人。"

"为什么呢?"老胡控制着自己失望的情绪,耐心地问。

"我想当医生比较单纯,生活简单,家庭也就会比较稳定,靠我的收入也能过上好日子。"

老胡苦笑笑:"照这个意思, 这么多年来, 你爹的努力全都白费了?"

"怎么会白费呢?"胡世生说,"您让我们全村的人都脱了贫,您把我和妹妹抚养成人,这就是成功啊。"

"可企业呢?由谁来管理?"老胡终于发起脾气来,"我几十年来辛辛苦苦攒下的家业由谁来继承?你想让我再娶个老婆,再生个儿子吗?"

胡世生低着头,就是死不开口。

"要不这样,你现在也不是一个人了,既然领了证,孙小英就是你的老婆,你是不是和她商量一下?"老胡想了想,又说,"要不,你请她来家,我现在就和她谈谈。我这个当公公的,还没见过儿媳妇呢。"

"好吧。"胡世生点点头表示同意,"但别让她来这儿。"

"为什么?"老胡奇怪地问。

"她要是看到这种房子,会吓坏的。"

"你不是跟她说过了?"

"我只告诉她,你是一家公司的老板。"

"你还真有心眼儿啊。"

老胡赞许地点点头,就和胡世生去了医院附近的一家酒楼,孙小英和一些实习生就住在不远的集体宿舍里。

孙小英见了胡世生的父亲并不拘束,虽然知道胡世生已经说了妹妹的事,但还是道了歉:"对不起,我认识世生的时候是冒用了妹妹医生的身份。"

老胡却笑了起来说:"幸亏这么做了,不然,我儿子也不会认识你呀。"

"还有那件事,你说了吗?"孙小英看着胡世生问。

"还没说呢。"胡世生犹豫了一下才回答。

老胡便问:"什么事啊?"

"那你就自己跟爸爸说吧。"胡世生向孙小英点了点头,表示鼓励。

"我把一个已故病人的子宫藏起来了。"接着,孙小英就说了事情的经过。

老胡听了好一会儿都没吭声,然后才看着胡世生说:"要是我把你们医院买下来,你看怎么样?这样,你是董事长,也可以再当医生。还有小英也不用再找其他医院了。"

胡世生马上说:"对呀,我怎么没想到呢?"又看着孙小英说:"你觉得呢?"

"您要买下这家医院?"孙小英瞪大了眼睛,吃惊道,"那,那该要多少钱啊?"

"钱不是问题,现在医院的大楼和主要设施都是我投的资。"老胡笑了笑说,"但这件事不会太容易,体制、管理都必须稳妥解决。所以,现在你们对谁也不许说。"老胡看着儿子叮嘱道,"也包括你妹妹。"


苏姗姗的情感在两个男人之间游离粘连,倒也其乐融融。

自从得知韩飞的经历后,她的想法就有了根本性的变化。这是一个自己真正喜欢的男人,身材、相貌比电视剧里那些小白脸强多了,而且医术高超,等拿到行医执照,就能成为大医院的骨干和教授,那会儿该有多风光啊。当然,要拿下这个男人有一定难度,其中一个最大的障碍就是雷晓米。看样子,他们很快就要堕入情网了,这可怎么办呢?

钟悦当然也不错。首先,妈妈那儿肯定能通过。其次是朋友圈里也拿得出手。不过,更让她满意的还是那档事儿,别看他平时文绉绉的,到了床上可太棒了。女人的这一口真的很重要啊。但有一点让姗姗非常生气,就是关键时刻这家伙竟然会叫出晓米的名字,说了几次还不听,难道真的把自己当成替代品了吗?

女人都有吃醋的本能。先把对手干掉再说,这就是苏姗姗当下的主意。

万玲儿一出院,D79恢复出诊。苏姗姗看到晓米抱着一件军大衣来上班,就上前道:"是韩飞的吧?一会儿我来还给他。"

晓米虽然有些意外,但也明白对方的用意,便笑笑说:"你对他的生活用品很熟悉呀!"

"你不知道吗?"苏姗姗装着不解的样子问。

"知道什么呀?"晓米倒是真的不知道。

"我们已经那样了。"苏姗姗很坦然地笑着说。

"什么'那样'?"晓米以为听错了,"你在说什么呢?"

"我在说啊,我和韩飞已经在酒店开过房了。"苏姗姗咬着字儿重复道,"不信,你可以问万玲儿。"

"是……是嘛。"晓米这下可愣住了,盯着对方,想知道是不是在开玩笑。

"心里是不是很难受啊?"苏姗姗挑战似的问。

"为什么要告诉我?和我有关系吗?"晓米强迫自己冷静下来,努力装着不在意的样子说,"这种事也需要做广告吗?"

"对你很需要呢。"苏姗姗冷冷地笑了一声,"其实我也是为了你好。这些天,我看你们经常在一起。男人嘛,就是那种动物,多多益善,吃着碗里,看着锅里。我知道你在生活上很谨慎,怕你上当受骗呢。"

"我就这么容易上当受骗吗?"晓米嘴硬起来。

"这个就很难说了。"苏姗姗叹息了一声,"我也是女人,我也曾试图抗拒,可到了那一刻还不是和所有的女人一样?我们都是产科医生,可别告诉我,你都不知道什么叫荷尔蒙,什么叫欲望吧?"

"你是认真的?"晓米发现自己不是苏姗姗的对手,只好问,"你想和他结婚吗?"

"也不一定,其实我也不喜欢那种过于随便的人,特别是脚踩两条船的男人。"苏姗姗觉得这场谈话有了战果,便进一步刺激道,"但是,如果他的那个小蝌蚪真有本事不让我再来'大姨妈',就不能不考虑给孩子找个名正言顺的父亲了。"

晓米觉得内心深处被刺痛了,连忙说:"请不要再说了,我明白你的意思。"

"我也是没办法。"苏姗姗暗暗得意,却装着很无奈的神态说,"谁让我先认识他呢?那会儿,我可真的以为他只是个司机啊。"

现在,晓米从苏姗姗的话中知道了三件事。第一,韩飞已经和苏姗姗有了性关系。虽然,现在很多女人不太在乎,但自己却很难接受。第二件是,苏姗姗这回是来真的。以前不知道韩飞的真实身份,苏姗姗还有可能只是玩玩而已,现在却完全够得上大院长千金的择偶条件,姗姗怎么会轻易放弃呢？如果再加上怀孕，那别的女人就不可能再去竞争了。第三，苏姗姗说的如果是真的，那么，韩飞就不是一个好男人，还有必要走得这么近吗？

可开房的事，是真的吗？

就在晓米七上八下、心神不定之时，D79接到第一个呼救，这是一个流动人口平产分娩点要求支援的信息，有个产妇患妊高征，随时可有子痫发作，而分娩点却没有相应资历的医生。不过晓米赶到后，发现情况并非如此。

"我们怀疑她是做那种事的女人。"分娩点的医生把晓米拉到一边，委婉道，"没有身份证，没有家属陪同，更没有建档。是她自己突然跑来的。我们发现那儿太不正常了。"

"性病吗？"站在晓米身边的苏姗姗连忙问。

"可能还不是一般的性病。"分娩点的医生说，"已经抽了血，但结果还没出来呢。"

晓米立刻对病人做了检查，马上就呆住了。只见产妇出奇消瘦，全身淋巴结肿大，口腔黏膜糜烂充血，腋窝有严重的脓疱疮感染。这都是艾滋病的典型症状。晓米马上联系市急救中心派一辆运送传染病病人的救护车来。而就在这时，病人却突然下床逃走了。

接下来发生的事情是谁也没有料到的。那个产妇刚出门就发出一声惨叫，然后重重地摔倒在地，随着一阵剧烈的抽搐，嘴里流出一股白沫，呼吸就停止了。

"抢救子痫！"

紧紧跟在病人身后的晓米大叫一声，却不见有人跟上，原来苏姗姗和分娩点的医生们正在穿防护服、戴面罩呢。

晓米知道，这时候如果不立刻采取急救措施，病人和胎儿随时就会死亡。她向前抢了一步，抱起产妇让她躺好，然后把头偏向一侧，就伸出手来，要扳她的下颚。她这样做，不仅可以防止黏液进入产妇呼吸道，还能避免低血压综合征的发生。她已经忘了这是一个艾滋病的疑似患者，她的口腔到处都是病毒，万一被咬伤，那就完了。

"别动！"

关键时刻传来一声大叫，晓米抬头一看，韩飞已经飞跑过来，把晓米推向一旁，蹲在那产妇的身边，一边小心而熟练地掰开病人的嘴,一边对晓米说:"我口袋里有支笔,可以暂时代替压舌板,但要多包些纱布。"

晓米就从韩飞的口袋里掏出笔来,并从已经跑过来的孙小英手上接过几块纱布,包好后送到韩飞手中。但马上瞪大了眼睛说:"你也没有戴手套啊!"

孙小英马上说:"我戴着呢。"

"你行吗?"晓米有些疑惑地问。

"我以前在卫生院就做过。"孙小英说完,就把手伸进病人嘴里,小心把舌头拉住,接着又把那支缠好纱布的笔送了进去。

晓米检查了一下,确认呼吸道没有被堵塞,这才说:"可以注射安定和硫酸镁了。"却故意问小英,"知道剂量吗?"

孙小英马上回答:"安定5毫克,25%硫酸镁20毫升再加40毫升葡萄糖,对吗?"

"硫酸镁减一半吧,用10毫升就够了,葡萄糖也只需要20毫升。"晓米说完,看了看韩飞。

韩飞笑笑说:"我也用这个剂量,但小孙说的也可以,她说的是上限。但国外医生通常是'就低不就高',这也是个基本原则。"

"谢谢,我记住了。"孙小英连忙点点头说。

正说着,胡世生和分娩点的医生已经推来抢救车,接下来就是镇静、降压和解痉的对症治疗。当病人渐渐恢复了知觉、生命体征也趋于平稳的时候,专门运送传染病人的C型救护车也已经到了。按照规定,这样的病人必须送到专科医院,因为化验结果已经出来,这位产妇确实是HIV(艾滋病病毒感染)患者。

因为晓米和韩飞在没有防护的情况下,与HIV患者有过直接接触,所以他们必须住院观察并接受至少一周的阻断药物治疗。

第一次服药后的48小时内,他们被叮嘱不能离开病区,也不能接受探视。他们被安排在一个没有其他病人的楼层里,甚至医生和护士也很少见。

晓米觉得有些累了,她静静地躺在病床上,想着那个艾滋病产妇,那双让人害怕的眼睛似乎一直在盯着自己。她摇摇头,希望能想想别的事,却很难做到,于是跟护士要了一片安定,但过了好一会儿,才有了睡意。

恍惚中,她看到韩飞悄悄走了进来。

"是不是老天故意要让我们待在一起,多聊一会儿啊?"韩飞坐在晓米身边,笑着问。

"有件事,我想问问你。"晓米一脸严肃,看着对方说,"如果事实真的像苏姗姗说的那样,就请你以后别到我这儿来了。"

"这么严重啊?"韩飞仍然笑着说,"我和苏医生应该没什么事啊。"

"你们是不是开过房了?"晓米板着脸问。

"这个嘛……"韩飞咂了咂嘴说,"是有那么一次,但事情并不是你想的……"

"行了。你不用解释,我全明白了。"晓米冷冷地笑了一下,就挥了挥手,让韩飞走开。

"你这样就不好了,有点蛮不讲理啊。"韩飞却坐着不动,"我不是要解释什么,只是想叙述一下事情的经过。"

"事情经过是什么呢?"

"我被她骗了,她让我喝了酒,后来就什么也不知道了,完全不是她说的那样。"

"那她为什么要这么说呢?"

"你说呢?" 韩飞像以前一样习惯地反问道,"你心里不是很清楚吗?"

"我清楚什么啊?"晓米大声说,"我根本就不喜欢你,所以也不会吃醋,不会妒忌。"

"可要是我喜欢你呢?"韩飞却盯着晓米的眼睛说。

一股热流从晓米的心里流过,她看着对方问:"我们认识才几天啊,能这么快吗?"

"原来我们可以慢慢了解,可现在不行了。"

"为什么?"

"我们的检测有结果了,都是阳性。我们没那么多时间了。"

晓米感到一阵恐惧,过了会儿才说:"我怎么才能相信你呢?你真的不爱苏姗姗?她也不爱你吗?"

"如果她真的爱我,抢救那个艾滋病产妇时,就不是我们俩了。"

晓米点了点头,小声说:"那倒也是。"

"我喜欢你。"韩飞说着,就走近晓米,并把她抱了起来,"我在第一次见到你的时候,就知道我们会相爱,会生活在一起。"

"真的吗?"晓米舒舒服服地靠在韩飞身上,沉醉在幸福中,"可我觉得你很不礼貌,很粗鲁呢。"

"男人的爱,会有各种各样的表现方式啊。"韩飞一边说,一边把晓米搂得更紧了,"但爱是不能欺骗的。"

"是啊,你说得对,爱是不能欺骗的。"晓米不知是痛苦还是高兴,扑到韩飞身上说,"那还等什么呢,让我们爱吧!"

……

"晓米!晓米!"

晓米发现有人在推她,一下醒了过来,发现韩飞站在面前说:"鉴定有结果了。"

"结果?什么结果啊?"晓米迷迷糊糊地问。

"那个子宫的鉴定啊。"韩飞带着微笑看着她,"你以为是什么呢?"

# 第十八章

器官的认定技术并不复杂，虽然尸体已经火化，但鉴定机构还是很快就作出了结论：解剖室柜子里的那个子宫，正是原告女儿身上的器官。

这个消息让卢大成非常愤怒。他居然被人愚弄了，而且还不知道是谁。

苏红原来要以医院的名义报案，请警方介入调查，却遭到卢大成的强烈反对。

"不管怎么说，这是家丑，不可外扬啊。"卢大成心怀鬼胎道，"不如把精力放在省级鉴定上。"

苏红心里想：藏起这个子宫的人，应该就是最怕子宫曝光的人，那当然就是卢大成了。可这个子宫被人调了包，现在又出现了，分明是与卢大成过不去。那是什么人呢？当然，绝对不可能是晓米。那么，应该是个虽然知情、却和卢大成有一定利益冲突的人。

她想到了刘一君，立刻把他叫到办公室，并直截了当问："是不是你干的？"

刘一君苦着脸道："苏院长，您为什么要这么想呢？"

苏红分析说："一种可能是医生的良心，我相信你有。另一种可能是往上爬的野心，我觉得你也有。"

刘一君却委屈道："您说得不错,这两种心,人人皆有。但您也想一想,如果我真的想取而代之,借这个事情搞掉卢院长,那我首先要取得您的信任,那就一定会把那个真子宫给您了,何必要绕这么大个圈子呢?"

　　"那就是说,你想连我也一起搞掉?"苏红以玩笑的口吻说。

　　"哎哟我的妈呀!"刘一君吓得汗都出来了,"如果真像您这么说,我就得把子宫直接交给警方了。"

　　苏红想想也对,便点点头,又问:"那你说究竟是谁干的呢?"

　　"我想这事卢院长心里最清楚了。"

　　"为什么这么说呢?"

　　"我也是瞎猜啊,您看像不像这么个事儿。"刘一君稳了稳神道,"如果他派人把子宫切除了,而那个人就是您说的,有医生的良心,把它藏了起来,同时怕被发现,弄了个假的蒙人耳目。后来看到晓米医生发了信息,就马上说出藏匿的地点。"

　　苏红听了点点头,过了会儿才问:"那这个人又是谁呢?"

　　"很可能是孙小巧。"

　　"孙小巧?"苏红对这个名字不熟。

　　"就是晓米医生团队的那个器械护士。她是卢院长关照的实习生,经常去他的办公室,我就见过好几次呢。"

　　"那你把她找来,我问问她。"

　　"这个……"刘一君犹豫着。

　　"这个什么?"苏红有些奇怪地问,"她现在不是也归你管吗?"

　　"我听说,她最近老跟胡医生在一起,好像在谈恋爱呢。"

　　"有这种事?"

　　"胡医生一直很低调,不喜欢城里的姑娘,我看孙小巧很中他的意呢。"

　　"那就有点不好办了。"苏红叹了口气说,"如果她成了胡家的儿媳妇,我们就得小心一些了。大财主我们可得罪不起啊。"

　　"就是就是。"刘一君马上说,"我看这事最好的办法就是大事化小,小事化了,不了了之才是最明智的选择。"

　　刘一君走后,苏红就给卢大成打电话,把孙小巧和胡世生的关系说了说。卢大成则告诉了她这两人已经领了结婚证的事,苏红就更不敢报警调查了，而把心思全部用在省级鉴定上了。

按照有关规定，医疗纠纷发生后，可以申请市级和省级两个级别的鉴定。一审时，傅志刚只报了市级鉴定。后来死亡产妇的老公曾问过省级鉴定的事，傅志刚只说了句要多付好几千元呢，那男人就不再吭声。现在晓米主张省级鉴定，不仅是因为要比上次诉讼高一个级别，更是考虑到涉及的医学知识更为专业，而负责省级鉴定的全省医学会才具备这样的条件。

为了让鉴定结果更为公正，医学会对参加鉴定的人员有严格的规定，不仅省妇幼保健院的任何医生不得参加，甚至与原、被告方有亲戚好友关系的医生也将排除在外。但规定是规定，省城就那么大，妇产科临床医生之间免不了有这样或那样的关系，要找个人施加一些影响还是有可能的。事实上，负责这次鉴定的尤盛美教授就当过卢大成的导师，她还为即将回国就业的女儿找过苏红呢。

这天晚上，苏红和卢大成把尤盛美约到一家酒店吃饭，从头到尾只谈了一件事，就是她女儿工作的安排，而对鉴定的事一句未提。和教授分手后，苏红有些担心，卢大成却笑着说："尤教授既然肯答应出来吃饭，就说明这次的鉴定不会有什么意外了。"

但傅志刚却不像卢大成那么乐观。他现在已经替代了原来的法律顾问正式上岗，不仅有了自己的办公室，还有个年轻的女助手，并且很快就你情我愿有了更亲密的关系。为了能长久保住这个得之不易的成果，他必须使出全身的解数来赢得这次诉讼的胜利。

"虽然省级鉴定的结果最终会左右再审案的判决，但也不能小觑雷晓米在法庭辩论中对法官的影响。"傅志刚在和卢大成单独谈话时，听说了与教授见面的情况，很老到地提醒说，"雷晓米可不是普通律师或代理人，她是擅长剖宫产的产科医生啊。再说，她近来口碑不错，自打救了艾滋病产妇的命，报上一个劲儿地表扬呢。"

"那依你的意思，该怎么办呢？"卢大成问。

"必须把她搞臭，而且要快。"

"怎么搞臭呢？"卢大成想了想，"那个误切的子宫有些麻烦，涉及曲教授呢。"

"不用那么复杂。弄个不雅视频放到网上就可以了。"傅志刚阴险地笑了笑，"这个事我来亲自操作。您就等着看戏吧。"

卢大成却很犹豫："不,这种下三烂的事,最好还是别做。"

"她对您可不留情面啊。"傅志刚观察着对方说,"下手还是要狠点儿。"

"能不能从她的家人那儿想想办法?"卢大成启发道,"比如能不能发现点什么短处或是把柄?你去敲打一下。让雷晓米也想想后果。"

"对啊,我差点儿忘了!"傅志刚突然一拍屁股,就把晓米父亲给妻子做剖宫产的事说了一遍,"您想想,如果她坚持要把那个切口说成是导致产妇死亡的主要原因,不就是等于说她父亲是个杀人犯吗?对她有什么好处呢?"

"我早就知道她与父亲有芥蒂,却没想到是这么一回事。"卢大成过了会儿才又说,"她还在恨父亲吗?还是想让她父亲一辈子感到内疚?"

"这个就不知道了。"傅志刚摇摇头说。

"把这事儿好好想一想,看看能不能找到对我们有利的地方。"卢大成接着叮嘱说,"不要搞什么不雅视频,也太不合我们的身份了。"

就在卢大成和傅志刚处心积虑地想着招数来对付晓米的同时,苏红也在做着同样的事,只是方法截然不同。

从酒店出来,她就接到尤盛美的来电,对方在确定苏红身边没有别人时才开始说话。

"你对卢大成还是要小心一些。"尤教授开始就说,"这个人我不喜欢。"

"你能不能说得更详细些呢?"苏红和尤教授曾经一起援外,关系不错,所以说话也没有什么顾忌。

"那个切口肯定有问题。"尤教授用一种公事公办的口吻说,"如果是你和我,会这样下刀吗?"

"不会。"苏红马上回答,"不过……"

"你的意思我明白。"尤教授不等苏红解释就说,"看了样本,我倒是很钦佩那个雷晓米呢。"

"尤教授,我倒是很想听听您对卢大成这个人的评价呢。"苏红一方面想转移话题,一方面也真的想知道别人对卢大成的看法,"咱们先撇开切口的事,您还知道些什么呢?"

对方似乎斟酌了一下才说："太具体的事也说不上来。就是觉得他这个人有野心,做事不择手段。我敢打赌,今天请我吃饭,一定是他的主意。"

　　"那你可说错了。"苏红笑着说,"是我提出来的,他还有些顾虑呢。"

　　"那只能说明,此人老谋深算。"

　　"瞧你说的,怕是你对他有什么成见吧?"苏红放了心,因为从对方的话中判断,顶多也就是中年女人特有的嫉妒罢了,"这年头,男人有野心也不是什么坏事啊。不过你说得也对,该小心的地方,我会小心的。"

　　接完电话,苏红就去了医院——晓米住院观察,她作为一院之长还没去探望过呢;另外,听女儿说了那个韩飞的事,她也充满了好奇。

　　省妇幼保健院没有专门的隔离病房,自然在探视方面也没做什么规定。有人建议苏红穿上防护服,但她坚决拒绝了。

　　"就算是艾滋病人,也没那么可怕。"苏红口罩和手套都没戴,就去了晓米和韩飞待的那层楼。

　　"关键时刻,姗姗还真没你这么勇敢啊。"苏红拉着晓米的手,发自内心地说,"更可贵的是,明明知道病人是那种身份。"

　　"这也是您教导有方啊。"晓米向坐在一边的韩飞眨眨眼睛,对苏红说,"您不是经常说,要对病人一视同仁嘛。"

　　"就是,就是。"苏红点着头,看着韩飞又说,"还有你,也是毫不犹豫地参加了抢救,真是难能可贵啊。对了,你的事,我已经听姗姗说过了。怎么样,如果不嫌我们医院小,就来我们这儿吧,我们抢救小组,正缺一个像你这样的外科医生呢。"

　　"我会考虑的。谢谢。"韩飞很有礼貌地说。

　　"我今天,一是来看看你们,二是也有件事要跟晓米商量。"苏红这时看着晓米说,"不只是我个人意见,是医院领导班子的集体决定。"

　　晓米伸了伸舌头,做出一副很害怕的样子说:"院长,我胆儿小,您有什么话就直接说吧。"

　　苏红却笑笑说:"首先我得告诉你,这是好事。"

　　"我在跟您打官司呢,还能有什么好事吗?"晓米这次真的有点儿搞不明白了。

"你不是一直在给大家做模拟手术吗?上次我把这事跟医大的一位领导说了说,他认为可以编成教材,甚至可以在医大临床教学中开门选修课。"苏红认真说,"这两天你们不接诊,正好有时间弄一个大纲,争取一周内把选题报上去,年内就出书。怎么样?"

"不怎么样。"晓米却苦着脸说,"我们即将对簿公堂,您却来跟我说这事,有没有贿赂的嫌疑啊?"

"看你用的什么词儿啊?"苏红笑着说,"官司照打,也不影响你出书。今天我就当着韩医生的面给你保证,无论这次官司谁输谁赢,这本书是出定了。"

"好啊。"晓米虽然并没当真,但也不想和苏院长的关系闹僵,便接着话茬说,"我就照您说的试试看。"

"哎,这才是嘛。"苏红说着,就在晓米身边坐下,拉着她的手说,"你瞧,你一直就是医院的骨干,业务好,人品也好,大家在一起做事,互相帮助,多好啊。我虽然是个院长,但有些事还是不如你呢,比如模拟手术,这可是你的首创啊。"

晓米怀疑地看着苏红说:"院长,您是不是还有话要说啊?"

苏红便搂了一下晓米的肩膀说:"你呀,真是个聪明人,什么也瞒不了你。既然话说到这儿,我也不怕韩医生听了笑话,掏心窝子和你说说心里话,你不反对吧?"

"您都掏出心窝子了,我能反对吗?"晓米索性大着胆子说,"就是别说打官司的事。"

"这个……"苏红迟疑了一下说,"我要说的,还真是和官司有关。"

韩飞看到晓米噘起嘴,便插话道:"院长有什么话,就请说吧。"

"这个嘛,纯粹是我个人的意见,也没跟别人商量。"苏红冲韩飞点了点头,这才接着说,"那个切口我看了,确实不规范。当然,是不是就是它引发了羊水栓塞,要等省级鉴定。但有一点是可以肯定的,我们必须吸取教训,坚决杜绝这样的切口再次发生,对卢院长必须提出批评。他开始还不承认,这就更不对了。这些,我都看在眼里呢。"

"真的吗?"晓米没想到苏院长会这么说,语气也诚恳起来,"我打官司的目的,就是这样啊。"

"所以啊,既然我们都想到了一块儿,你的目的也达到了,为什么还要打官司呢?"苏红立刻说,"我有个建议,不要再开庭了,还是用双

238

方调解的方式来解决。你看怎么样?"

晓米看看韩飞,韩飞便说:"我认为可以考虑。"

"但结果必须公开。"晓米坚持说,"才能让更多的医生知道,这样的切口不能再出现在剖宫产的手术中。"

"结论当然要公开。"苏红过了会儿说,"当然,用什么形式、在多大的范围,我们要多动动脑筋。有些事和人要批评,但不能损害医院的形象。你说,如果医院的形象不好,医生也没了威信,谁还来找你看病动手术呢?"

"这个我不同意。"晓米反对道,"越是严于律己,越会赢得信任。要相信病人有判断力啊。"

"这个啊,都好商量。"苏红兴奋道,"那我们就说好了,双方握手言和,你先去法院撤诉吧。"

"这个……"晓米犹豫起来,"也不能这么草率吧?"

"那好,我先拟个调解协议,你觉得满意就去法院。这下行了吧?"

晓米见韩飞点了点头,便说:"就照您说的办吧。"

苏红没想到事情竟会解决得这样顺利,立刻来找卢大成,但只说了晓米同意撤诉,对批评和吸取教训的事只字未提。

卢大成这时正跟傅志刚商量如何应付法庭辩论,听苏红这么一说,立刻表示反对道:"院长,现在我们是稳操胜券,您怎么反倒给败诉方找台阶呢?"

傅志刚也说:"省级鉴定的几个成员我们都打招呼了,形势很乐观啊。"

"可是,被自己医院的医生告上法庭,我心里总不是个滋味啊。"苏红没想到他们是这个态度,都不知道怎么说才好了。

"那是晓米自找绝路。"卢大成冷笑一声说,"这次我们也得让大家看看和领导对着干会有什么下场。不然,以后还怎么管理啊?"

"是啊,这种人就应该清除出医院。"傅志刚也帮腔说。

"你的意思,是要开除晓米?"苏红不解地看着卢大成。

"如果她执迷不悟,我们也没有办法。"卢大成厉声说,"留着她就是个祸害,将来不定还会闹出什么事来呢。"

苏红不便当着傅志刚的面和卢大成争论,说了句"这事以后再说吧",就走了出去。

医院内部网络上出现了雷晓米与陌生男子做爱的裸体视频,虽然半小时后就被苏红命令删除,但点击人数已经超过全院员工的半数。一大早,各科室都议论起来。

晓米号啕大哭,把送来的早餐连碗带盘摔向门外,差点击中来测体温的护士。

不大一会儿,来了两个警察,他们是接到晓米的报警电话来了解情况的,后来就去了机房,一个小时后作出三个结论。第一,发帖人竟然是苏红,但显然是别人盗用了她的ID。第二,视频中的人物是通过一款傻瓜软件合成的,用的是晓米博客上的头像和外国A片,这种技术小学生都会。第三,要找到肇事人很困难,几乎是不可能的。再加上这种事一般只属于恶作剧,够不上立案条件,警方能够来调查,已经是天大的面子了。事实上,警察连和领导见面的兴趣都没有,只是回了晓米一个电话,声称"如果你认为侵犯了你的名誉权,可以向法院提起诉讼。但必须由你自己提供侵权的证据,其中最重要的就是被告人"。

韩飞一脸坏笑,饶有兴趣地看完了从服务器的硬盘上复制的那段视频,还不时地加以评论道:"哈哈,身材不错啊,就是动作难度太高了,关键部位打上马赛克真没有必要……"

晓米气得用枕头狂砸韩飞的脑袋,一边骂:"色狼!变态!男人都不是好东西!"不过闹了一会儿,眼泪就不见了。

"你觉得,这说明什么呢?"韩飞见晓米已经冷静下来,才问。

"说明我们的对手很无聊,很下流。"晓米仍然气愤地说。

"不,说明他们很心虚。"韩飞摇摇头说,"我们胜利在望了。"

"真的吗?"晓米这才高兴起来。

"你看啊,如果他们很有信心,就用不着使这种手段了。"

"他们智商也太低了。"

"智商倒不低呢。"韩飞想了想说,"他们的目的不是制造绯闻,只是想让你生气、不痛快、恶心。这样,就不会集中精力想诉讼的事。"

"你以为,我会上当吗?"晓米轻蔑地笑了笑。

"这可难说了。"韩飞煞有介事说,"你要是砸到了护士,这会儿可就笑不出来了。"

"你怎么不说自己呢?"

240

"我脖子还疼着呢。"韩飞便虚张声势说,"一会儿我也得去查查,万一得了脑震荡,可要罚你呀。"

"罚我,你想罚什么呀?"晓米故意问。

"罚你给我做按摩,至少一周,连续三个疗程。"

"想得美!"晓米已经完全轻松起来,"你来给我做按摩还差不多。"

"凭什么呀?"韩飞也笑着问。

"凭什么?"晓米想想说,"谁让你这么帮我,让别人不痛快呢。"

"这算是理由吗?"韩飞苦着脸说,"怎么听着,很不讲理啊。"

晓米头一歪:"女人还用得着讲理吗?"

晓米刚说完,就听到一个声音在门外说:"发展迅猛啊,都在调情啦。"

晓米一抬头,就见安萍和钟悦走了进来。

"我们来得不是时候吧?打扰了。"钟悦装着不在乎的样子说。

"这话听起来有点发酸呢。"安萍瞟了钟悦一眼,又看着晓米和韩飞说,"别胆小,你们继续啊。"

"继续什么呀?"晓米立刻反击道,"你们一个嫁人,一个谈恋爱,可还是老这么黏着,是不是不太好啊?"

安萍却厚着脸皮道:"嫁了人,就不能跟老情人约会啦?"

晓米此刻心情不错,又闹了一会儿,才问起正事。

"听说省级鉴定的结果对你很不利啊。"安萍有些担心地说,"有人看见那个律师一直在活动,只有尤教授有些正义感。"

"尤教授?"晓米问,"哪个尤教授?"

"就是曲教授的夫人尤盛美。"安萍看着晓米说,"你应该认识的,上次那个子宫,不是曲教授让你拿的吗?"

"噢。"晓米一下想了起来,"那就不怕了,尤教授从来不被人利用,很有主见的。"

"但愿如此吧。"安萍却一脸不屑地说,"她和苏红一起参加医疗队去过非洲,关系非同一般啊。"

"那就只能相信她的正义感了。"晓米看着韩飞说,"你说呢?"

韩飞笑了笑,认真说:"别人的事没法左右。我们能够做的,就是在法庭上把观点说清楚。"

安萍听了笑了笑,凑近了晓米耳语道:"我看这家伙比钟悦强多了。该出手的时候就出手，可别让他跑了。"

法院于上午十点正式开庭。

这次申请旁听的人比上次还多，而且大多是专业人员。法院考虑到这起诉讼对医务工作者有特殊意义，特别换到最大的审厅，那儿的原告和被告的位置在审判长的正对面。这样，晓米就不方便看到身后旁听席上的韩飞了。

"别紧张，心里怎么想的就怎么说吧。"韩飞在最后一刻叮嘱道，"注意控制好情绪就行了。"

"知道了。"晓米努力微笑着，走向原告代理人的席位。

要说不紧张，恐怕晓米很难做到。原告的两位老人仍然没到场，那条长桌后，只有她一个人。而旁边的被告席上，除了律师傅志刚，还有卢大成和苏红。不知道是不是故意造势，他们面前的桌上放着一大沓资料和专业书籍，而晓米手上只有一个几张纸的文件夹。感觉上，就像几只虎视眈眈的猛兽在和一只体弱无助的小羊对阵，力量也太悬殊了。

因为是再审案，所以直接进入新证据的辩论。按照程序，首先由晓米陈述事实，并提出诉讼请求。

"根据我们现在看到的这种刀口，在同时破膜的情况下，很容易让子宫肌层的血窦与羊水直接接触，导致羊水中的有形物质进入母体血循环，从而并发羊水栓塞。"晓米出示了切口的照片后说，"患方认为，上述原因与本案病例中产妇死亡有直接的因果关系。希望得到法庭公正判决。"

这段话晓米不知在心中默念过多少遍了，为了能让法官听懂，她甚至把医生们常说的、也更为规范的"切口"改成了"刀口"，并省略了发病机理、临床表现、诊断和治疗措施等方面的内容，因为那些专业名词不仅枯燥无味、很难让外行人理解，而且还要占据宝贵的庭审时间。

这都是她和韩飞反复商定的结果。

审判长请被告律师答辩，傅志刚便站了起来问："刚才原告代理人提到了因果关系，那么请问，引起羊水栓塞的原因有哪些呢？"

晓米暗自笑了笑，明白这是一个陷阱，而且事先已经想到了。因为引起羊水栓塞的原因有好多呢，如果一个个说出来，不仅要耽搁好长

242

时间,还有可能把法庭辩论变成一堂科普讲座,而法官们决不会因为多了一些产科知识就会判你胜诉。于是扬了扬手中的照片说:"这样的刀口就是诱发羊水栓塞的原因。我想我已经说得很清楚了。希望被告能作出相应的解释。"

傅志刚却似乎早有准备,转过身,只看着审判长说:"这个刀口是否诱发羊水栓塞,答案我想还是留给这个领域的权威来表达更为妥当。我现在的问题是,原告方提出的新证据是这个子宫样本的刀口,但有一个事实希望得到法庭的重视,即这个刀口是被人伪造的,而不是我的当事人在手术台上操作形成的。因为这个子宫在不明原因的情况下消失了几十个小时,如果有人想在刀口上做文章,有充分的时间呢。"

这时,卢大成举了举手,得到审判长的许可后,站起来说:"为了不让羊水进入血窦,我在做切口的时候非常小心,只是划开了一个大约两厘米的口子,等着羊水放出后,才撕拉到足够大。完全符合手术的操作规范。"

"你这是撒谎!我在台上看得清清楚楚……"晓米忍不住反驳起来,但立刻被审判长制止了。

"请得到允许后再发表意见。"审判长不满地看了看晓米才说,"就这个问题,被告方还有什么需要说明吗?"

傅志刚立刻说:"根据原告的意见,这个刀口是本案的关键,但目前除了原告代理人,没有任何事实可以证明这个刀口是我的当事人所为。而伪造这个刀口,已经构成了刑事犯罪,我们将依法保留追究犯罪嫌疑人的权利。"说到这儿,傅志刚看了看晓米才继续说:"另外有一点,我也希望能引起法庭的重视,即原告目前的代理人雷晓米女士与我的当事人卢大成先生原来是一对情侣,但我的当事人现在已经与他人组成家庭。鉴于这种人人都会理解的感情恩怨,我希望法庭能考虑到如下事实:即雷晓米女士竟然不顾本院手术医生的身份,不顾自己单位的集体名誉,一反常态地去担任患方代理人,用莫须有的责任加罪于我的当事人。"

旁听席上热闹起来,显然有不少人对律师的口才表示欣赏,审判长敲了几声法槌才恢复了平静。

晓米攥紧了拳头,拼命控制着情绪,以致审判长在说什么都没听见。

"原告代理人，你有什么话要说吗？"审判长又重复了一遍。

"我……我没什么好说的。"晓米沮丧道。

旁听席上又传来一阵表示失望的声浪。

晓米转过身，想找到韩飞，至少想从他的眼神中得到些支撑下去的力量。可韩飞此刻并不在看她，而是与站在一旁的胡世生说着什么。然后就见胡世生和一位法警商量起来，等法警点了点头，就跑到她身边，跟在他身后的，还有孙小巧。

"你自己说吧。"胡世生看着孙小巧说。

"我可以说明那个子宫失踪的内情。"孙小巧说，"是卢院长让我干的。"

晓米一下就明白了，也不细问，就向法庭申请新的证人。审判长与同事一商量，决定暂时休庭，并把双方的有关人员带到一个会议室。

"虽然这件事与本案没有直接关系，但我同事都有兴趣知道。"审判长先把被告的口封住，然后才看着晓米说，"请把经过简单地说一下，一会儿我们还要继续呢。"

晓米便看着孙小巧，孙小巧看了看胡世生，才把卢大成如何让她毁坏子宫的切口、而她又是如何把子宫切下来藏在样本瓶的事叙述了一遍。

卢大成在旁边不断冷笑，最后大声抗议道："完全是无中生有！造谣诽谤！"

苏红则闷着头不吭声。

"可以和我的律师商量一下吗？"卢大成问审判长。

"可以，但时间要短点儿。"审判长毫无表情道，"5分钟后，我们再回来。"

等大家一走，晓米就抓住孙小巧的手说："孙小巧，谢谢你！"

"她现在叫孙小英了。"胡世生在一旁说。

"孙小英？"晓米奇怪问，"为什么？"

"孙小巧是我妹妹。"孙小英小声说。

晓米一下明白过来，看着胡世生问："她都告诉你了？"

胡世生却也表示奇怪："怎么，你也知道了？"

晓米就把钟悦告诉她的事说了出来，"可我不知道你的名字。"

"既然您知道了,为什么没有把我赶走呢?"孙小英不无感激地问。

晓米还没来得及回答,就见审判长和被告方走了进来。

"和上次的情况一样。"傅志刚对审判长说,"这位孙小英是冒充她已经在车祸中死亡的妹妹的名义来医院实习的,而团队负责人雷晓米明明知道这一情况,却仍然把她留下。孙小英为了感恩,所以才做了刚才的假证。另外,我还要说明,雷晓米让孙小英这样的冒牌货参加急救工作,也是对病人极端不负责的态度。"

"即使我知道孙小巧……不对,现在我们应该叫她孙小英了,我知道了她的情况而让她继续留下,也没有违反执照行医的规定。"晓米反驳道,"她原来就有护士的执照,而她在我们团队一直做的是器械护士的工作,怎么可以说是对病人不负责任呢?"

审判长这时挥了挥手,示意大家停止争论,说:"孙女士的情况与本案无关,所以就不在这儿讨论了。刚才我和同事们已经取得一致意见,不同意她作为本案证人出庭。将来,你们觉得有必要澄清子宫不明去向的问题,可以另案起诉。你们有什么意见吗?"

傅志刚立刻说:"我们没有意见。"

"我遵从审判长的决定。"晓米也说。

"那我们继续开庭。"审判长说了,就带头走了出去。

重新回到法庭,晓米好像一下成熟了许多。不是因为孙小英说出了真相,而是把卢大成这个人彻底看透了,说话的底气也硬了起来。

"审判长,各位医院的同事,我现在只想问一个问题。"晓米昂起头,走到一边,巡视了一下整个法庭,才对傅志刚说,"不管这个刀口是谁做的,我只想知道,在剖宫产手术中,这样的刀口是不是符合规范?请你回答。"

傅志刚却笑了笑道:"对不起,我不是产科医生,我回答不了这么专业的问题。"

"那么,你们愿意回答吗?"晓米看着卢大成和苏红问。

卢大成把头转向一边,苏红则继续低着头,他们都没有回答。

晓米就接着说:"审判长, 今天旁听席上来了不少产科方面的同事,有些还是这一领域的权威,能不能请他们其中的一位回答呢?"

审判长点了点头说:"我想,这个问题不大,如果有人愿意回答原告代理人的问题,请举一下手。"

旁听席上却没有人举手。晓米正在失望,却听到一个熟悉而陌生的男人声音问:"我可以回答吗?"

　　晓米循着声音看过去,不由得大吃一惊。她看到了父亲!多少年未见,父亲明显已经老了许多,只是那双眼睛仍然炯炯有神。他大概是刚刚赶到,大衣还穿在身上呢。

　　父亲向她温和地笑了笑,脱了外衣,走到法庭中间证人席的位置上,自报家门说:"我目前的身份是国外一家大型医院的产科主任医师,也是国际围产医学学会的理事。近20年来,我一直在从事羊水栓塞的研究,最近是应邀前来医科大学作学术讲座的。就原告代理人的问题,我想谈谈自己的想法。"

　　"请通报您的姓名和国籍。"审判长说。

　　"我叫雷思文,中国国籍。"

　　一直在看着雷晓米的傅志刚马上问:"请问,您和原告代理人雷晓米是什么关系?"

　　"我是她的亲生父亲。"

　　这个回答立刻引起旁听席上的一阵议论,同时也让审判长作出了新的决定:"现在宣布中止审理,下午继续开庭。"

# 第十九章

　　法庭上越来越浓的火药味让苏红始料未及。幸好法官没有让孙小巧出庭，不然她这个院长的面子还往哪儿搁啊。晓米父亲的出现，也让她非常意外，不知道接下来还会发生什么事情。听到审判长宣布休庭，苏红没和任何人打招呼就走了出去。

　　她直接来到医院，找到刘一君，让他查体。

　　"怎么了?"刘一君从未给苏院长做过检查。因为是女性，所以就没有关门，并说，"要不要再叫个人来?"

　　"不用。"苏红在诊室的小床上躺好，"你把门关上，一会儿有话要问你。"

　　刘一君便把门关好，洗了手问："哪儿不舒服?"

　　"到处都有些酸疼，腹部特别不好。"说着，苏红就解开了裤带，并把腹部充分暴露出来。

　　刘一君不敢怠慢，仔细触摸着各种脏器，然后又用听诊器认真听了一会儿，才说："没什么呀。腹胀可能和没有大便有关，是不是去上个卫生间?"

　　"噢，这两天我便秘呢。"

　　"那就是上火了。"刘一君走到桌前，拿出诊疗单，"开点儿药吧?"

　　"不用了，家里有呢。"苏红整理好衣服，在刘一君对面坐下说，"刘主任,我想问你件事,你这回可一定要说实话。"

刘一君有些心虚地笑了笑说:"瞧您说的,我哪次撒过谎啊?"

"人人都会撒谎。"苏红认真地说,"也包括我。可现在,我真的需要一个客观的、实事求是的评价,我不能再欺骗自己了。"

"院长,听您这么说,我很紧张呢。到底发生什么事了?是开庭不顺利吗?"

"你认为呢?"苏红看着对方说,"你觉得这次再审,应该顺利还是不顺利呢?"

"这个嘛……"刘一君想了想才说,"应该不太顺利吧?"

"为什么呢?"

"因为晓米医生不想认输,她一定会全力以赴和我们拼到底呢。"

"你是说,'和我们'?"苏红淡然地笑了一下说,"你真的站在我和卢大成这一边吗?"

"那是当然啦。"刘一君立刻说,"我们一直是在一条战线啊。"

"可孙小巧今天说,是卢大成指使她去破坏那个子宫。"

"您说,是孙小巧?"刘一君大吃一惊道。

"她现在的名字叫孙小英了,而且已经是胡世生的合法妻子。"

"怪不得有这个胆量。"刘一君想了想,又问,"可她为什么要这么做呢?卢院长和胡家可一直关系很好啊。"

"也许这孩子本性善良,还比较单纯,受的污染还少些吧。"

刘一君点点头,问:"那卢院长怎么说?"

"他还能怎么说?当然是一口否认了。"

刘一君试着问:"也许,卢院长说的是真的呢。"

"那你认为,他们谁在说谎呢?"苏红盯着刘一君问。

"这个……"刘一君犹豫起来,不知道苏红的意图,便说,"我不知情,还真的不好判断。"

苏红叹了口气说:"你啊,怕得罪人,是不是?"

"我真的不知情啊。"刘一君一脸的真诚,"您想问的,就是这件事吗?"

"不。"苏红说着,就站了起来,双手一张,把胸脯挺了挺问,"我的身材好看吗?"

刘一君感到有些突然,不知苏红的用意,便笑笑不说话。

苏红催促道:"你必须回答,而且一定要说真话,不然,我是听得出来的。"

"您穿这身衣服……"

苏红打断道:"别说衣服,我的身体你刚才都检查过了。"

刘一君这才说:"不是太好,有点胖,赘肉多了些。不过,与同龄人相比,应该是好多了。"

"你会喜欢我吗?"苏红继续问。

"我?"刘一君更加摸不着头脑了。

"或是你的同龄人,会喜欢我这样的女人吗?"苏红一脸严肃,完全没有任何开玩笑的意思,"不要编瞎话,心里怎么想就怎么回答。"

"不会。"刘一君狠了狠心说,"如果单从男人的角度讲,每个男人都有自己的特殊喜好……"

"行了行了,别解释了。"苏红苦笑笑说,"虽然任何一个女人都不爱听这种话,但我看出来了,你没有让我失望,你还是有勇气说真话,对吗?"

"那还用说吗?"刘一君松了口气。

可苏红的目光突然间变得凶狠起来,鼻子哼了一声说:"你还知道卢大成背着我做过什么事?不要等到日后查出来,就没有你的什么好处了!"

刘一君顿时就蒙了。上午他有会诊,没去法院,不知道苏红和卢大成之间到底发生了什么,但从苏红现在的神情看来,他们之间显然是有了什么分歧,不,已经是格格不入了。那么,他该选择谁呢?不用说,当然是苏红了。卢大成只是副院长,而且人品有问题,还是竞争对手。想到这里,刘一君便下了决心,把凡是将来可能被查出来的事都一股脑儿说了出来。

苏红静静地听着,没有插话,也没表现出不安或是惊讶。说实话,大多数的事她是可以容忍的。比如在一审时与那个傅律师勾结、故意提供没有说服力的证据、让原告败诉,比如把晓米支到外地学习或救灾、让她无暇顾及开庭,比如在封存的那份死亡病历中,卢大成将晓米写的病程记录故意模糊了笔迹等等。这些都和病人的生死无关,只有发生在D79团队的那个"重度早剥"除外,只是为了宣传,就不惜假造指征,这是绝对不能允许的。

从刘一君那儿出来，苏红就和女儿核实了那个病例。姗姗见母亲已经知道了真相，也就没有必要隐瞒了。

苏红狠狠教训了女儿一顿后说："你自己找个机会向晓米医生道歉吧。"

"你要和卢叔叔分道扬镳吗？"苏姗姗很敏感地问。

"就看他是不是能够认识自己的错误了。"

苏红这话不仅是对女儿说的，也是在告诫自己，然后就去了法院。

午饭是晓米拉着韩飞和父亲一起吃的。血缘就是血缘，虽然多年没有见面，但父女之间的亲情却像时光隧道，一下就让他们回到亲密无间的过去。

"你怎么能够不声不响就回来呢？"晓米埋怨道，"是想吓唬我吗？"

"是不想让你分心，傻孩子。"父亲说着就看了看韩飞道，"你们的事也没告诉我啊。"

"我们什么事啊？"晓米有些脸红起来，"人家只是在官司上帮我一下，没有别的意思啊。"

"是这样吗？"父亲看着韩飞问。

"当然不是这样。"韩飞老老实实回答。

"就是嘛。"父亲笑了起来，看样子，他对韩飞至少没有反感。

"一会儿，你准备说些什么呢？"晓米看着父亲问。

父亲想想才回答："有件事，我一直想当着大家的面对你说。如果法庭同意我发言，也算是帮我了了一桩心事。"

晓米就不再问，说了些D79抢救的病例，就讨论起一些专业问题。

下午开庭前，审判长把晓米和傅志刚叫到办公室，就程序问题征求双方的意见。

"第一项请雷思文医生发言。第二项请尤盛美教授宣读省级鉴定。第三项是法庭发表希望双方和解的建议，如果你们不能达成统一意见，法庭就宣判。你们有什么意见，现在就提出来。"

"我认为雷思文医生的发言有些多余。"傅志刚反对说，"可以直接宣读鉴定结果嘛。"

"我认为很有必要。"晓米坚持道，"而且是审判长已经当众同

250

意的。"

审判长便对傅志刚说:"我们只给了雷医生5分钟,而且不会对法院的宣判有任何影响。"

傅志刚这才表示尊重审判长的意见。

因为上午出现了意外情节,引起了旁听者的更大兴趣,到了时间,门一开,人们就一下涌进来坐满了审厅。当审判长请雷思文作限时发言时,全场鸦雀无声,大家都很好奇,不知这位不速之客究竟会说些什么。

雷思文走上前,问审判长:"我可以对着旁听席说话吗?"

"请吧。"审判长点了点头,说,"您不是证人,不必拘礼。"

"谢谢。"雷思文于是转过身来,看着旁听席上的人们说,"首先我想表示,我支持我女儿雷晓米进行这场诉讼。不仅如此,我还很想成为她的被告。并通过这起诉讼来告诫我的同行,促进产科医学的进一步发展。"

大家小声议论起来,因为都不明白雷思文说的意思,只有晓米心里很清楚,眼泪一下流了出来。

"32年前,就在我的女儿来到这个世界上的前一分钟,我做了件终身后悔的事。我的妻子临产,羊水三度污染,胎儿缺氧严重。在取得科主任同意后,我上台做了剖宫产。在暴露子宫下段时,我被告知已经测不到胎儿的心率。作为一名产科医生,我知道这个时候很关键,也许只有几秒钟的延误,宝宝就没了。于是我犯了一个严重的错误,一刀切开了子宫肌层,并让羊水立刻流了出来。几秒钟后,我的女儿出生了,并经过抢救活了下来。可我的妻子却并发了羊水栓塞,几乎没有来得及抢救就离开了人世。"

雷思文说到这里停了停,控制了一下情绪才继续说:

"我们做产科的都知道,在产妇和胎儿都面临危险的时候,应该遵从'先大后小'的抢救原则。而这一点,我当时也非常清楚。但为什么我还是违反了手术规范,在切开子宫肌层的同时破膜呢?那就是因为我心存一种侥幸心理。"

坐在被告席上的苏红听到这儿,不由自主地点了点头。卢大成看到后,皱了皱眉,凑近傅志刚小声说:"这是他们事先策划好的,你怎么没发现呢?"

251

"放心吧,他威胁不了我们。"傅志刚看了看表说,"时间快到了。"

雷思文继续说:"许多人都知道,发生羊水栓塞的比例只有五万分之一,'既然比例这么小,为什么就偏偏让我碰上了呢?不,不会的,碰上这种噩梦的绝对不是我!'在当时,至少在当时的潜意识中我就是这么想的。事后,我反省了很久,并且清醒地意识到,有这种想法的人并不止是我一个。我敢说,无论是过去、现在、还是将来,这种医生仍然会存在。而接受这些人施行手术的病人,仍然会因为我们的这种侥幸心理而失去生命。各位,这也许就是我女儿为什么要坚持这个诉讼的真正原因吧。"

"对不起。"傅志刚这时站了起来,对审判长说,"这位先生的发言已经超过时间啦。"

"雷医生的演说不受时间限制。"审判长不耐烦地冲傅志刚摆摆手,对雷思文说,"请您继续吧。"

雷思文说了声"谢谢"就接着说:"我的妻子正是因为我的这种侥幸心理失去了生命。而我的女儿,为此从来没有见到过她的妈妈,从来没有得到过母爱。这样的悲剧虽然在五万个人中只有一个,但对孩子来说,就是她人生的全部啊。而造成这种悲剧的,在很多情况下,仅仅是因为医生一瞬间的疏忽和大意。"

晓米已经低声哭泣起来,旁听席上也有不少人在擦眼泪。

"很多病人都知道,手术前必须签订一份知情通知书。"雷思文说到这儿,提高了声音道,"在这份关系着患者生死的合同上,写满了病人在手术中可能出现的种种危险,而病人能够做的,就是在上面签字,承诺任何风险的降临都不会追究医生的责任。我们这么做,有一个堂而皇之的理由,就是所谓'目前医学水平的局限性'。可事实上,有些病人的死亡,完全不是因为我们没有水平,不是医院没有条件,而只是因为我们缺少全心全意为病人服务的职业道德!"

"说得太好了,情况就是这样!"旁听席上突然有人喊。

"请保持安静!"审判长敲了一下法槌道。

雷思文也做了个让大家安静的手势才继续说:"个别医生以为有了这一纸知情通知书,就觉得可以规避诸如'侥幸'这种不可饶恕的犯罪所造成的一切后果,包括夺走一个人的生命。我希望大家想一想,不仅凭每位医生执业前都念过的波希克拉底誓言,也凭着我们做人的良心好好儿想一想,在我们进行手术的时候,难道连最起码的手术规范都做不到吗?病人可是因为相信我们,把整个生命都交到我们手里啊!"

旁听席上爆发出一阵掌声。审判长没像往常那样去制止,而是等了一会儿后才说:"我虽然不懂医学,但也听懂了雷医生的意思。谢谢。请法警给雷医生加个座,如果他愿意留下来听我们继续开庭,就请坐吧。"

旁听席上立刻有好几个人让出座来,招呼着雷思文走了过去。

"好吧。现在我们进行第二项,请尤盛美教授宣读省级鉴定。"审判长等大厅都安静了,这才让庭审进入正题。

尤盛美走到法庭中间,但没有立即坐下,而是对雷思文坐的方向微微鞠了一躬说:"雷思文博士很谦虚,他在国际围产医学领域有很高的威望,他的论文我也多次拜读,受益匪浅。刚才发表的观点,我个人非常赞同,只是没有勇气说出来罢了。"

雷思文便对着尤盛美点头示意。看到这一切,晓米心里顿时充满了自豪感,这是从来没有过的。

"受省医学会、本案鉴定小组的委托,我在此宣读鉴定结果。"尤盛美这时坐下,打开一张纸,念了起来,"省级鉴定结果如下:一、本案死亡病人股静脉血涂片找到羊水中胎儿有形成分,可以确诊为羊水栓塞。二、羊水栓塞系羊水进入母体血液循环引起的急性肺栓塞、过敏性休克、弥散性血管内凝血、肾功能衰竭或猝死等严重后果的并发症。近年的研究则认为,系羊水进入母体血管后引起的一种过敏生化反应。但无论定义如何,羊水栓塞的发生,必须具备以下条件:子宫颈或子宫静脉破裂、胎膜破裂、足够的压力梯度使羊水进入母体血液循环。而在本案病例中,即使其切口如原告所认为的是提供了让羊水进入子宫肌层血窦的机会,但并不像使用过量缩宫素那样产生一定的压力。所以,据目前的医学理论,并不能确认这样的切口一定会导致羊水栓塞的发生。至于过敏生化反应,更是一种无法预测的临床表现。据此,我们认为,医方的手术与患者的死亡并无因果关系。"

听到这儿,卢大成兴奋起来,他凑近苏红说:"瞧,我们胜了!"

苏红虽然也有一块石头落地的感觉,却高兴不起来,便说:"尤教授还没说完呢。"

只听见尤盛美又说:"三、医方对羊水栓塞的发生有充分的准备,抢救措施得力到位,本案不属于医疗事故。四、本案行剖宫产终止妊娠,对于临床指征有一点质疑。术前测定胎儿重量为4200克,医方以巨大儿容易产生难产为指征。但目前对4000克到4500克之间的胎儿是否定义为巨大儿尚无固定标准。我们注意到产妇骨盆较大,并无任何并发症,应该可以自然分娩。为倡导自然分娩,制止过度手术的不良现象,本鉴定特地作以上说明。"尤盛美念完后,说了声"谢谢审判长"便走了出去。

工作人员把鉴定报告分别送给晓米和傅志刚后,审判长说:"你们可以发表意见。"

傅志刚立刻说:"我们对省级鉴定没有任何异议,不再发现意见。"

"原告呢?"审判长看了看晓米,问,"有什么需要说明吗?"

晓米不知该说什么,便摇了摇头。

"那好。"审判长这时与左右两位同事商量了一下宣布说,"本庭在宣判前,建议双方能够达成和解意向,对此,你们有什么意见吗?"

"我们不同意和解。"傅志刚立刻答复道,"目前社会上医患矛盾比较突出,有些病人,当然也包括某些别有用心的医务人员,借着某些似是而非的病例,对医院、对医生进行刁难,动不动就投以诉讼,给医方的名誉造成极大的负面影响。为此,我们希望法院能以法律为准绳,为我们主持公道。"

"我也不同意和解。"晓米此前一直在看那张省级鉴定报告书。她知道,鉴定只是根据申请方提出的问题给予答复,而第四条却从来没人提过啊,而她也从来没有好好儿想过手术指征的问题。那么,为什么尤教授要特意写上呢?是不是在暗示什么?难道过度治疗不属于医方的责任吗?于是就说,"但我们要改变诉讼要求。"

"你又想玩什么花样呢?"傅志刚冷笑了一声问。

晓米没理他,看着审判长说:"我会尽快提出新的诉由,希望您能同意。"

副审判长提醒说:"诉讼请求的更正,应该在一审时就提出啊?"

晓米说:"一审时我没有参加诉讼。还有,一审原告方律师就是现在的被告律师,这个情况也希望法庭有所考虑。"

审判长想了想便说:"这样吧,我们商量一下,你回去等通知吧。"

尽管医大为雷思文安排了住宿，但他还是愿意住在女儿这里，享受一下天伦之乐。

从法院回来，晓米一直在想着改变诉讼请求的事，只见父亲和韩飞聊得热火朝天，却没注意他们在谈些什么。回到家，她就说："如果法院不同意，我们就重新起诉，你们觉得怎么样？"

韩飞问："理由呢？"

"理由就是过度治疗。就是卢大成在没有充分指征的情况下就做了剖宫产。"晓米接着进一步解释说，"在没有合并糖尿病的情况下，一般超过4500克才属于巨大儿，才有手术指征。如果在4000克到4500克之间，则无固定标准，情理上就必须和病人说清楚，让病人自己选择分娩方式，可卢大成却没有这样做。"

"那么，和病人做沟通的人是谁呢？"韩飞问。

"是我。"晓米回答。

"你？"韩飞有点意外，"卢大成让你去的？"

晓米点点头，说："我当时发现这个产妇骨盆宽大，完全可以顺产，就跟卢大成说了，却被他顶了回来。他好像很需要这个手术呢。"

"这个问题我想过。"韩飞说，"他把手术时间和D79的赠送仪式搞得这么紧张，好像在表现自己呢。"

晓米却说："我也有责任，那时只想到必须服从上级，却没有为病人着想。"

"那你还能当原告代理人吗？"

"当然不能了。"晓米这时笑了笑，"这个任务就落到你肩上啦。再说，你和两位老人比我还熟啊。"

韩飞听了没吭声，就看着雷思文。

刚才一直没有吭声的雷思文在想着什么，过了会儿才说："你们发现没有？鉴定书的第4条，其实与本案没什么关系，但尤教授却用了较长篇幅来叙述，难道没有什么用意吗？"

"我也是这么想的。"晓米马上说，"我觉得省级鉴定在否定原告诉求的同时，也为我们指明了一条新路。另外，尤教授在宣读鉴定前，还对您的演讲表示支持呢！"

雷思文点了点头说："按照目前的医学观念，省级鉴定应该说还是很客观的。但我认为尤教授却用了另外的方法来表示对原告的同情和支持。"

"你是说,尤教授在暗示我们什么吗?"晓米有些兴奋地问。

"有这个可能。"父亲回答。

可韩飞却担心地说:"要是官司这样打下去,晓米也要成为被告啊?"

"当就当吧,但我们这回肯定能打败卢大成了。"晓米毫不在乎地说。

"这事还是再想想吧。"

韩飞说完就站了起来,他觉得这个问题还是让他们父女来确定比较妥当,正要告辞,就见晓米接到一个电话,并示意大家安静。

"我是晓米⋯⋯尤教授?"晓米显然很意外,"嗯⋯⋯在呢⋯⋯"说到这儿,晓米就看着父亲说,"尤教授想跟您谈谈。"见父亲点了点头,就又对着电话说:"行,我爸说可以。我还想再带一个人来,行吗?"

尤教授在电话里说:"外人就算了。"

"他不是外人,是我男朋友。"晓米毫不犹豫地说,脸却一下红了起来。

"那行,一起过来吧。"

晓米放下电话对韩飞说:"对不起,我刚才这么说,是想方便你参与进来。"

韩飞却笑笑说:"随便怎么说都可以。"

雷思文装着没听见,看晓米进房间穿衣服,这才跟了进来说:"韩飞看来不错嘛,你也该成个家了。"

"这个人有点儿复杂,你了解吗?"晓米问。

"刚才在路上聊了聊,其实他的事我早就知道了。"雷思文像对小孩一样,帮晓米整了整衣领说,"国外的报道很多呢。"

晓米却笑笑说:"您自己呢?难道要一直单身下去吗?"

"等你结婚以后再说吧,我还没老到要让人照顾的程度呢。"

尤教授主动表示要见面,让本来还有些沮丧的晓米一下高兴起来。他们去了一家大酒店的咖啡厅,尤教授说已经包了个房间,一会儿她爱人曲晋明要为雷思文接风。

"这回也真是太巧了,雷博士就是应我爱人曲晋明的邀请来作讲座的。"尤盛美笑着说，"不过我是刚刚才知道。晓米的电话，我也是从老曲那儿要的。"

这句话，让大家的关系一下变得亲密无间。

"雷博士，您是羊水栓塞方面的国际专家，能不能给我讲讲这方面新的观点呢?"尤盛美寒暄了两句，就问起她所关心的问题来。

"没有新的观点。"雷思文很干脆地说，"就是有，我想您大概也已经都知道了。"

"是啊。"尤盛美笑着表示赞同，"这可不像造手机，一天一个新功能，几个月就落后了。"

雷思文也笑着说:"在飞机上，有个国内的同行和我打赌，说我肯定开不了电视机，什么机顶盒要搭配使用，可麻烦了。"

"但愿医生们的操作越来越简单，这也应该是个方向。"尤盛美喝了一口咖啡，看着雷思文认真问，"那您这些年作了些什么研究呢?"

"是啊，我也想知道呢。"晓米也问。

"开始的十年，我几乎一事无成。"雷思文也喝着咖啡说，"不瞒您说，我一直想推翻传统的观点，比如说发病条件，包括您今天在法庭上说的那些，当然，我有些不同意见。"

"您的不同意见是什么呢?"尤盛美敏感地问。

"我注意到您提到了压力，但羊水中的有形物质进入母体血循环，并不需要太大的压力。我觉得，只要宫颈或宫体损伤处有开放的静脉或血窦，就可能发病。"

尤盛美叹了口气说:"您说的是对的，但省级鉴定不是医学论文，只是给法庭和患者看的，他们不可能像您这样较真呢。"

"这个我能理解。"雷思文立刻说，"国内的情况，我也是知道的。"

"请您继续往下说吧。"尤盛美会意地点了点头说，"我真的想知道像您这样的学者在国外到底在做什么呢?"

"后来，我也发现许多AFE(即羊水栓塞——作者注)患者的血液中并没有羊水成分。这个您在鉴定中也提到了，到目前为止，发病机制尚不明了确实是事实。但医学不是手机，要把'羊水栓塞'这个病名，改成更为准确的'妊娠过敏反应综合征'，努力了20年还做不到呢。"

"病名并不重要，只要大家知道新的研究进展就行了。"尤盛美此刻完全像在讨论病例一样，悄悄反驳道，"还有您说的压力问题，也应

257

该属于没有定论的范围吧?"

"就您说的,有些学者乐意在一些纯理论的问题上争来争去,但我开始觉得厌烦了, 就把精力放在如何抢救。这次我回来就是想说说AFE抢救的方法和体会。"

"那就太好了,我们就需要这些实用的东西呢。不过,现在我就不打算浪费大家的时间了,明天您作讲座,我一定亲耳聆听。"尤盛美说到这儿,就看了看时间说,"请你们过来是想说件事,那个子宫样本我看了,鉴定小组的别的成员也看了,大家都认为上面的切口没有被改动的痕迹。就是说,被告方卢大成医生在手术中,确实存在不合手术规范的行为。如果你们申请鉴定,我们是可以给予明确答复的。"

韩飞听了笑笑说:"但是,即使手术不规范,也只是提醒医方以后注意,并不会改变鉴定的结论,对吗?"

尤盛美看着晓米问:"他是你的男朋友吗?"

晓米点点头:"是,但他做的不是产科。"

"你确实厉害。"尤盛美便看着韩飞说,"你说得对,不会改变鉴定结果。但我也提醒了你们可以采取另外的方法啊。"

"您是说第4条吗?"晓米连忙问。

尤盛美笑着说:"患方没有明确的手术指征,医方强行手术,要打胜这个官司可是易如反掌啊。"

晓米没参加曲教授特意为雷思文准备的接风宴会,虽然她很想问问那个子宫切除的事,但还是和韩飞走了出来。

"如果你不惜让自己成为被告,也要把这个官司打下去,后果不堪设想啊。"当他们在一家牛肉面馆坐下时,韩飞问。

"当然想过。"晓米笑笑说,"可我爸今天在法庭上说了,也愿意当我的被告呢。"

"真是有其父,必有其女。"韩飞笑笑说,"但是,你就不怕卢大成会往死里整你吗?"

"整就整吧。"晓米苦笑着说,"反正当上代理人的那一天,我就作好准备了。卢大成肯定对我恨之入骨了,但要把我开除,也得有个理由啊!"

晓米此时已经义无反顾,但她还是低估了对方的能量。

当晚,傅志刚得知法院已经决定允许原告更正诉讼请求,立刻向卢大成作了汇报,并且表示,败诉已成定局。

"怎么会呢?"卢大成疑惑道,"不管怎么说,病人可是在知情书上签了字的啊?"

"问题是雷晓米是自己告自己,她怎么会站在我们这一边呢?"傅志刚泄气道。

"你的意思说,她这一手还真的挺狠的?"

"她玩的是自杀性爆炸啊!"

卢大成于是匆匆去了苏红家,并且发狠道:"这种人必须开除,还要永远让她当不成医生。"

苏红却没把事情想得这么严重,安慰说:"输就输吧,剖宫产指征这么乱,也该吸取些教训了。"

卢大成听了很意外,就说:"苏院长,您的话怎么突然变了呢?"

苏红便微笑着说:"大成啊,我最后问你一声,那个子宫切口,是不是你做的?"

卢大成装作受到天大委屈似的说:"苏院长,怎么您也被他们洗了脑?您不是说过,不管怎么样,我们也要赢了这场官司吗?"

"是啊,以前我确实这么想的。"苏红叹了口气说,"可随着官司打下去,我也看到了另外一些东西。大成啊,今天这儿没有外人,就你和我,你怎么还是不愿说实话呢?那个子宫切口就是你做的,而且不只是孙小巧这么说,我已经让尤教授作了鉴定,可你还在说谎。咱们做医生的,最忌讳的就是不说真话啊!"

卢大成沉默了一会儿才说:"好吧,我不承认,其实也是为了你,为了咱们的医院。但是现在您既然这么说了,我也就没什么好隐瞒的。但是,省级鉴定您也听到了,我的手术操作与病人死亡没有因果关系。相反,在我将来创立的'快速剖宫术'中,我还要增加这一条,在医生技术高超的情况下,是可以同时破膜的。比如胎儿窒息,难道我们没有救活孩子的责任吗?"

"好了好了。"苏红不想和卢大成争论,便说,"这事你就别再参与了,被告是医院,我是法人代表,我来承担责任。"

"您又没参加手术,怎么要您承担责任呢?"卢大成冷笑了一声说,"输了官司,大家都知道是我做了这个该死的切口。不行,我们不能就这么轻易认输,我们不能让雷晓米得逞。绝对不能。"

"那你想怎么办?"

"先把她开除了。"

"开除?"苏红不解地看着对方,"就因为她替病人当了代理人?"

"不是,她无端切除了病人健全的子宫,而且拒不认错。"卢大成理直气壮道,"难道,还有比这个更恶劣的行为吗?这种人,难道还配当医生吗?"

"可这件事涉及曲教授呢。"苏红担心地说。

"曲教授怎么了?"卢大成走近苏红,咄咄逼人道,"您不是相信真理吗?连我也不在乎,还在乎别人吗?要不,您也不是那么公正?您也惧怕权威?您也有私心是不是?"

"我不是惧怕什么,我的意思是说,要搞清真相。"苏红转过身,对卢大成的进攻反击起来。

"真相就是误诊!以为是内膜癌,把好子宫切除了!"卢大成斩钉截铁道,"这个病例我仔细查过了,不可能再有别的解释。如果你真的大公无私,就应该对雷晓米进行严厉的处分,同时对曲教授也是个警告,让他,也让大家都吸取教训。"

"不行,我不能这么做。"苏红还是坚持着自己的意见,但语气却不像刚才那么强硬了。

"苏院长,我的苏大姐啊!"卢大成突然换了一副口吻,一下抓住苏红的手,恳求起来,"多少年来,我一直敬重您,不,干脆对你说了吧,我一直在爱着你呢。我想,你也应该知道的。现在,我有了一点难处,你就不能帮我一下吗?"

"你爱我吗?"苏红自从和刘一君有了那场对话,已经清醒过来,听了卢大成的这番话,已经不像以前那样心动不安了。她冷淡地笑了笑问,"你可是一个三十多岁、正当年的帅哥啊,怎么会对我这种快六十的老太婆感兴趣呢?"

"可你看起来一点儿也不老啊,我发誓,我对你的感情,从来没有考虑过年龄……"

"算了吧。"苏红抽出手,不耐烦地打断道,"这些话还是对别的女人去说吧,别在我面前表演了,我会恶心的。"

"哈哈哈……"卢大成突然大笑起来,"你这样绝情,可就别怪我无义了。你看看,这是什么?"卢大成从口袋里掏出一沓淡绿色的信封,

"这是你写的那些所谓的诗,我每读一句都想吐,你知道我真实的感受是什么吗?那是一个神经病,对,就是神经病,一个老不死的女人在向我求爱呢。明天,我就把这些东西发上网,让大家一起来欣赏,看看我们的苏大院长的另一面,点击率一定会创历史新纪录,你信不信?"

"你不能……不能……你不能这样对我啊!"苏红一下觉得血压在升高,双手在发麻,语无伦次了,"把它给我!"

"给你?"卢大成恶狠狠地说,"可以,但你必须照我说的做。"

"说吧,你想让我做什么?"

"这是我写的一个公告。"卢大成把早就写成的一份文件放在苏红面前,"你只要在上面签个字就行了。"

苏红看了看说:"这不行,我们不能开除雷晓米。"

"那好,我们网上见。"卢大成哼了一声就要走开。

"我们再商量一下吧。"苏红终于全身瘫软下来,哀求道,"你别走,让我再想想,再想想,行吗?"

卢大成便把苏红扶到沙发上,同时掏出手机,按了录像的功能键,并把镜头对准了苏红,才说:"何必呢?我也是为了你好啊,我的好姐姐。我真的很爱你,不信,你一会儿就知道了,我会让你亲身体会到,一个像我这样的帅哥哥是怎样迷恋你这样的老女人,来吧,千万别害羞啊。"

"不不,请不要……"苏红满脸泪痕,无力地挣扎着,"请给我一点尊重吧……求求你……求求你了……千万不要啊!"

# 第二十章

原以为万无一失，却没想到这么容易就败下阵来，这让卢大成怎么也接受不了。他一方面觉得傅志刚是个十足的饭桶，另一方面则认为是晓米存心害他。如果没有这个女人一而再、再而三地和他过不去，他能输吗？尽管法院说了宣判前还有一次调解的机会，而且八成原告也会接受，但这件事的原委领导已经清清楚楚，对今后仕途发展可是巨大的障碍啊！

现在唯一的办法就是让晓米撤诉，因为一撤诉就能维持原判。这个听起来有点不可思议的念头，在卢大成看来却并非白日说梦。据他对晓米的了解，她之所以能够做到这么执着，就因为她这个人的底气很足，有股强大的精神力量在支撑。如果把这个击溃，她就会失去元气，意志就会崩溃，到那时，无论周边有什么人来支持也起不了什么作用了。而要做到这一点，卢大成还有一颗原子弹没有引爆呢。

卢大成让刘一君给晓米打电话，让她立刻来办公室谈话，晓米以为是谈调解的事，所以一会儿就到了。

"我们已经闹成这样，也就不必再搞什么弯弯绕，有件事，我想直来直去。"卢大成把门关好，仍然是一副上级领导的口吻。

"你说吧。"晓米虽然不知道对方要说什么，但很沉着。

"你先坐下吧，想不想喝水？"卢大成准备软硬兼施。

"谢谢,我不想喝水。"晓米见卢大成走向办公桌,也就在他对面坐了下来。

"你看看这个,但不要激动。"卢大成从抽屉里拿出一份文件,放在晓米面前。

晓米警惕地看了看卢大成,这才拿起来看了起来。这是一份给予雷晓米开除处分的通告,理由是雷晓米隐瞒了一起重大医疗事故,而且拒不认错。最下方是院长苏红的亲笔签名。

在最初的几秒钟内,晓米的脑中一片空白,一下就蒙了。她后悔刚才没给自己倒杯水,不然就可以喝上一口,缓解缺氧状态了。

"你们这么做,太卑鄙了!"过了一会儿,晓米才说。

"这也是被你逼的啊。"卢大成观察着晓米的神态,满意地笑了笑说,"有句话是怎么说来着?嗯,对了,这就叫'道高一尺,魔高一丈'。你要我们死,那我们也不能坐以待毙啊?有时候职场的斗争,还真的很尖锐呢。"

"我仅仅是为病人说了几句话,你们就往死里整我,你不觉得很过分吗?"晓米满腹委屈,抗议起来。

"啧啧啧,你这话可不对啊。什么叫我们往死里整你,明明你在要我的命嘛。我们这么做,顶多也只能说是正当防卫。"卢大成觉得已占上风,口气也硬了起来,"不过,你现在悬崖勒马还来得及,我现在就可以把这张纸撕掉,而且保证这件事永远不再提起,但条件是你必须撤诉。理由嘛,我也替你想好了,就说巨大儿的手术指征并无硬性标准,而且与原告的初始意图不合。怎么样?这样既解决了我们彼此的纠纷,也不会损坏你的面子。我们一切还回到从前的状态,你继续当急救中心的副主任,过些日子,我们把刘主任另行安排,你再升一级,就是科主任一级的医生了,以后什么职称晋级、出国进修都好说。D79你干得不错,我和苏院长正准备通报表彰、号召大家向你学习呢。"

"可要是我不同意呢?"晓米这时已经完全明白了对方的企图,反倒平静下来,冷冷地问。

卢大成便瞪大了眼睛道:"这可是给你的最后一次机会,如果你还执迷不悟,那就别怪我们不客气了。"

谈话到此,晓米觉得不可能再有变化的可能,于是便把那份文件放进口袋,迅速站起身并走到门边,拧开门就大步跑出来。刚才,她虽然看到文件的签名处确实是苏红的笔迹,却不相信院长会作出这种决定。过去有位医生擅自外出手术,而且屡教不改,医生大会都要求给予行政处分了,但最后还是被苏院长阻止下来。现在她怎么会突然这么鲁莽呢?

晓米来到苏红的办公室,没有敲门,就径直走了进去。苏红在办公桌前低着头,用手掌支着前额,听见有人进来,看也不看。

"院长,您真的要开除我吗?"晓米把那份文件放在桌上,硬邦邦地问。

苏红似乎并不意外,她过了一会儿才抬起头,看着晓米,却一言不发。

"这是真的吗?"晓米看着对方两眼发红,好像刚刚哭过,便把口气缓和起来。

苏红还是不说话。

"你看,我们院长可是个菩萨心肠,不忍心呢。"卢大成这时跟了进来说,"但是,国有国法,院有院规,你犯下这么大的错误,又是这种态度,院长再想帮你也没有办法。院长,您说呢?"

苏红木然地站起,理了理有些凌乱的头发,才说:"晓米,你就撤诉吧。"

卢大成马上说:"这下,你还有什么好说的?"

晓米叹了口气,只对着苏红说:"开除我,我也决不撤诉!"

晓米说完就要走,却被苏红叫住:"晓米等一下。"

晓米在门口停下,苦笑着说:"院长,再多说也没用,这回我是吃了秤砣铁了心,绝对不会妥协。"

"我想说的是,我支持你。"苏红微笑着看着晓米说。

晓米诧异地愣住,眼泪涌了出来,她想留下来再说几句,却被卢大成一把推出门外。接着,她听到屋里传来拖拽和挣扎的声音,她想再进去,却发现门已经被锁上,卢大成在里面大声咆哮着,而苏红却哭了起来。

晓米正不知道该怎么办才好,就听到有个冷冰冰的声音在身后说:"雷晓米,你还真是个铁打的金刚,刀枪不入啊。"

晓米转身看着对方,那是个隆着大肚子的产妇,有点面熟,却想不起来是谁了。

264

"怎么,不认识吗?"

这时晓米一下想起,她是胡玉珍——卢大成的老婆。但晓米只记得见过一次,最近听说住在VIP病房准备分娩呢。

"原来是卢院长的夫人。"晓米不冷不热地回了一句,准备走开。

"别走啊。"胡玉珍却一把拉住晓米说,"说起来,你差点儿就当了卢院长的夫人呢。我们这种关系,不该多说几句吗?"

"您想说什么?"晓米看对方的样子快临产了,不想有刺激言行,温和道。

"别以为和卢大成谈过几天恋爱,我老公就拿你没办法。"胡玉珍却一脸怒气说,"我知道你恨他,原因就是他没看上你,而娶了我。所以,就找机会报复。"

"卢太太,如果没有别的事,我就先走了。"晓米一听口气不对,就想走开。

"你别走!"胡玉珍用肚子挡着晓米,恶狠狠地说,"我的话还没说完呢。"

"好吧,那就请您说吧。"晓米以前和产妇沟通时,也遇到过不愉快,所以并不恼火,并决定无论对方说什么,都不生气。人家是病人嘛。

"我在网上看到你的视频了。"胡玉珍看到有些医生护士走过来,故意大声说,"原来你还兼职卖肉,真是想不到啊。"

"卢太太,请你说话注意点!"晓米被迫提高了声音警告道,"那是有人陷害我。"

"嘿嘿,你要是个好人,为什么有人要陷害啊?"胡玉珍冷笑道,"你在大家面前人模狗样装正经,背后却和妓女有什么区别?"

"太过分了。"晓米努力控制着自己,正视着对方道,"请您注意自己的身份好不好?"

"就说你是妓女,你能把我怎么样?"胡玉珍双手叉腰,变本加厉骂了起来,"你就是个臭不要脸的婊子,臭婊子!"

晓米没想到这个女人竟会这样撒泼,但作为医生,又不能把她怎么样,只好咬紧了牙关默默忍受着。

周围有些医生看不下去了,有的拉着胡玉珍劝了起来:"咱们回病房吧,现在可不能生气,伤了胎气就麻烦了。"

"你们可别碰我啊。"胡玉珍指着那些医生说,"我的气还没出够呢,谁挡我,谁倒霉。"

晓米便上前一步道:"卢太太,你现在是我们的病人。请让我扶你回病房吧。"

"装!装!我今天就要看看你到底能装到什么时候!"胡玉珍一边说,一边出其不意打了晓米一记耳光,并且继续扯着嗓子叫,"别以为我不敢把你怎么样。你不就想要毁掉我老公的前程吗?那我就给你点颜色看看!"

晓米顽强地忍住不让眼泪流出来,心里不停地告诫自己说:"千万别冲动,必须冷静!再冷静!人家也是在为老公着急,就原谅她吧。再说了,如果这时候受到刺激,就很难说会发生什么,那时就难以说清了。"于是,她只对站在一边的医生说了句"请注意发生急产",就擦着墙边匆匆走开了。


晓米来到地下车库找韩飞。不只是心里有满腹的委屈想找人诉说,更重要的是她想知道今后怎么办。她长这么大还是头一次遭人掌掴,虽然卢大成老婆从小就没教养早有耳闻,但这可不是说句"这种人不值得计较"就能过去的。另外,苏院长的举止也让人百思不解,她似乎并不同意开除的事,但她为什么会签字?而且这么害怕卢大成呢?

韩飞不在车库,有司机告诉她,韩飞昨天晚上出车了,现在睡觉呢。于是晓米来到顶层,推开小门,发现韩飞睡得正香,正犹豫要不要叫醒他,却听韩飞说:"你把门关上吧。"

晓米顺从地关上门,突然间,眼泪就唰唰唰地掉下来,看到韩飞在招手,不知怎么就坐到小床上,一下子就趴在韩飞身上痛哭起来。

过了好一会儿,等晓米哭够了,韩飞才问:"又出什么事了?"

晓米就把刚才的事说了一遍。

"还疼吗?"韩飞摸了摸晓米的脸问。

"不疼了。"晓米说着就想坐起来,却发现腰被韩飞揽住了。

"和我一起躺会儿吧。"韩飞说着就把身体往里挪了挪,并张开一只胳膊等待着。晓米不好意思地笑了笑,就隔着被子和韩飞躺在一起,并把头舒舒服服地靠在对方的肩膀上。

"还想再哭吗?"韩飞一动不动地问。

"不想了。"晓米看了看天花板,就闭上眼睛说,"现在好多了。"

"但是，我有一件大事要告诉你，你听了得有思想准备。"

"什么事啊？"晓米马上侧过身，看着韩飞不解地问。

"我们的检测报告出来了。"

"你是说艾滋病那个？"晓米有些紧张起来。

"别紧张。"韩飞坦然道，"事实已经是这样了，再紧张也不能改变什么，你说呢？"

"结果是什么？"晓米虽然心里有些七上八下，但看到韩飞很冷静，也就把语气平缓下来。

"我想先问一件事，你可要说出真实的想法，行吗？"韩飞一脸严肃道。

"好吧，你说吧。"晓米点了点头说。

"如果我们都被感染了，你会怎么度过余生呢？"

晓米想想才说："这个……我还没想过呢。"

"那你愿意不愿意嫁给我呢？"韩飞这时抓紧了晓米的手问。

"当然。"晓米脱口而出，连自己都有些奇怪。

"你当真？"韩飞好像有些不相信。

"我是认真的。"晓米脸红起来，"这事，我早就想过了。"

"真的吗？"韩飞这时却有些意外了，"你说，早就想过了？那是什么时候啊？"

"那天，你来告诉我子宫鉴定的事，我正梦着你呢。"

韩飞不再说话，努力屏住气，在控制着什么。

"不管还有多少年，我们一定会过得很幸福。"晓米说着翻了个身，把身体全部压在韩飞身上，亲吻起他的嘴来。

"你想躺进来吗？"过了会儿，韩飞在晓米耳边小声问。

"嗯。"晓米连忙点了点头，又说，"我已经把门关上了。"

"那就快点儿。"韩飞催促道。

晓米迅速脱了外衣，傻乎乎地问："要不要……全部？"

"我可是什么也没穿，如果你想平等的话……"韩飞带着坏笑说。

"不，我不想平等……我想要你帮我。"晓米这时已经忘掉了一切，一下滑进被窝，死死地抓住韩飞，全身颤抖着，喃喃道，"快点儿……请你快点儿吧……"

"等一下，别着急啊。"韩飞也紧紧地抱着晓米，吻着她的头发说，

"我的话还没说完呢。"

"过会儿再说吧。"晓米央求道,"只要有你在我身边,我什么都不怕了。"

"可这事,我一定要先告诉你。是关于检测报告。"韩飞突然笑了起来,"你上我的当了,我们都是阴性呢。"

"真的?"晓米瞬间呆住,随后也大笑起来,"你太坏了!你这家伙怎么学得这么坏啊!"

"是不是后悔了?"韩飞松开手问,"趁现在什么也没发生,后悔还来得及。"

"你说什么啊?我们都这样了,你敢说什么也没发生?"

韩飞眨眨眼:"那你的意思是说,继续?"

"哎哟。"晓米臊得不行,着急道,"你就坏吧你!"

"可我还是要告诉你……慢点……我是说啊……噢……对对……就这样……我是说啊……我的行医执照下来了……你这扣子怎么这么紧啊……"

……

在过去的一个小时里,晓米体验到生命中最奢侈的幸福。在那迟到的爱情以及从未有过的缠绵里,她发觉世界上的一切都变得那样的美好,那样的金光灿烂,甚至连卢大成老婆的无礼举动都有了合理的解释。是啊,如果没有那记耳光,她就不会深感委屈,就不会来找韩飞倾诉,那后来的一切就不会发生了。难道,这就是命运之神的天工之作,是人生旅途的巧妙安排吗?

就在晓米懒懒地依偎在韩飞身边、体味着生命里那些不可思议的快乐时,苏红来了电话,并让她通知韩飞一起来大会议室,她有重要事情宣布。

开会定在中午12点,这是大家午餐、没有病人的时间,所以除了卢大成等院领导,各科主任和护士长、大多数的医生也都到了。苏红进来时,眼睛有些红肿,陪在一边的是个陌生的中年人,他一坐下就说:"我叫娄家健,是大学附院纪检委的主任。今天受领导班子委托来主持这个会。内容是由苏院长宣布几个人事决定。我在这里强调一下,这些决定都是经过上级领导认真研究过的,宣布后立刻生效。如有异议,可通过正当渠道申诉,无论是口头的,还是书面的,都可以直接与我联系。

268

好,现在就请苏院长讲话。"

没有例行的掌声,大家似乎都意识到这个会的非同寻常,相互间没有耳语,都瞪大了眼睛,竖起了耳朵想知道究竟发生了什么。

苏红站了起来,手上拿着一张纸,看了看,却放下道:"大家都知道,最近我们医院发生了一起医疗诉讼,可以说,这是一个比较特殊的官司。说它特殊,就是因为原告方的代理人,正是我们医院的医生雷晓米。"

晓米听到这儿心里想:"就算是被开除,也要表现得很坚强。"她看了看坐在身边的韩飞,不由得抓住了他的手,而对方也握紧了她的手作为回应,这让她不仅感觉到了温暖,更充满了一种正义感。只要有他在身边,赴汤蹈火也在所不惜呢。

"首先,我想要说的是,在这起诉讼中,我作为一院之长,观念是有问题的,是错误的。"苏红接着说,"由于我只想打赢这场官司,也影响了某些同事的错误想法,甚至在这种错误观念的引导下,发生了违法乱纪的事。在这里,我郑重宣布,虽然省级鉴定没有表明我们的手术与病人的死亡有因果关系,但手术并不规范,我们医方负有一定的责任。"

这个结论让晓米有些意外,她感激地看着苏红,把韩飞的手握得更紧了。

"第二,现已查明,我院律师顾问傅志刚先生,不仅伪造履历,而且在诉讼期间违背律师操守,并有不法行为,现在有关部门已经在调查。为此,本院决定与其解除聘用关系。"

坐在卢大成身边的傅志刚立刻大叫起来:"抗议!我严重抗议!我所做的一切,都是卢院长授意的,有什么不法行为,也应该由卢院长担当责任。"

卢大成立刻反驳道:"你胡说什么?诬陷他人要罪加一等,你还是回去好好反省吧。"

傅志刚便呼着粗气,走到门边,用手指着卢大成道:"你的事,都在我手里。我们走着瞧!"

苏红对此似乎没有听到,继续发言道:"第三,卢大成医生施行剖宫产手术时,在切开子宫肌层的同时破膜,系违规操作。事后又指使他人对切口进行毁损,虽然没有实现,但已经违背了医生的职业道德。对此,我提议给予卢大成医生行政处分,同时也请求上级给予我处分。我要说的,就是这些了,下面请娄主任讲话。"

不等纪委领导开口,卢大成便说:"我可以说几句吗?"

纪委娄主任点点头道:"请吧。"

卢大成面无愧色,丝毫没有内疚的神情,理直气壮道:"有些做法,虽然不那么完美,但我始终是为了维护医院的声誉,我想这一点,不仅苏院长知道,娄主任也是可以理解的。但我现在要说的是,那个切口并不违规,相反,它是一种合理的探索。大家都知道,剖宫产有一个基本的要求,就是速度要快,因为在许多情况下,胎儿的生死就决定于手术医生的快慢。我必须重申,同时破膜对剖宫产来说是一种进步,就如剖宫产术从传统的纵切口,发展到目前的子宫下段横切口一样,它有一个被人们逐渐接受的过程。我相信在不远的将来,当医生们普遍采用同时破膜术式的时候,会嘲笑今天在这里发生的一切。如果你们不想当历史的罪人,那就请采取一种更为明智的态度,不要对有创意的医生横加指责。可以告诉大家,我可以接受处分,但我会用事实来证明,我是正确的。我为医学的进步做出应有的牺牲,我为自己感到自豪和骄傲!"

卢大成说完,昂首挺胸地走了出去。会场上鸦雀无声,很多人都被卢大成震住了。

娄主任看了看苏红,问:"您还有什么要说的吗?"

苏红摇摇头说:"没有。"

"那就到这里吧。"

娄主任刚要宣布散会,晓米却见韩飞站了起来,问:"我可以说几句吗?"

"您是?"娄主任显然不认识韩飞。

"我是D79的司机。"韩飞自我介绍道。

"以后再找机会吧。"娄主任笑了笑,就对大家说,"今天的会到此结束。"

"不。"苏红却示意大家重新坐下说,"我忘了给大家介绍了。他叫韩飞,我昨天刚刚看了资料,他其实是位很有成就的胸心外科医生,曾经获得过国际外科学会颁发的'国际学者奖'。只是因为一些特殊原因暂时在做救护车的司机工作。"

"他已经重新拿到行医执照了。"晓米立刻补充道。

娄主任便冲韩飞点点头:"那您想说什么呢?"

韩飞便说:"我觉得,卢院长刚才的话不太合适。"

会场上纷纷议论起来。

"大家静一静。"苏红对大家做了个手势,才对韩飞说,"你能说得具体一些吗?"

"国外不少医院,要求外科医生也要学会剖宫产。所以,我对产科手术略知一二。"韩飞这时悄悄握了握晓米的手,才接着说,"八十多年前,人们在产时猝死的产妇肺血管中发现了胎儿成分,从那时候起,这种不久以后被称为'羊水栓塞'的并发症就成为了产科学界研究的重点。尽管发病机制至今也不明了,但有一点却是所有医生的共识,就是在分娩时,不能让羊水进入母体血管。"

许多人都在默默地点头,还有一个医生干脆叫出声来:"你说得对,这是最起码的要求。"

韩飞继续说:"就手术而言,速度是一把双刃剑。在紧急情况下,我们的手快些,就能救命。但子宫肌层的切口,却绝对与产妇的生命有关,几秒钟是否就决定了胎儿的生死,我也表示怀疑。所以,我们必须遵行手术规范,尽量不让羊水进入血窦。这样的操作不是什么医生的发明,不是什么创意,而是用许多产妇的生命换来的经验教训。"

大家不约而同地鼓起掌来。


散会后,苏红特意走到韩飞身边说:"我们要召开一个预防羊水栓塞的手术讨论会,也希望你能参加。"

韩飞还没有来得及回答,就见病房的护士长匆匆跑过来,对苏红小声说:"不好了,卢院长要用自己的老婆来做验证呢。"

苏红不解地问:"验证什么?"

"验证他做的子宫切口没有错啊。还请了不少人来观摩。您看怎么办?"

"这不是瞎胡闹嘛!"苏红急了,忙问:"他们在哪里?"

"在麻醉室呢。"

苏红想了想,就对一直站在身边的晓米说:"你看下卢院长夫人的病例,再找管床医生商量一下,如果不能顺产,她的手术你来做。"

晓米看到韩飞在冲自己点着头,就说:"行,您就放心吧。"

苏红来到麻醉室,就见卢大成和胡世生在吵架。

"你是在发疯!完全失去了理智!"胡世生对卢大成严正道,"她的羊水三度污染,很可能并发羊水栓塞!"

"要是羊水好,我还不做呢。"卢大成冷笑着说,"我就是要让大家看看,这样的切口怎么就不规范了?"

"不行,我不同意!"胡世生接着就对站在一边的苏姗姗说,"还是尽量顺产吧。"

"世生,这事恐怕还由不得你来做主吧?"卢大成说着,就拿出一张手术知情通知书来说,"我是病人的丈夫,而且病人自己也是同意的,你可以看看,她签了字呢。"

胡世生却不看那通知书,走到胡玉珍面前问:"你真的同意吗?"

胡玉珍闭着眼睛说:"这事你就别管了。我不能让雷晓米得逞,你就听大成一回吧。"

胡世生长叹一口气,就跑了出去。

苏红正想说话,晓米拿着病例走过来,说:"脐带缠绕,还真有手术指征。"

"那好,这台手术由晓米医生主刀,姗姗你当助手。"苏红当机立断做了安排,才对卢大成说,"卢院长,你的心情我理解,但你太太现在是我们的病人,可不能意气用事啊。"

卢大成什么话也不说,大步走了出去。

苏红没去追,却看着姗姗叮嘱道:"这台手术一定要多加小心,如有什么意外,一定要听晓米医生的。"然后才对晓米说:"我得去和卢院长好好谈一谈,手术就拜托了。赶紧洗手吧。"

晓米点点头,却没有立刻去洗手,而是把姗姗叫到隔壁的术后恢复间,看看四周没有人,才小声说:"我看有点像早剥呢。"

姗姗皱着眉不解道:"没有症状啊?刚才我查过了。"

"她有长年的吸烟史,血压偏高,近期又老躺在床上,刚才还这么激动。这都是危险因素啊。"晓米耐心说。

"你是担心……"姗姗看着晓米,没有说出那个敏感的病名。

"反正,我们一定要小心。另外,我想通知一下刘主任,作好抢救准备。你先去洗手吧。"

因为要等麻醉,还有点时间,晓米说完,就出来找到刘一君,把想

272

法说了出来。

"这个已经准备好了。"刘一君却笑笑说。"是卢院长亲自吩咐的。"

"这么说,他也想到这一层了?"晓米有些意外问。

"自己老婆,又是胡董的女儿,他敢开玩笑吗?"刘一君认真说,"卢院长这是在铤而走险呢。也不知道他是怎么想的,面子就这么重要吗?"

晓米不敢多说,赶紧回到手术室,见姗姗还在刷手,就说:"今天可不利索呀。"

"我是故意等你呢。"

"等我?"晓米看着姗姗问,"为什么呀?"

"我得告诉你一件事。"姗姗看着刷子笑了笑说,"上次那个早剥,你是对的。"

晓米想了想才说:"你是说D79吗?"

"是啊,我得向你道歉啊。"姗姗看着晓米说,"我妈说了,都是卢大成一手安排的,但我也想跟你叫板。你就原谅我吧。"

"这可不像你啊。"晓米突然想开玩笑,让手术前的心情轻松起来,于是凑近了对方问,"你和钟悦是不是好上啦?"

"何止是好上了。" 姗姗苦着脸说,"这个月的例假都超过十来天啦。"

"这么快啊。恭喜恭喜啊。"

"恭喜什么呀,我还想多玩几年呢。"

一个护士过来通知说,手术安排在6号手术室。晓米和姗姗这才进入状态。两个人上台后,分别在主刀和助手的位置站定,晓米照例让巡回护士再核对一下病人的姓名。不料巡回护士迟疑了一下说:"卢院长说,病人血压有点高,别的一切正常。"

晓米听着有点儿奇怪,就向挡板后面看了看,发现病人的脸被一块铺巾遮住,就过去掀开看了看,一下就愣住了。

原来病人根本不是胡玉珍。

"原来的病人呢?"晓米大声问巡回,"病人胡玉珍在哪里?"

"她……她在8号呢。"那巡回护士低着头,看了看周围的护士才小声回答,"是卢院长不让我们说的。"

"糟了!"晓米猛醒过来,对姗姗说了声"这台等一下",就让护士包了手,一下冲了出去。

8号手术室的剖宫产已近尾声,新生儿发出响亮的哭声,卢大成和一个进修医生正在做最后的缝合。看到晓米进来,卢大成得意地笑了笑,说:"一会儿我要召开新闻发布会,你也来听听吧。"

晓米没想到卢大成会用调包计,不过现在手术已经完成,再说什么也没有意义了,只好回到6号手术室。她先坐了一会儿,让心情平静了才上台,但换了姗姗做主刀。

这个手术进行得很顺利。姗姗对胡玉珍的手术本来就没什么兴趣,现在听说没有事,也就全力以赴自己的手术了。

手术室是医院的心脏,只要"手术中"的字灯一亮,就与世隔绝,而手术医生也只关心眼前的病人。可等电子计时灯熄灭,晓米和姗姗从手术室走出来的时候,却发现医院正处于一片混乱之中。

"不好了,卢院长的妻子出事了!"守在门外的孙小英一看到晓米,就跑过来说,"胡医生特别让我来告诉你,让你千万别去参加抢救。"

"到底出了什么事?"晓米已经有预感,但还是问了一句。

"就是你最担心的,产后并发的羊水栓塞啊!"

"病人在哪儿?"

"已经进了ICU,在做体外循环呢。"

"体外循环?"晓米一边走,一边疑惑地问,"什么体外循环?"

"我也不是太清楚。"孙小英跟在晓米后面,想了一下突然说,"对了,准确地说是体外肺膜氧和。因为病人生命体征消失了,苏院长特意把你父亲接来的。还有韩司机,不,是韩飞医生也在抢救呢。"

晓米这时顾不上多问,就向重症监护室跑了过去。刚到门口,就见卢大成被一群记者包围着,手舞足蹈地说着什么。

"这完全是一起意外!各位,我向各位保证,绝对是一起意外。"卢大成这时看到了晓米,竟然哈哈笑了起来,指着她说,"她切除了一个健全的子宫,隐瞒了这么多年,这才是真正违反了医生的职业道德,你们一定要把这件事揭露出来!雷晓米,你不要以为有曲教授、有苏院长罩着你,就可以逃避责任,休想!你必须开除!你让我死,我也不会让你活!开除,你必须开除!哈哈哈……"

晓米异常冷静地看着他,没有一点委屈和愤怒的感觉,相反,只有可怜。是的,她觉得卢大成很可怜,他究竟是为了什么啊?这世界上,有什么比人的生命更重要啊?

# 尾声

　　三个月后，省妇幼保健院改为医大附院和胡氏药业集团合作经营，并由后者控股。老胡终于说服了胡世生，把接力棒传给了儿子，临退前做的最后一件事，就是购买了一架急救用的直升机，这在国内还是很少见的。因为楼顶的停机坪和指挥塔要正式启动，韩飞只好搬到晓米那儿，他们没有着急领证，用晓米的话来说，是想再考验考验。其实她是想用这个办法逼老爸组织家庭。她私下跟父亲说："你要是不结婚，我也不结，看谁拖得过谁。"雷思文曾经想考虑苏红，但被拒绝了。苏红只说了三个字："我不配。"晓米父亲知道她是个很有主意的人，也只好作罢。

　　胡世生成了医院董事会的主席，他有权决定院长职务的提名，第一次开会，就想让晓米当院长。但晓米却认为她不是当领导的料，她还是愿意待在急救中心，同时希望院长还是苏红当，副院长则推荐了刘一君，这个想法被董事会一致通过。这样，医院领导班子基本上没有什么大的变化，只是卢大成的副院长换了刘一君，这也是原来上级考虑过的计划之一。

　　有人主动来找胡世生，建议孙小英别去读本科了，直接考研算了，因为不少导师都见识过她非凡的记忆力，笔试一点问题都没有。可小英还是坚持要从最基础的知识开始学习，并说不着急要孩子，胡世生也就同意了,只是没有告诉他父亲,估计老胡那儿会有些啰唆,但这种事的主动权毕竟在小两口手里,再着急也没用啊。

胡玉珍的情况不好,虽然死里逃生,也没有成为植物人,但因为大脑缺氧的时间毕竟长了些,现在就像个痴呆人,有时候大小便也弄在身上。老胡决定送她到国外就医,看看能不能有所改善。倒是卢大成没对她有半点嫌弃,没有请保姆,屎尿都由他自己来清洗。看到这些,老胡也没有再埋怨这个女婿,只当是命运如此,谁也怨不了谁。

卢大成没有受到任何处分,在一份医院的通告中说,他只是因病离职,不再担任副院长职务了。他在出事当天就被送到精神病院,诊断不是太明确,初步认为是妄想型的精神分裂症——有一个典型的症状就是谁跟他说话,他都会表示感谢。但苏红却怀疑这是在伪装,因为她在一次单独见面时,看他非常冷静地做了一件事,就是把她写的那些诗全部当面烧毁了。临走还听他说:"你不用担心,我会重新站起来的。"苏红没有把这事告诉任何人,但此后再也不去医院探望了。

不久前,有人看到卢大成和傅志刚去看了一所经营不善的民营医院,打算买下来进行扩建,还声称要与省妇幼保健院一比高低。这个消息没有得到证实,但苏红却相信应该是真的。不知为什么,她虽然发誓永远也不会再见这个人,可心里却一点儿也恨不起来。这到底是为了什么啊?

姗姗怀孕已被确诊,与钟悦的婚礼也就在匆忙中举行了。那天刘一君喝醉了,指着姗姗说:"你得感激我,是我撮合你们俩呢!"

姗姗却不服气道:"我们的事,和你半毛钱关系都没有啊。"

刘一君又指着晓米说:"你也要感激我。要不是我把那个子宫藏好再曝光,你们的官司还能打得赢吗?"

有人提醒说:"你现在在当上副院长了,说话得注意影响啊。"

"注意影响?注意什么影响?"刘一君拍拍胸脯说,"我对苏院长忠心耿耿,关键时刻冲锋陷阵,我要注意什么影响?"

晓米听了才明白,那个子宫的出现,确实是刘一君的功劳呢。

D79组建了两个团队,这样就可以对班轮换了。一个由苏姗姗带队,另一个则由晓米自己负责。万玲儿还是成天屁颠屁颠地跟在姗姗后面百呼百应,并经常欺负新来的实习生。原来那个小丁则给晓米打了几个电话,说等她生下宝宝后,就来她的团队上班,事实上,晓米也想找个得心应手的器械护士呢。

韩飞被任命为医大附院胸心外科的副主任,但他并没赴任,他准备和雷思文合作,先搞一个新课题,将连续性血液净化技术应用到羊水栓塞的抢救。院领导认为这项研究可适用于多种危重病例,已经初步同意,只是提出一个条件,必须把雷思文聘回来当教授。这事难度不小,因为雷思文不但考虑到经费的问题,更担心一些人急功近利的观念很难应付。据说,这事院长要亲自出面,那就等跟领导谈了再说吧。

那个死者的老公听说官司胜诉了,几次来医院要钱,最后碰到委托晓米当代理人的两位老人,挨了一顿臭骂,就再也不敢来了。诉讼最终以和解结案,苏红提出给35万赔偿,却被原告拒绝了。他们说,不能让人瞧不起,他们打官司并不是为了钱,也让大家看看农村人的硬气。

在苏红的争取下,晓米到全省妇产科医生一年一度的论坛大会上作了专题演讲,重点说了子宫肌层的切口问题。她的结束语是韩飞参与修改的,她说:"我们有许多产科医生,一辈子也许都碰不到一例羊水栓塞,但我们必须时刻意识到,这个最凶险的产科并发症就在我们身边。而要阻止这个恶魔,最简单也最有效的办法就是严格遵守手术的规范!"

担任这届论坛主席的曲晋明教授带头鼓掌,身后投影仪的大屏幕上出现了"坚持手术规范"的字样,会场的掌声更加热烈了。晓米闭上眼,默默地在心里说:"妈妈,您听到了吗,您没有白白牺牲啊!"

曲教授在最后的演讲中多次提到手术规范的重要性。晓米不想错过这次机会,散会后,鼓足勇气问起那个子宫切除的病例,曲教授听了半天没有吭声。

"那……是我,或是我们的问题吗?"晓米决定孤注一掷,一定要弄清事情的原委。

"不是。"教授摇了摇头说。

"那是因为什么呢?"

"这样吧,我们去见一个人,就是被你切除了子宫的那位病人。我们看看情况再说,行吗?"

晓米就跟着曲教授来到病人家里,那个快到中年的女人一见曲教授就笑呵呵地说:"又来随访啦?"

"是啊,你是我们的病人,不能不关心啊。"

"放心吧,我的身体很好呢,上个月单位做的体检,一点儿事都没有。"那女人说着,就把体检表放到曲教授面前,并翻开一页说,"这是按您的要求,做的妇科专项检查。"

曲教授看了一会儿才说:"有件事,我想请你当面说一下。"说着,就指了指晓米说:"她就是当初切除你子宫的医生雷晓米,前不久,因为你的那个子宫,差点儿被开除呢。"

"开除?"那女人好奇地说,"为什么呀?是我的子宫不该切吗?"

"当时,切除子宫的指征是大出血。"曲教授看了一眼晓米才说,"可晓米医生有些不同的意见。"

"是的,我没发现大出血。"晓米看着那女人说,"我切下的子宫只是有轻微的内膜增生,从解剖学上说,是个健康的子宫。所以,我怀疑曲教授是误诊。"

那女人没有出现晓米预期的那种愤怒和痛苦,反而笑着对曲教授说:"怎么,您没有告诉她吗?"

"没有。"曲教授也笑了笑说,"这可是你母亲的叮嘱啊。"

"真想不到,这事竟然给您带来这么大的麻烦。"那女人满怀歉意地说,"其实,您切除了这个子宫,是救了我的命。"

"救了你的命?"晓米糊涂了,"为什么啊?"

"因为我们家族有遗传性的子宫内膜癌。"女人叹息了一声说,"我母亲、我外婆,甚至我母亲的外婆都是因为这个病在中年就去世了,但我却一直很健康。这都是因为妈妈借我分娩的机会,恳求大夫把我的子宫切了。但在当时,我妈没有说出真相,直到她去世前才说了这件事。"

曲教授在一边说:"如果不是她母亲说了,我也不会说的。"

"是啊,曲教授信守诺言,为病人保护隐私,我真的是很感激啊。"

晓米如释重负,她飞快回到韩飞身边,把事情说了,然后就大哭起来。

当晚,晓米和韩飞约了姗姗和钟悦、安萍和她老公一起去酒吧,结果安萍不让老公来,姗姗却因为要出诊请了假。他们四个倒觉得这样说话会更加随便,不料才喝了一杯酒就接到姗姗的电话,说是一个孕妇怀孕40周合并为主动脉夹层,人已经休克,需要增援。并再三叮

278

嘱新生儿也得抢救,这样一来,不仅是韩飞,钟悦也有活干了,剩下安萍觉得插不上手,只好独自回家。三个人风风火火赶到D79,结果发现姗姗是在谎报军情,病人只是个来不及去医院的剖宫产,根本就没什么大事。

"你还是待在我身边比较安全。"姗姗看着钟悦说了一句,就指挥起助手来,"手术不能图快,一定要规范!这是最基本的要求!"

晓米笑了笑就和韩飞走出来。外面在刮风,但已经不再刺骨。春天来了。

2014年7月5日改于北京